Christine Neumeyer

IM SCHATTEN DES THRONFOLGERS

Gedruckt mit freundlicher Unterstützung von Stadt Wien Kultur.

Product footprint
CO_2 Neutral
PBN-CFMCP-015258
www.preferredbynature.org

FSC
www.fsc.org
MIX
Papier aus verantwortungsvollen Quellen
FSC® C014138

Grafische Gestaltung: Buntspecht, Wien
Umschlagabbildung: © Lord Runar/iStockphoto
Druck und Verarbeitung:
FINIDR, s.r.o., Český Těšín
ISBN 978-3-7117-2143-3

Informationen über das aktuelle Programm
des Picus Verlags und Veranstaltungen unter
www.picus.at

Christine Neumeyer

IM SCHATTEN DES THRONFOLGERS

Ein k. u. k. Krimi

Picus Verlag Wien

KAPITEL 1

Montag, 26. April 1909, Wien

Baron Adolf von Wald nahm den weiten Weg mit der Eisenbahn aus Pöchlarn nahe Artstetten auf sich, weil sich die Geschäfte in der Regel lohnten, die er in der Reichshauptstadt anzubahnen pflegte. Außerdem gab es nur in Wien die Sorte seiner heiß geliebten Havanna-Zigarren, ohne die er es, ähnlich wie der Kaiser Höchstselbst, keinen Tag lang aushalten konnte. Nachdenklich blickte er über die im hellen Sonnenschein vorbeifliegenden Wiesen und Äcker. Seit Jahren diente er auf dem Sommerschloss im Nibelungengau als Kammermeister Seiner Kaiserlichen Hoheit, dem Thronfolger Erzherzog Franz Ferdinand. Zuvor war sein Vater bei Erzherzog Karl Ludwig im Dienst gestanden. Er selbst war dessen Sohn mittlerweile recht nahegekommen, vor allem, weil er sich für die äußerst ehrenhafte Wartung seiner Jagdwaffen zuständig fühlte. Von Wald seufzte. Längst wäre es an der Zeit, eine Sprosse in der gesellschaftlichen Hierarchie emporzusteigen. Er dachte an den Titel eines Grafen. Heutzutage wurde jeder Beamte des höheren Dienstes, hatte er nur lange genug in den Amtsstuben gebuckelt, in wenigen formalen Schritten zu einem edlen Herrn von und zu. Eine simple schriftliche Beantragung genügte und der Prozess der Nobilitierung setzte sich in Gange. »Ha! Ha!« Adolf von Wald lachte höhnisch. Den abschätzigen Blick des ihm gegenübersitzenden Herrn ignorierte er vornehm. Bald würde es in der Monarchie mehr Adelige als Bürgerliche geben. Die Zivilisten in den Ministerien ersaßen sich die Adelung mit runden Rücken, die Offiziere der k. u. k. Armee erkämpften sie sich wenigstens stehend von Manöver zu Manöver. Er sah sich irgendwo dazwischen. Als Kammermeister kümmerte er sich immerhin um das Wohlergehen des künftigen Kaisers. Wie man munkelte, würde das Schloss Artstetten nach dem Tod des Onkels eine bedeutende Rolle im Zentrum der Macht übernehmen. Neben Wien natürlich. Darin sah er seine Chance. Trotz alledem musste er immer öfter Demütigungen durch den Gutsverwalter Franz Hahn ertragen. Unglaublich, wie der Mann aus einfachen Verhältnissen zu einer derartigen Position gekommen war! Sämtliche seiner Ausgaben wollte der unverschämte Kerl prüfen. Es fehlte noch, und der Kaiser beförderte auch ihn zu einem edlen Herrn von und zu. Die Monarchie hatte bei Gott bessere Leute verdient! Was blieb ihm übrig, als seine persönliche Weiterentwicklung selbst in die Hand zu nehmen. Hätte Erzherzog Franz Ferdinand die besonderen Fähigkeiten seines Kammermeisters nicht derart träge zur Kenntnis genommen, als wäre alles eine Selbstverständlichkeit, wäre er nicht zu außergewöhnlichen Maßnahmen gezwungen gewesen. Kurz vor der Stadtgrenze nahm von Wald einen tiefen Zug von der Havanna und blies ihn seinem Gegenüber ins Gesicht.

Nachdem er am Wiener Westbahnhof in eine Droschke gestiegen war, ging er im Geiste die wöchentlich erscheinende Liste in der *Österreichischen Zeitschrift für Verwaltung* durch. Die Namen der geadelten Offiziere interessierten ihn wenig. Die vom Militär waren zu misstrauisch und würden nur Ärger bereiten. Allein auf die dienenden Beamten der Verwaltung hatte er es abgesehen. Das ob der mangelnden Bewegung in frischer Luft geschwächte Hirn machte weich und anfällig für Schmeicheleien. In dieser Woche war sein Auserwählter ein gewisser Herr Stanislaus Freudenthal aus Schlesien. Bis vor

Kurzem war der Herr Rechtsanwalt im k. k. Handelsministerium für die Kooperation der Geschäfte zwischen den einzelnen Kronländern zuständig gewesen. Eine durchaus wichtige Aufgabe für einen Bürgerlichen, musste der Baron sich eingestehen. Seine Majestät von Gottes Gnaden hatte dem braven Staatsdiener den Antrag zur Verleihung des Titels eines Edlen von und zu umgehend nach der Pensionierung genehmigt. Na, das wird den Herrn Stanislaus eine saftige Gebühr für die Stempelmarken gekostet haben, amüsierte sich von Wald. Der Edle kostet was extra. Brieflich hatte er sich bereits vor Tagen in der Wickenburggasse in der Josefstadt nahe dem Gerichtsgebäude zu einem Gespräch angeboten und war sogleich von Freudenthal eingeladen worden. Von Wald grinste. Durch seine breit gestreuten Beziehungen war es ein Leichtes, die Adressen seiner künftigen Geschäftspartner auszukundschaften. Er schnippte den Zigarrenstummel mit Schwung aus dem halb geöffneten Fenster. Der Geruch nach Pferdemist stieg unangenehm scharf in seine Nase. Mit dem Ellenbogen schob er lässig das Fenster hinauf, lehnte sich zurück und brachte sich die eingeholten Informationen für das in Kürze stattfindende Gespräch in Erinnerung. Hofrat und Rechtsanwalt Stanislaus Edler von Freudenthal war seit Jahren verwitwet und Vater eines erwachsenen Sohnes mit krankhafter Spielleidenschaft. Einen besseren Kandidaten konnte es nicht geben. Der Mann hatte wenig zu verlieren, abgesehen von seiner Ehre, und noch weniger zu vererben. Das gesamte Familienvermögen floss dank seines einzigen Nachkommens in die Spielhöhlen der Kronländer. Da war die Adelung, die den Kaiser nebenbei nichts kostete, zur rechten Zeit gekommen. Mit der Nobilitierung öffneten sich Türen, die einem Bürgerlichen, selbst mit bester Bildung, verschlossen blieben. Diese neuen Zugänge versprachen Geld. Auf einmal stieg bei den Bankinstituten die Kreditwürdigkeit, auf einmal wurde man in Häuser eingeladen, die nur dem Adel offenstanden, die Kontakte zur besseren Gesellschaft eröffneten neue Geldquellen und so weiter und so fort. Von Wald hob das Kinn und blickte aus dem Wagen über die Josefstädter Straße zu einem Fenster, dessen Läden sich gerade öffneten. Eine Frau mit dunklen offenen Haaren beugte sich vor und blickte hinaus auf die Straße, wo vier Männer in Mantel und Hut auf die nächste Elektrische warteten. Das gleichmäßige Klappern der Pferdehufe über das Kopfsteinpflaster ermüdete ihn. Gähnend lehnte er sich zurück. Der Herr Hofrat in Ruhe wäre ein Narr, sein Angebot nicht anzunehmen, sinnierte er. Eine offizielle Einladung der Jagdgäste nach Artstetten versendete er allerdings erst nach genauer Prüfung der Kandidaten. Zu heikel war die Angelegenheit. Schließlich bewegte er sich dabei am Rande der Legalität. Selbst für einen Adeligen nicht ungefährlich. Er grinste in sich hinein, stieg an der Wickenburggasse Nummer zehn aus der Droschke, bezahlte, betrat das Haus, nahm die breite Steintreppe und betätigte im ersten Stock den Türklopfer.

Der Herr Rechtsanwalt öffnete persönlich in schlichten Hosen und Hemd, als hätte er hinter der Tür auf ihn gewartet. Herr von Wald machte sich beim Eintreten innerhalb von Sekunden ein Bild von den Verhältnissen. Mächtige Räume mit hohen Fenstern, an manchen Stellen blätterte die gelbe Wandfarbe von den Wänden, Ölgemälde mit höflichen Landschaften unbestimmter Herkunft, gewiss von geringem Wert, Kristallluster, Vorhänge aus edlem Brokatstoff. Mit einem gefälligen Lächeln ließ er sich in den Wohnsalon führen.

»Ich freu mich sehr über Ihren Besuch. Bittschön, kommen S' weiter. Entschuldigen Sie die Unordnung, mein Dienstmädchen hat ihren freien Tag.«

»Bitte keine Umstände«, raunte von Wald und sah sich weiter um. Der beinahe bis zum Plafond reichende Kachelofen hatte Klasse, die Qualität der Möbel zeugte von einem soliden bürgerlichen Wohlstand, das Silber in der Vitrine ein dezenter Hinweis auf ein reiches Erbe. Seinem geschulten Auge entgingen jedoch weder die vergilbten ungewaschenen Gardinen noch das verstaubte Holz. Das Dienstmädchen musste mehr als einen freien Tag haben, dachte er, vermutlich gab es gar keines.

An einem runden Tischchen mit Spitzendecke setzten sich die Männer. Herr von Freudenthal bot seinem Gast Kaffee und Whiskey an. Beides stand auf einem Tablett bereit. Herr von Wald griff dankend zu. Das gerahmte Diplom zur Verleihung des Adelsstandes mit dem Zusatz des Edlen von hing prominent über dem Sofa, stellte Herr von Wald amüsiert fest. Eine stark ausgeprägte Eitelkeit konnte er gut für seine Zwecke gebrauchen. Das rote Wachs mit der Signatur des Kaisers von Österreich-Ungarn leuchtete wie ein Blutfleck von dem hellen Pergament. Er wusste über das Prozedere Bescheid. Das Diplom wurde in Massen vorgedruckt. Einzig die Namen wurden mit Tinte in den vorgegebenen Text eingefügt. Der Kaiser signierte blanko, vermutlich ohne Interesse an dem jeweiligen Adressaten.

»Respekt und herzliche Gratulation. Jetzt sind Sie einer von uns.« Herr von Wald hob grinsend das Whiskeyglas. »Chapeau, edler Herr von Freudenthal.«

»Zu viel der Ehre. Ich danke Ihnen.« Der Hofrat neigte den Kopf. »Sie schrieben mir von einer Einladung nach Artstetten. Ich fühle mich geschmeichelt, dass Sie mich nun auch persönlich in dieser Sache aufsuchen, doch darf ich fragen, wie Sie auf mich gekommen sind, verehrter Herr von Wald? Ich bin wenig geübt im Schießen und ein miserabler Reiter.«

»Oh, das ist wohl ein Missverständnis. Verzeihen Sie mir, lieber Herr von Freudenthal. Das Schreiben war wohl zu knapp formuliert. Bei unserer Jagd handelt es sich um eine Maskerade im Rahmen eines kleinen Gartenfestes. Zweifelsohne ein besonderes Vergnügen, aber es wird weder geschossen noch geritten.«

»So, so. Also keine Jagd. Eine Maskerade.« Freudenthal runzelte die Stirn.

»Das Anwesen des Schlosses in Artstetten verfügt über einen beachtlichen Baumbestand und seltene exotische Pflanzen, vieles vom Thronfolger auf seinen Reisen gesammelt. Dort werden Sie die einmalige Gelegenheit haben, ausgewählte liebreizende Jungfern in fröhlicher Kostümierung durch den Garten zu jagen, bevor Sie sich an den Köstlichkeiten der Region laben werden.« Von Wald grinste. »Vor allem jedoch werden Sie die Umgebung des künftigen Kaisers von Österreich kennenlernen.«

»Sie laden mich ein, Jungfern zu jagen?« Die Augen von Freudenthal wurden schmal. »Ich dachte, ich würde den Erzherzog auf seinem Sommerschloss treffen, um eine spätere Zusammenarbeit zu besprechen.«

Von Wald tat, als überhörte er den Ton der Enttäuschung in der Stimme seines Gegenübers. »Sie schießen zu schnell, lieber Herr von Freudenthal.« Er beugte sich lächelnd vor. »Sehen Sie es als ersten Schritt, um in den Kreis des Beraterstabs des baldigen Kaisers von Österreich aufgenommen zu werden. Es kostet Sie die Kleinigkeit einer Kanzleigebühr von fünfzig Kronen für die Bewirtung und, wenn Sie möchten, extra fünfzig Kronen für eine Übernachtung nach dem Fest in einem Gasthof in der Nähe des Schlosses.«

»Eine Gebühr von einhundert Kronen? Da habe ich wirklich einiges missverstanden!« Der Herr Hofrat verzog das Gesicht.

»Nun. Sie müssen sich den Aufwand für das benötigte Personal vorstellen.« Von Wald hüstelte. Der Hofrat zeigte sich schwerfälliger als erhofft. »Bedenken Sie, lieber Herr von Freudenthal, die sich eröffnenden Möglichkeiten, die eine solche Kontaktaufnahme für Sie bieten könnte. Ihre Chancen, wenn der Thronfolger erst einmal Kaiser geworden ist.«

»Eine Investition in die Zukunft soll es sein, Jungfern durch einen Park zu jagen?«

»Verstehen Sie keinen Spaß, lieber Herr von Freudenthal? Pflicht und Genuss müssen einander nicht widersprechen. Neue Zeiten brechen an. Neue Sitten, wenn Sie so wollen. Der künftige Kaiser sieht die Welt bunter als sein greiser Onkel in Schönbrunn, glauben Sie mir.«

Von Freudenthal hob den Kopf. In seinen Augen blitzte ein verräterisches Funkeln. Zufrieden drückte der Kammermeister den Rücken gegen die Sessellehne und trank den Kaffee in wenigen Zügen. Er hatte ihn an der Angel.

»Wenn das so ist«, fuhr Freudenthal nach einer Gedankenpause fort. »Wann soll dieses … nun, diese Jagd denn stattfinden, Herr Baron?«

»Mitte Mai, mein Lieber. Ich sende Ihnen eine offizielle Notiz mit allen Details.« Er rieb sich die Hände. »Wenn ich mir erlauben dürfte, um die kleine Kanzleigebühr für den Verwaltungsaufwand im Voraus zu bitten.«

»Nun, es wird mir eine Ehre sein, im Garten des Schlosses unseres Thronfolgers zu lustwandeln.« Freudenthal stand auf, ging steif zu einer Kommode, kramte und entnahm einen Geldschein. »Hier sind die fünfzig Kronen. Um eine Übernachtung, sollte sie notwendig sein, werde ich mich selbst kümmern.«

»Wie Sie wünschen, Herr von Freudenthal.« Der Kammermeister nahm den Geldschein entgegen. »Ich freue mich, Sie bald in Artstetten begrüßen zu dürfen. Werden Sie mit dem

Schiff oder mit der Bahn anreisen? Es könnte Sie jemand vom Bahnhof Pöchlarn abholen.«

»Ich denke, ich werde mit der Bahn reisen und werde Sie über die geplante Ankunft unterrichten.«

»Eine gute Wahl. Ich freue mich.«

»Ich freue mich auch, verehrter Herr von Wald.« Freudenthal hob das Whiskeyglas. »Auf neue, auf bessere Zeiten.«

Er tat es ihm gleich. »Trinken wir auf die Zukunft, die bald kommen wird, mein Freund. Vertrauen Sie mir.«

KAPITEL 2

Dienstag, 27. April 1909, Artstetten

»Bitte beeilen Sie sich. Mei Frau liegt in den Wehen mit unserem vierten Kind und sie leidet große Schmerzen.«

Das Gesicht des Mannes glänzte im fahlen Morgenlicht schweißnass. Franziska kannte ihn. Der Weinbauer und seine Frau lebten mit drei Kindern im Nachbarort Pöbring. Nun machte also das vierte Kind Probleme.

»Warten Sie, Herr Winter, wir ziehen uns schnell etwas an.«

»Franziska! Was ist denn los?«, rief die Mutter aus der Schlafkammer.

»Eine Geburt in Pöbring, bei den Winters.«

»Ich bin gleich so weit.«

Der Weinbauer war mit einem schwarzen Fahrrad gekommen. Auch die Hebamme und ihre Tochter besaßen welche. Franziska klemmte die große Tasche mit dem Werkzeug auf dem Gepäckträger fest, straffte den Rocksaum zwischen die Beine und schwang sich auf den ledernen Sattel. Mutter bildete das Schlusslicht des Trios auf der im Morgengrauen menschenleeren Landstraße. Bis auf den Gesang der Vögel war es still. Mit kräftigen Tritten radelten die drei gegen den leichten Wind. Nach der Brücke über den Mühlbach dauerte es noch zehn Minuten bis nach Pöbring. Ein süßer Duft nach Gras und Kräutern hing in der Luft. Franziska mochte die Morgenstunden, wenn die Nebel aus den hügeligen Wiesen stiegen. Das einfache Bauernhaus lag am Rande des Dorfes unweit der Kirche und des Friedhofs. Ein Hahn krähte, als sie keuchend von den Rädern stiegen und hineineilten.

Zwei kleine Mädchen und ein Bub saßen zu einem Bündel zusammengekauert auf einer Bank in der Küche. Kerzenflammen loderten und rußten. Zuckende Schatten huschten über die Gesichter. Keinen Ton gaben die sichtlich verängstigten Kinder von sich. Jeder Schritt über die Holzdielen knarrte.

»Kommen Sie!« Der Bauer führte die beiden Frauen weiter in ein Nebenzimmer. Dort lag die Frau auf einem hellen Laken und stöhnte. Es roch nach Blut. Die Morgensonne warf ein warmes Rot über die dunklen Möbel und weißen Wände.

»Haben Sie heißes Wasser und Seife?«, fragte die Mutter. Er zeigte durch die offene Tür auf einen Topf auf dem Herd. Mutter und Tochter reinigten sich rasch die Hände. Danach tastete die Mutter über den Bauch der Frau. »Jetzt du, Franzi.«

Sie schloss die Augen und fühlte. »Die Lage des Ungeborenen ist nicht günstig. Der Kopf liegt oben.«

»Richtig. Da muss gedreht werden«, diagnostizierte die Mutter. »Wie lange hat Ihre Frau schon Wehen, Herr Winter?«

»Nicht lange. Ich bin gleich losgefahren, als die Schmerzen begannen.«

»Gut. Dann haben wir noch Zeit. Wir brauchen einen Arzt.«

»Wir können uns keinen Mediziner leisten«, jammerte der Ehemann. »Die letzte Ernte war miserabel und mein alter Gaul lahmt.« Er senkte den Blick.

»Der Herr Doktor Koch aus Emmersdorf an der Donau arbeitet in Notfällen kostenlos.« Sie stand auf und ging zu dem Bauern, der kreidebleich geworden war. »Holen Sie ihn«, sprach sie leise. »Er wohnt neben der Kirche, das erste Haus im Ort. Sie können es nicht verfehlen, es hat einen hellen Anstrich und ein rotes Dach. Nennen Sie ihm meinen Namen, dann kommt er.« Mit ihrem rechten Arm machte sie eine Bewegung, als wollte sie Hühner aufscheuchen. »Beeilen Sie sich!«

Der Mann warf einen angsterfüllten Blick zu seiner Frau. Als sie in diesem Moment im Schmerz aufstöhnte, fuhr er herum und stolperte in die Küche, wo er seine Kinder umarmte, bevor er sich losriss und verschwand. Die beiden kleinen Mädchen begannen leise zu weinen. Der Bub starrte stumm zu Boden.

»Seid beruhigt. Wir kümmern uns um eure Mutter.« Franziska streichelte den drei verschreckten Kindern über die Köpfe in der Hoffnung, dass der Vater die Strecke bis Emmersdorf und zurück rechtzeitig schaffte. Die Mutter quälten die gleichen Gedanken. Franziska las es in ihren Augen. Viel hatte sie von ihr gelernt. Uraltes Wissen. Bald war sie bereit für das Hebammen-Examen, und sobald sie bestand, würde sie alleine arbeiten dürfen. Im Moment fürchtete sie sich davor, obwohl eine so dramatische Geburt wie heute äußerst selten war. Mein Gott, diese Frau musste leben. Was täte der Mann ohne sein Weib, ohne die Mutter seiner Kinder? Franziska blickte voll Mitleid auf die Kleinen in der Stube. Zitternd hielten sie sich an den Händen. Große Augen starrten ihr entgegen. Im Stillen betete sie ein Vaterunser, während das Stöhnen der Frau in der Kammer immer kräftiger und beängstigender wurde. »Seid jetzt brav und still. Wir werden eurer Mama helfen«, sagte Franziska und schloss die Tür zur Küche. Was jetzt geschah, war nichts für Kinderaugen.

»Alles wird gut. Atmen Sie. Atmen Sie. Hilfe ist unterwegs.« Während Franziska die Gebärende beruhigte, entnahm die Mutter der Hebammentasche die Leibschüssel und schob sie unter das Gesäß der Frau. Dann griff sie nach dem Tupfer und der Flasche mit der Desinfektionsflüssigkeit und reinigte den Unterleib zur Vorbereitung der hoffentlich bald einsetzenden Geburt. Das Wichtigste war Sauberkeit, um Infektionen zu vermeiden. Zu viele Frauen starben im Wochenbett. Vier Hände strichen in Kreisen über den Bauch der Frau, um einerseits die Krämpfe zu mildern, andererseits um vielleicht doch noch eine Drehung des Kindes zu bewirken.

Nach eineinhalb Stunden, der Bauer musste mit dem Rad durch die Landschaft gerast sein, kehrte er schweißüberströmt zurück. »Der Doktor war nicht da«, stieß er atemlos hervor. »Er ist bei einem anderen Notfall, nur seine Frau war zu Hause.«

»Es ist ein Skandal«, schimpfte die Mutter, »wir brauchen mehr Landärzte.«

»Machen Sie die Wendung. Ich bitte Sie!«

»Guter Mann, wir Hebammen haben uns an Vorschriften zu halten. Wenn etwas passiert, droht uns der Verlust der Zulassung.«

»Ich flehe Sie an.« Der Mann sank auf die Knie. »Lassen Sie meine Frau nicht sterben.«

Franziska wechselte einen Blick mit der Mutter. Die Herztöne des Kindes waren schwächer geworden, die Frau verlor zusehends an Kraft. Für einen Transport in ein Spital war es zu spät.

»Also gut, Herr Winter, wenn Sie mir versprechen, niemandem davon zu erzählen, was immer auch geschieht.«

»Ich schwöre es Ihnen.« Seiner erschöpften Frau drückte er einen Kuss auf die feuchte Stirn. »Alles wird gut, Liebes.«

»Gehen Sie zu Ihren Kindern. Beruhigen Sie sie«, scheuchte die Mutter ihn fort. Dann kniete sie sich ans Ende des Bettes. Für eine Wendung im Mutterleib musste man spezielle Handgriffe beherrschen, das wusste Franziska. Noch nie hatte sie eine Wendung miterlebt, nur in der Hebammenzeitschrift darüber gelesen. Am besten begann man damit früh, nicht erst im Laufe der Geburt. Es war aber nun einmal nicht mehr zu ändern. Die Mutter sagte, was sie brauchte, und Franziska eilte in die Küche, um ein Stück Holz, eine Schere, Tücher und das abgekochte, ausgekühlte Wasser zu holen. Das Stück Holz klemmte sie zwischen die Zähne der Frau, die Schere wurde desinfiziert.

»Eine Wendung ist wie ein Tanz zu dritt«, sagte die Mutter und fuhr mit beiden Händen in den geöffneten Muttermund. »Eigentlich ist es nicht schwer, man muss es nur wagen.« Die Frau presste die Zähne in das Holz. Keine fünf Minuten dauerte es, bis der Kopf des Kindes, kurz darauf die Schultern und mit einem Flutsch auch der Rest des kleinen Körpers zum Vorschein kamen. Die Mutter gab dem Knaben einen Klaps auf den Po, worauf er ein leises Jauchzen von sich gab. Das Kind atmete! Gott sei Dank! Franziska schossen Tränen der Erleichterung in die Augen. Zum Glück war es keine Totgeburt. Wie hätten sie es den Behörden erklärt? Mit flinken Fingern trennten sie die Nabelschnur und kümmerten sich um die Entfernung der Plazenta, bevor der Vater mit den Kindern die Kammer betreten durfte.

»Vergelt's Gott«, murmelte die Frau und ihr Ehemann drückte der Mutter mit feuchten Augen fünf Kronen in die Hand. »Das ist alles, was ich Ihnen geben kann.«

»Es reicht«, murmelte die Mutter und steckte das Geld in die Tasche. Franziska wusste, dass sie normalerweise mindestens zehn Kronen für Geburten verlangte, aber der Bauer hatte es nicht leicht mit vier Kindern, einem winzigen Pachtgrund und einem lahmenden Pferd.

Auf dem Nachhauseweg wärmten die Strahlen der aufgehenden Sonne im Rücken und ein heftig aufbrausender Wind schob die Räder. Sie brauchten kaum zu treten. Nach der Aufregung fühlte sich Franziska leicht wie ein Vogel.

»Ich weiß nicht, Mutter, ob ich mich jemals trauen würde,

eine Wendung selbst durchzuführen.« Franziska nahm einen tiefen Atemzug von der frischen, vom Geruch der nahen Nadelwälder erfüllten Luft.

»Das solltest du auch nicht, Kind. Halte dich immer an die Vorschriften.«

»Aber dann wären vielleicht beide gestorben.«

»Trotzdem. Wir müssen uns der Ärzteschaft fügen, sonst verbietet man uns eines Tages das Handwerk.«

»Mutter, du sagst doch immer, dass es nicht genug Ärzte für die vielen Geburten gibt.«

»Genau das ist das Problem der Herren Mediziner, liebe Tochter. Nur deshalb lässt man uns in Ruhe arbeiten.«

Am Nachmittag kam überraschender Besuch aus dem Dorf, Hermine, die einzige Tochter des Tagelöhners Franz Mayer. Er und seine beiden Söhne bearbeiteten seit Jahren die Äcker des Grafen von Wolkenstein am Rande der Wälder. Franziska kannte Hermine seit der Kindheit, zu richtigen Freundinnen waren sie aber nie geworden und seit sie die Schule verlassen hatten, redeten sie selten miteinander, wenn man von den kurzen Begegnungen während einer Sonntagsmesse absah.

»Hast du Zeit, Franzi? Ich möcht dich was fragen.«

»Grüß dich.« Sie trat einen Schritt zurück. »Komm herein«, sagte sie zaghaft. Als Kind hatte sie sich nicht selten vor der Riesin mit der lauten Stimme gefürchtet. Selbst jetzt hatte sie ein Gefühl des Unwohlseins in ihrer Gegenwart. Forschend betrachtete sie den kecken Strohhut auf ihrem strohblonden Haar. Ein wollenes Tuch aus nachtblauem Garn bedeckte die kräftigen Schultern. Das einfallende Licht zauberte ein Funkeln in die hellen Augen. Für einen kurzen Moment war sie recht lieb anzuschauen und Franziska schämte sich für ihre intuitive Abneigung gegen die einstige Schulkameradin. Schuldbewusst setzte sie ein Lächeln auf. »Ich freue mich, dass du mich besuchen kommst nach so langer Zeit.«

Hermine schob sich leise kichernd an ihr vorbei. »Ich war grad in der Nähe, da dachte ich, schaust bei der Franzi vorbei. Ist es nicht a Schand, dass wir zwei gar nicht mehr zusammenkommen?«

»Ja, da hast du recht, Hermine. Wir Mädeln sollten zusammenhalten.« Sie lächelte. »Es ist so viel zu tun, weißt, ich muss fleißig für mein Examen als Hebamme lernen. Magst vielleicht was trinken?«

Mit einem Seufzer sank die junge Frau auf einen der Sessel in der Wohnstube nieder. »Na, danke. I brauch nix.«

Franziska setzte sich zu ihr. Hermine überragte sie auch im Sitzen um eine Kopfeslänge, und als sie sich zu ihr beugte, drängten die fleischigen und rosigen Brüste aus dem Kleiderausschnitt in ihr Blickfeld. Franziska wandte sich ab.

»Hast g'hört, der Kammermeister von Wald is wieder unterwegs wegen der heurigen Gartenjagd«, fing sie an.

»Ach ja. Ist es wieder so weit. Wie die Zeit vergeht.« Franziska seufzte leise.

»Hat er di a scho g'fragt, ob du ein Paradiesvogel sein magst?«

Franziska schüttelte den Kopf. »Mich fragt er nicht mehr, weil er weiß, dass ich Nein sag, meine Mutter ist ganz auf meiner Seite.« Sie neigte den Kopf. »Weißt, beim Servieren für die Gäste des Thronfolgers und seiner Familie helfe ich gerne, schrubbe auch die Fliesen im Badezimmer für die Hoheiten blitzblank, aber mit nackerte Wadeln für fremde Männer durchs Gebüsch kriechen.« Sie schüttelte sich. »Das ist nichts für mich.«

Ein kräftiger Schuss von Feindseligkeit schlug ihr aus Hermines Augen entgegen. »Aber wenn du daran Spaß hast, ist das in Ordnung«, setzte sie erschrocken nach.

Hermine zog die Mundwinkel nach oben, ihr Blick hingegen blieb eisig. »Der Herr Baron zahlt zwanzig Kronen. Es ist eine große Ehre, durch den herrlichen Park von Seiner Hoheit, dem künftigen Kaiser, zu spazieren.« Sie hob das Kinn und schaute von oben herab. »Nicht zu kriechen.« Das letzte Wort zog sie überdeutlich in die Länge. »Ich versteh dich nicht, Franzi. Kannst du das Körberlgeld vom Baron nicht auch gebrauchen?«

»Eine Ehre soll es sein?« Franziska schluckte. Vielleicht war sie wirklich aus einem anderen Holz geschnitzt als die Hermine und die anderen. Allzu arglos kamen sie ihr vor. »Hast du denn nichts von den Gerüchten gehört? Diese Herren kommen ohne Damenbegleitung nach Artstetten«, sie zog die Brauen hoch, »weil sie sich Abwechslung mit unseren feschen Madln erhoffen. Nicht selten soll es den Jungfern dabei an die Wäsche gehen.«

»An die Wäsche gehen?« Hermine zog einen Schmollmund. »Des is nur dummes Gerede. Des darfst net glauben.«

»Der Schlosswart hat es mir erzählt, und der sieht viel.«

Hermine kicherte. »Geh Franzi, der Herr Walter sieht Gespenster, des weiß doch jeder. Der ist nicht ganz richtig im Kopf.« Hermine tippte mit dem Zeigefinger an ihre Schläfe. »Meine Eltern und meine Brüder sind stolz auf mich, weil der Herr Baron von Wald mich dieses Jahr g'fragt hat.« Hermine reckte das Kinn noch ein Quäntchen höher. »Letztens hab ich die Dorli aus Pöchlarn zufällig beim Einkaufen am Marktplatz getroffen. Die war letztes Jahr ein Paradiesvogel. Und die hat g'sagt, wir sollen nicht hören auf den Neid von de Madln, die niemals g'fragt werden.« Sie kicherte. »Glaubst wirklich, Franzi, im feinen Garten eines Hochwohlgeborenen passiert etwas Unschickliches, etwas Unrechtes?« Sie schüttelte den Kopf. »Alles Lügen. Wir tanzen in prächtigen Kleidern herum, verstecken uns und warten, bis einer der feinen Herren unsere Feder erbeutet und dann gibt's was zu essen und zu trinken. Die Tische sollen sich biegen vor lauter Köstlichkeiten, die wir sonst nie am Tisch haben, das alles hat mir die Dorli g'sagt, und die muss es wissen, weil sie schon mal dabei gewesen ist. Zum Abschluss macht der Herr Baron ein Bild von allen mit seinem speziellen viereckigen Apparat. Diese Fotografie zeigt er später dem Thronfolger und vielleicht hängen sie im Schloss sogar irgendwo an der Wand. Vielleicht in seinem Schlafgemach?« Hermine holte tief Atem, bevor sie mit der Schwärmerei fortfuhr. »Franzi, allein der Gedanke, dass dich der künftige Kaiser anschaut in dem schönen Kleid. Ist das nicht aufregend?« Ihre Augen glitzerten und funkelten im einfallenden Sonnenlicht. »Du versäumst etwas, glaube mir.«

»Wenn du meinst, Hermine.« Franziska senkte den Kopf. Während ihrer Dienste im Schloss hatte sie vieles an den Wänden gesehen, Hirschgeweihe von erstaunlicher Größe, Ölgemälde von den Ahnen der Habsburger, liebliche Landschaften, aber bestimmt keine Fotografien von den Paradiesvögeln.

»Ja, das meine ich, Franzi.« Hermine reckte ihren Busen.

»Meine Mama schneidert schon an dem Kleid. Ich hab mir einen knallroten Stoff aussuchen dürfen und eine Augenmaske für die Kostümierung in Rot näht mir die Mama auch.« Lachend zeigte sie zwei Reihen kleiner weißer Zähne. »Die schmal g'schnittenen Kleider aus der Truhe des Kammermeisters passen mir nicht.« Sie zuckte mit den Schultern. »Ich kann's nicht ändern.«

»Erzählst mir halt nachher, wie es gewesen ist«, erwiderte Franzi tonlos.

Hermine neigte den Kopf. »Du, ist eh alles in Ordnung? Schaust a bisserl müd und traurig aus.«

Franziska gähnte hinter vorgehaltener Hand. »Es gab eine schwere Geburt zeitig in der Früh in Pöbring drüben.«

»Ah, sonst is nix los?«

»Na. Warum fragst?«

»Die Leute im Ort zerreißen sich die Mäuler über den spaßigen Diener vom Grafen Wolkenstein. In letzter Zeit soll er oft vor eurem Haus rumg'schnüffelt haben.« Hermine fixierte sie aus schmalen Augen. »Was will denn der Diener des feinen Grafen bei euch?«

Franziska spürte, wie eine heiße Röte ihre Wangen überzog. Nichts blieb verborgen. Überall waren Augen und Ohren. Nie war man unbeobachtet. Dabei hatte sie gedacht, überaus vorsichtig gewesen zu sein. Nun ja, der Diener in seiner lächerlichen Livree war wirklich recht auffallend. »Der wird jemanden gesucht haben in der Schlossstraß'n«, gab sie schnippisch zurück und konnte das Aufsteigen der Wangenröte bis in die Haarspitzen nicht unterdrücken. »Ständig rennt der herum wie a aufgeschrecktes Hendl.«

»Man erzählt sich, dass der Graf vielleicht ein unerwünschtes ungeborenes Kind loswerden wollt. Ein Kind der Schand, verstehst?« Hermine sprach flüsternd, doch Franziska zuckte zurück, als wäre sie angeschrien worden.

»So was machen wir nicht. Das ist verboten!«

Hermine hob die Brauen. »Ja, es ist eine Todsünde, ein Kind zu töten.«

»Hermine, ein für alle Mal. Meine Mutter und ich halten uns an die Vorschriften. Ohne Ausnahme.«

Hermine zog die Stirn kraus. »Unsere liebe, hochanständige und tadellose Franzi«, säuselte sie, »die schöne und unnahbare Elfe, unverändert, wie damals in der Schul.«

Franziska schüttelte den Kopf. »Geh, hör auf. Elfe hat mich noch nie jemand genannt.« Immer unangenehmer wurde ihr die Anwesenheit von Hermine. Franziska bohrte in ihren Gedanken nach Ausflüchten, um sie schnell loszuwerden, da ertönte ein schrilles Geschrei durch das geöffnete Fenster. »Hilfe! Hilfe!«

Franziska schoss auf. Von draußen hörte sie die Stimme der Mutter. »Beruhigen Sie sich, Frau Bürgermeister, und sagen Sie mir, was passiert ist.« Franziska stürzte zum Fenster und spähte nach draußen in den Vorgarten. Die Frau Bürgermeister stand kreidebleich am Gartenzaun und zerrte an den Schultern der Mutter. »Es ist alles voller Blut. Bitte kommen Sie.«

»Warum holen Sie denn keinen Arzt, Frau Bürgermeister?«

Die Antwort konnte Franziska nicht verstehen, weil die Frau Bürgermeister flüsterte und danach in Tränen ausbrach.

»Mutter, kann ich dir helfen?«, rief sie zum Fenster hinaus.

Doch die winkte ab, nahm die Verzweifelte in den Arm und drückte sie an die Brust. »Ich muss kurz mal fort«, rief sie zum Fenster, »ich komme bald zurück. Mach dir keine Sorgen.«

Als die Mutter etwa eine Stunde später heimkam, wirkte sie betrübt und wollte nicht darüber reden, was passiert war. Stattdessen fragte sie, was Hermine, die Tochter vom Mayer Franz, gewollt hätte. Franziska konnte keine stimmige Antwort geben. War sie nur wegen der Paradiesvogeljagd gekommen? Vermutlich eher, um sie über den Grafen Wolkenstein auszufragen, die falsche Schlange.

Erst spätabends, als der Schrei des Nachtkauzes durch die Wälder hallte, erfuhr Franziska vom Ableben der Bürgermeistertochter. Cäcilia hatte versucht, mit Nadeln eine unerwünschte Schwangerschaft zu beenden, und war daran verblutet. Die Mutter hatte nicht mehr helfen können und fühlte sich schuldig, nicht stärker auf die Konsultation eines Arztes bestanden zu haben. Der Bürgermeister und seine Gattin hatten von der Sünde der Tochter nichts geahnt. Niemand dürfe die Wahrheit erfahren. Der nach dem Ableben herbeigerufene Mediziner, ein Freund des Bürgermeisters, trug auf dem Totenschein die Diagnose tragische und plötzlich aufgetretene Leberblutung aus unbekannter Ursache ein.

KAPITEL 3

Freitag, 30. April 1909, Artstetten

Der Herr Bürgermeister war zu bedauern. Da hatte er eine brave, fleißige und ansehnliche Tochter großgezogen, die Hochzeit mit einem Weinbauernsohn aus gutem Hause war beschlossene Sache, und dann starb ihm das Mäderl wegen einer entzündeten Leber lang vor der Zeit. Herr von Wald schüttelte den Kopf. Einen Tag nur war sie darniedergelegen, in der darauffolgenden Nacht hatten sich ihre Augen für immer geschlossen. Dabei hatte er den Bürgermeister und Feuerwehrhauptmann von Artstetten noch diese Woche fragen wollen, ob seine Tochter bei der diesjährigen Gartenjagd beim Schloss mitmachen tät. Wenn so ein Mäderl erst einmal unter der Haube war, war sie für ihn verloren. Überhaupt wusste er bald nicht mehr, wen er fragen könnte. Potenzielle Kandidatinnen für einen Paradiesvogel wurden immer rarer. Jedes Jahr suchte er nach vier Jungfern für vier frisch geadelte Herren. Die Adeligen vermehrten sich, die Jungfern nicht. Noch lohnte sich das Geschäft. Aber wie lange noch? Bald musste er sich etwas Neues ausdenken. Seufzend ließ er den Blick schweifen. Die Tochter der Hebamme, Franziska Buls, die würde ihm gefallen. An eine Heirat schien sie nicht zu denken. Da kein Vater mehr da war, musste er sich an die Witwe halten. Leider hatte die ihm schon zweimal eine schroffe Abfuhr erteilt. Da lebten die zwei Weiber allein in einem recht passablen Haus und trugen die Nasen höher als die ehrbare Fürstin Sophie, immerhin die Gattin des Thronfolgers. Von Wald schnaubte verächtlich, während er die zierliche Gestalt der Hebammentochter in dem schwarzen Kleid abschätzend betrachtete. Zart war die Wölbung ihres Busens über der geschnürten Taille, kräftig der Schwung ihrer Hüften. Das Schönste an ihr waren jedoch das prachtvolle, seidig glänzende Haar, fast so schwarz wie das Federkleid eines Raben, und erst der kleine rote Kirschmund. Lüstern strich seine Zunge über die Unterlippe. Widerspenstigkeit reizte ihn. Die Eroberung war der Lohn des Jägers. Leise brummte er vor sich hin und ließ den Blick weiterwandern. Alle waren sie aus ihren Häusern gekrochen, um dem Bürgermeister von Artstetten und seiner Gattin das Beileid zum Tod des einzigen Kindes auszusprechen. Der Pfarrer sprach von der reinen Liebe im Paradies. Ob die Cäcilia die andere, die sinnliche Liebe, in ihrem kurzen Leben kennengelernt hatte? Er unterdrückte ein Grinsen beim Gedanken an den zarten, bis vor wenigen Tagen lebendigen und mit Gewissheit wohlduftenden Körper der Bürgermeistertochter. Erschauernd starrte er auf den ins dunkle Erdloch sinkenden Holzsarg. Gleich würden sich die Würmer über das junge Fleisch freuen. Von Wald sah auf. Viele der Frauen hatten Tränen in den Augen. Der Verlust eines Kindes war eine Katastrophe. Bei den Edlen genauso wie bei den einfachen Leuten. Er konnte sich den Schmerz vorstellen, selbst wenn er niemals Nachkommen haben würde. Unverwandt dachte er an seine Mutter, die immer schwächer wurde. Das Haus verließ sie kaum mehr. Ohne ihn wäre sie verloren. »Mein herzlichstes Beileid, Herr Bürgermeister.« Die Hand des Vaters legte sich schlaff in die seine. »Mein herzlichstes Beileid, Frau Bürgermeister.« Er strich über die kalten und knochigen Finger der Gattin. Sie schluchzte auf.

»Der Herr gibt. Der Herr nimmt.« Er verbeugte sich.

»Danke, Herr von Wald. Gott mit Ihnen. Kommen S' anschließend mit ins Wirtshaus? Wir haben Schnitzerl mit Erdäpfelsalat herrichten lassen. Es wär uns a Ehr«, flüsterte der Bürgermeister.

»Schnitzerl mit Erdäpfelsalat. Mei Leibspeis. Trotzdem, bedaure, verehrter Herr Bürgermeister. Die Geschäfte rufen mich auch heute zur Pflicht. In zwei Stunden werden Seine Kaiserliche Hoheit, der Thronfolger mit hochrangigen Gästen im Schloss erwartet.«

»Der Herr Kammermeister ist ein tüchtiger und viel beschäftigter Mann. Wir danken, dass Sie sich dennoch die Zeit genommen haben.« Der Bürgermeister neigte den Kopf. Die Gattin schloss die zuckenden Lider. Baron von Wald hatte es eilig.

Zwei Stunden später öffnete sich vor der Einfahrt vor dem Schloss die Tür des schwarz glänzenden Wagens. Im Gegensatz zu seinem Onkel, dem Kaiser von Österreich-Ungarn, ließ sich der Neffe lieber mit einem Verbrennungsmotor chauffieren als mit Pferdestärken. Schneidig stieg er aus, drehte sich um und half seiner Gattin, Fürstin Sophie, galant beim Aussteigen. Wendig sprangen die drei Kinder, Sophie, Maximilian und Ernst, aus dem Gefährt.

Dahinter hielt der Wagen des Militäradjutanten Major Alexander Brosch, Edler von Aarenau. Jö! Seine überaus liebreizende Gattin Nathalie hatte er mitgebracht. Was sie wieder für einen hübschen Hut auf dem gelockten Haar trug. Kein Wunder, dass der Major um seine schöne Frau herumschwänzelte wie ein Jungverliebter. Na geh, der Franz Hahn stand auch schon da in seinen lächerlichen Lederhosen und der Feder auf dem Hut. Wichtigtuerisch wie immer, mit hinter dem Rücken verschränkten Armen und vorgerecktem Kinn. »Na wart, dich werd ich gleich abdrängen«, knurrte der Kammermeister leise, bevor er sich tief nach spanischer Art vor den Ankommenden verbeugte. »Ein herzliches Willkommen, Eure Kaiserliche Hoheit. Stets zu Diensten. Wie immer ist alles nach Euren Wünschen vorbereitet.«

»Eure Kaiserliche Hoheit, Ihr untergebener Diener.« Der Verwalter trat mit angewinkelten Armen vor seinen Kontrahenten, dem er mit geschlossenen Lippen zuzischte: »Gehen S' auf die Seiten, Baron, ich mach das.« Mit einem Grinsen wandte er sich wieder dem Erzherzog zu, der wie aus dem Ei gepellt in blauer Uniform in der Sonne stand und den Blick mit zufriedener Miene über das Anwesen gleiten ließ. »Sophie. Wir sind zurück im Paradies.«

Die Fürstin seufzte tief. »Ja, Ferdi. Es ist wirklich reizend hier.«

»Die Zimmer sind hergerichtet, Hoheiten. In dreißig Minuten wird im Salon der Mokka serviert.« Franz Hahn drehte seinen Kopf nach hinten und zischelte dem Kammermeister zu. »Nach dem Kaffee geht's zur Jagd. Dinner pünktlich um sieben Uhr. Bleiben S' da stehen und warten S', bis die anderen Gäste eintreffen. Die sollen umgehend in den Salon kommen. Sonst geht sich das mit dem Protokoll net aus. Ich bring die Herrschaften ins Schloss.«

Herr von Wald schnappte nach Luft. Unerhört! Was erlaubte er sich, ihm Befehle zu erteilen! Doch bevor er auf die Impertinenz reagieren konnte, war der Verwalter mit der Hautevolee schon Richtung Schloss verschwunden. Die aus Wien mitgereiste Dienerschaft watschelte hinterher.

Elender Halunke, ärgerte er sich weiter. Gar nicht beruhigen konnte er sich. Seine Aufgabe wäre es, in Artstetten an der Seite des Thronfolgers zu stehen. Lange ertrug er die Demütigungen nicht mehr. Der Hahn musste weg. Ihm musste etwas einfallen. Das Geräusch von schlagenden Hufen ließ ihn herumfahren. Aha, die anderen Gäste sind da! Von Wald schritt auf die Ankommenden zu. Ein Zweispänner mit dunklen Pferden fuhr vor. Zwei Männer in ziviler Kleidung stiegen aus der blau lackierten Kutsche und stellten sich als Architekt Oberbaurat Ludwig Baumann und Baumeister Friedrich Eichberger vor. Den Eichberger kannte er. Der wohnte in Pöchlarn, dem reizvollen Handelsstädtchen am anderen Donauufer. Bald solle es einen umfassenden Umbau am Schloss geben, wurde er von Hahn gestern bei der Vorbesprechung zum heutigen Protokoll in gnädiger Weise unterrichtet. Die zwei Gäste würden nur für eine Stunde bleiben. An der Jagd und am Dinner durften die beiden Bürgerlichen nicht teilnehmen. Er begrüßte die Herren und zeigte ihnen den Weg zum Salon. Wenigstens das war ihm vergönnt. Die Pferde übergab er dem Stallburschen, der in einigem Abstand, so wie es das Protokoll vorschrieb, auf seinen Einsatz wartete.

Zum Abschluss trafen die Gäste des Hochadels ein. Die Damen in eleganten Kleidern mit geschnürten Taillen und Hüten mit hochgesteckten Frisuren und goldenen Gehängen an den Ohrläppchen, die Herren in Frack und Zylinder. Während die Herzöge, Fürsten und Grafen sich der Jagd nach Rebhühnern in den umliegenden Wäldern widmeten, würden die Damen im Salon auf ihre Ehemänner warten und Tee trinken. Manchmal spazierten sie aber auch lieber durch den schönen Garten. Dann musste er ihnen hinterherschleichen und zur Stelle sein, sollte sich eine Frau Herzogin, Fürstin oder Gräfin wegen des ungeeigneten Schuhwerks das feine Knöcherl verstauchen oder wegen der zu engen Schnürung des Korsetts ohnmächtig werden. Alles schon da gewesen. Er half rasch und diskret, hatte neben nach Kräutern duftenden Riechfläschchen auch Verbandsmaterial und kühlende Kompressen dabei. Er scheute nicht, wie der Hahn, den Körperkontakt mit den feinen Gästen. Aber vor dem Thronfolger, da buckelte der Verwalter so heftig, dass sich sein Rückgrat schon krümmte.

Franziska schritt im Festsaal entlang der gedeckten Tafel und prüfte, ob die Dienerschaft die Servietten, das Porzellan, die Gläser, die Kärtchen und das Silberbesteck ordentlich auf dem weißen Tischtuch platziert hatte. Lag ein Messer schief, richtete sie es, glänzte ein goldfarbener Serviettenring nicht ausreichend, polierte sie ihn. Und wehe, auf einem der geschliffenen Gläser spiegelte sich das durch die hohen Fenster einfallende Licht nicht in voller Kraft oder eines der Namenskärtchen stand von dem mit Wiesen- und Blumenmotiven verzierten Porzellanteller zu weit entfernt. Franziska spürte jeden Makel sofort auf. Während sie ein Porzellangefäß für Salz um einen Zentimeter verrückte, strichen ihre Gedanken zurück zum Begräbnis von Cäcilia vor wenigen Stunden. Am offenen Grab hatte Hermine ihr ins Ohr geflüstert, der künftige Bräutigam solle nicht der Verursacher des tödlichen Fehltritts, dessen Folgen als Leberleiden getarnt wurden, gewesen sein. Woher hatte die Hermine das gewusst? Spionierte sie der Bürgermeisterfamilie hinterher? Sie und ihre Mutter hatten bestimmt keinem davon erzählt. Franziska dachte an die Frauen, die hin und wieder an die Tür ihres Hauses klopften und die Mutter anbettelten, die unerwünschte Frucht im Bauch wegzumachen. In den meisten Fällen schickte die Mutter sie mit Ratschlägen fort, an welche Behörden sie das Kind nach der Geburt übergeben konnten. Manchmal wendete sie eine Scheidenspülung mit Zusatz von Carbolsäure an. Leider wussten sie beide, dass diese Methode wenig wirksam war. Es diente vordergründig der Beruhigung. Nur in äußerst prekären Fällen wendete Mutter die härteste aller Methoden an, wenn eine Frau drohte, sich im dunklen Wasser der Donau zu ertränken. Nachts, wenn alle schliefen, konnte nur der Mond am wolkenlosen Himmel den roten Saft zwischen den Beinen der unglücklichen Frauen sehen. Ihr hatte Mutter das Töten eines von Gottes Gnaden heranwachsenden Lebens strengstens verboten. Wurde man erwischt, landete man im Gefängnis. Ein kalter Schauer kroch ihren Rücken hinauf. Mutter war eine Engelmacherin aus Gnade, die ihrer Tochter verbat, es ihr nachzumachen. Franziska wollte sich daran halten und hatte Pläne, wie sie den Frauen Leid ersparen konnte. Mittlerweile gab es bessere Methoden der Empfängnisvermeidung. Wenn nur die Kirche nicht alles verbieten würde. Franziska grübelte, während sie das Tuch über das Besteck gleiten ließ. Kondome aus Gummi gab es mittlerweile und in einem Artikel hatte sie von einer neuen Erfindung, dem Diaphragma, gelesen. Eine Kombination aus mechanischer und chemischer Verhütung. Eine Kappe aus Gummi sollte den Muttermund versperren. Zusätzlich wurde ein spermatötendes Gel angewendet. Franziska schüttelte sich ab. Vorstellen mochte sie sich einen Geschlechtsakt mit derartigen Instrumenten nicht. Aber was blieb den Frauen übrig? Der Coitus interruptus war vermutlich auch keine absolut sichere Methode. Franziska zuckte mit den Schultern. Am besten blieb man keusch. Aber wenn selbst ihr das immer schwerer fiel? Der trübe Fleck auf dem Silber war wegpoliert. Sie ging weiter und glättete beim nächsten Gedeck den verbogenen Zipfel einer Serviette. Nun sah die Tafel perfekt aus.

Zwanzig Kronen zahlte der Kammermeister den Jungfern für die Rolle eines Paradiesvogels. Ihr gab er zehn Kronen für das Herumtragen der mit Essen schwer beladenen Tabletts. Mutter hatte recht, da war etwas nicht im Lot. Warum zahlte der Kammermeister mehr Geld für eine Maskerade im Garten als für echte Arbeit im Schloss? Wieder spürte Franziska eine heiße Röte in ihre Wangen steigen, wie immer, wenn sie sich über etwas ärgerte. Sie wollte an etwas Schönes denken, wie an das gestrige Treffen mit dem Grafen Wolkenstein. Im goldenen Licht des Abends hatte er sie am Waldesrand zum ersten Mal mit der Zunge geküsst. Dieses warme und fremde Gefühl hatte sie aufgewühlt. Sie spürte es jetzt noch so intensiv wie gestern. Allein der Gedanke ließ ihren Herzschlag rasen. Wie im Fieber war sie sich vorgekommen vor lauter Glück und hatte ihn tiefer in das Dickicht gezogen. Eng umschlungen, wobei seine Küsse immer drängelnder wurden. Doch dann hatte er sich auf einmal von ihr gelöst. Sie atmete tief gegen den Schmerz in ihrer Brust. Als sie sich in seine Arme zurückgeworfen hatte, war er ausgewichen, wollte ihre Ehre beschützen. Ihre Ehre! Dabei sagte man, es seien die Männer, die zum Körperlichen drängten. Der Graf jedoch wollte sie nur mit Worten liebkosen, obwohl sie alleine und unbeobachtet im Zwielicht des Waldes verborgen waren. Hatte sie sich falsch verhalten? War sie etwa nicht hübsch, nicht wohlriechend genug für einen Grafen?

»Franziska!«

Erschrocken fuhr sie herum.

»Was treibst denn da so lange! Verschwind in die Küche! Die Gäste kommen! In dreißig Minuten wird die Suppe serviert!«

Der Diener stand in der offenen Tür und winkte hektisch. Franziska eilte hinaus. Vom Flur her hörte man die tiefe Stimme des Kammermeisters und ein helles Lachen. Das konnte nur die Fürstin sein. Franziska mochte ihre Fröhlichkeit, ihr rundes, freundliches Gesicht. Rasch drückte sie ihren Rücken gegen die Wand einer Nische und lauschte den sich nähernden Schritten. Der Stoff der fürstlichen Garderobe raschelte. Schon roch sie das Rosenparfum und sah den hocherhobenen Kopf mit den kunstvoll aufgesteckten Haaren, den Perlen im Ohr und dem Spitzenkragen im Nacken.

»Ich bitt Sie, Herr von Wald. Sorgen S' dafür, dass net wieder eines der Bauernmadeln beim Servieren den Gästen ihren nackerten Busen aufdrängt. Hochgeschlossen sollen sie sich kleiden. Achten S' drauf. Wir sind ja kein Wirtshaus.«

»Selbstverständlich, Eure Durchlaucht. Seien Sie unbesorgt. Ich achte darauf. Verzeihen Sie, beim letzten Mal hat der Herr Gutsverwalter persönlich die Bediensteten eingewiesen. Ich hatte Seiner Kaiserlichen Hoheit, dem Erzherzog, bei der Adjustierung zur Hand gehen müssen und keine Zeit g'habt für die Instruktion der Serviermadeln.«

»Dann richten S' dem Hahn bittschön aus, was zu tun ist. Ich kann mich ja net um alles selber kümmern.«

»Selbstverständlich, Eure Durchlaucht.«

Der Kammermeister verneigt sich und schwänzelt um die Fürstin herum wie ein Hunderl, amüsierte sich Franziska. Bei unsereiner benimmt er sich ganz anders, dachte sie und griff an ihren Busen, prüfte den Sitz ihres Kleides. Ihr Dekolleté war vorschriftsmäßig. Der Ausschnitt hatte beim Bedienen hochgeschlossen zu sein, unter keinen Umständen durfte man beim Vorbeugen den Spalt zwischen den Brüsten sehen. Die Damen der Gesellschaft trugen beim Festmahl ihre Brustansätze sehr wohl für alle Augen sichtbar, das hatte sie oft genug beobachtet. Die Gäste durften kokettieren. Das Personal hingegen hatte möglichst unsichtbar zu bleiben. Franziska eilte mit gesenktem Haupt in die Küche.

Eine halbe Stunde später balancierte sie den schweren Suppentopf von der Küche in den Festsaal. Hoch konzentriert achtete sie darauf, beim Schöpfen der Bouillon keinen Tropfen zu verschütten. Wie aus weiter Ferne hörte sie die Stimmen der Gäste. Hie und da schnappte sie ein paar Wortfetzen auf. Der Duft der schweren Tischrosen mischte sich mit dem Essensgeruch. Die Herren plauderten über die Jagd und erschossene Fasane, die Damen über einen Spaziergang und die Pracht des Gartens.

Franziska hatte ihren Teil der Tafel erledigt. Ein anderes Mädchen hatte heute die Bedienung des Thronfolgerpaars übernehmen dürfen. Als sie sich beim Hinausgehen den Gastgebern näherte, hörte sie, wie der neben dem Erzherzog sitzende Major Brosch, ein sehr schöner Mann im Übrigen, von einer Gruft sprach. Unter einer Gruft konnte sie sich wenig vorstellen, so spitzte sie die Ohren, um mehr zu erfahren, und verlangsamte den Schritt.

»Das Gespräch mit dem Architekten und dem Baumeister ist sehr zufriedenstellend verlaufen, nicht wahr, Eure Kaiserliche Hoheit?«

»O ja. Wenn ich Ende Juli wieder nach Artstetten komme, werde ich mir den Fortschritt anschauen. Ich vertraue den Fähigkeiten dieses Baumeisters. Der Mann wirkt überaus kompetent.«

»Eine persönliche Empfehlung von Oberbaurat Ludwig Baumann, Eure Kaiserliche Hoheit. Friedrich Eichberger ist ein Handwerker aus Pöchlarn und überaus erfahren. Bei mehreren Grüften nach den Plänen von Ludwig Baumann hat er schon Hand angelegt.«

»Schön, dass er bald mit den Arbeiten beginnen kann. Noch was, lieber Brosch. Haben S' das Konvolut betreffend meiner Thronbesteigung mitg'nommen? Erinnern Sie sich, worum ich Sie in Wien gebeten hab?«

»Gewiss. Die Papiere habe ich dabei. Alle Ihre Vorschläge sind eingearbeitet. Den einen oder anderen Absatz werde ich in Wien noch von unseren Juristen prüfen lassen.«

»Wunderbar, lieber Brosch. Ich schau mir das nach dem Essen an. Aber jetzt lassen wir die Geschäfte ruhen. Wir wollen doch unsere lieben Gattinnen nicht mit Paragraphen langweilen.«

Franziska sah aus den Augenwinkeln, wie der Thronfolger sein Champagnerglas hob und Richtung Major und Gattin zuprostete. Beim Hinausgehen vernahm sie das helle Lachen der

Fürstin Sophie im Rücken. Verstehen konnte sie nichts mehr. Dann musste der Erzherzog zu essen begonnen haben, denn mit einem Schlag verstummten sämtliche Stimmen. Einzig das Schlagen der Löffel gegen Porzellan war zu hören.

Wenig später wurde das Hauptgericht serviert, ein Fasan gespickt mit Speck in Wurzelsauce, dazu glacierte Karotten. Anschließend gab es Kuchen, Kaffee und Likör aus den besten Marillen der Wachau. Den Abschluss bildete eine reich garnierte Käseplatte. Franziska schluckte. Hungrig konnte sie nur erahnen, wie köstlich das Essen schmecken musste. Noch nie hatte sie das Fleisch eines Fasans auf ihrem Gaumen gespürt.

Einige Zeit später radelte Franziska müde und erschöpft in der Dunkelheit im Schein der an der Lenkstange befestigten Öllampe den Weg vom Schloss nach Hause. Abwärts musste sie kaum treten. Sie gähnte in den auffrischenden Wind, der nach dem Wasser der Donau schmeckte. Trotz der anstrengenden letzten Stunden war sie zufrieden. Das Geld für das Servieren konnte sie gut gebrauchen. Die Geburten im Nibelungengau an der Donau wurden mit jedem Jahr weniger. Das Dach des Hauses brauchte eine Reparatur. Noch vor dem Abendessen mit Mutter, selbst gebackenes Brot mit Topfen und getrockneten Marillen, wusch sie sich den Staub der Straßen von der Haut. Danach war sie selbst zum Reden zu müde und legte sich schlafen. Im Hinüberdämmern dachte sie, wie an jedem Abend, an ihre heimliche Liebe, den Grafen von Wolkenstein. Seit Wochen trafen sie sich im Wald hinter dem Schloss. Nie hätte sie es für möglich gehalten, dass sie jemals an seiner Seite in der Öffentlichkeit stehen könnte. Doch seit gestern war alles anders. Er hatte sie im Wald verschont. Ihre Ehre wollte er beschützen. Was konnte diese Geste anderes bedeuten, als dass er es ernst mit ihr meinte? Je mehr Franziska grübelte, desto verwirrter wurde sie. Deutlich sah sie die Liebe in seinen hellen Augen, jedes Mal mehr, wenn er sie anblickte. Seine Zuneigung und auch sein Verlangen nach ihr bildete sie sich nicht ein. Durfte sie ernsthaft hoffen? Auf ein Leben an seiner Seite? Schließlich hatte auch der Thronfolger eine Frau niederen Standes heiraten dürfen. Sagten nicht die Leute, mit einem neuen Kaiser würde sich so einiges zum Positiven verändern? Die Gesellschaft würde freier werden, hörte sie die Worte ihres Liebsten im Ohr. Glückselig schlief sie ein.

KAPITEL 4

Freitag, 14. Mai 1909, im Garten von Schloss Artstetten

Endlich war es so weit. Der große Tag war gekommen. Hermine stand am Tor zum Garten des Schlosses von Artstetten. Ohne Mieder, ohne Schuhe und Strümpfe in einem weiten Kleid aus roter Baumwolle, dessen Saum knapp bis zu den Waden reichte, die Maske aus dem gleichen Stoff verdeckte ihr halbes Gesicht. Wenn sie das Grün und die bunten Farben der Blumen des Gartens auch nur durch einen Schlitz mehr oder weniger verschwommen erkennen konnte, fühlte sie sich in diesem Moment doch frei von jeder Sorge. So musste sich das göttliche Paradies anfühlen. Ihre Finger tasteten zu der Feder in dem mit wenigen Spangen gebändigten blonden Haar. Zum Glück wehte heute kaum ein Lüftchen, das der so filigran getürmten Frisur Schaden hätte zufügen können. Mit großem Stolz und überaus erregtem Gemüt trug sie das Kostüm eines Paradiesvogels. Eine Woche lang hatte die Mutter daran genäht, auch sie vom Stolz getrieben. Der Stoff vom fahrenden Händler hatte die Familie einige Kronen gekostet.

Hermine strich mit der Hand über ihre Taille und dachte an Franziska Buls. Wie konnte die so eine Ehre nur abschlagen? Schon als Kind war die Tochter der Hebamme furchtbar fad und hochnäsig gewesen. Hermine beäugte die anderen drei Mädchen in ihren blauen, gelben und grünen Kostümierungen. Die Fasson der nur leicht taillierten Kleider war vom Kammermeister vorgegeben. Die Haare hatten lose gesteckt zu sein. Die bunten Farben sollten an Sommerblüten erinnern. Baron von Wald hatte etwas von einem Dichter aus England geschwafelt, der ihm als Inspiration für die Aufmachung der Jungfern gedient habe. Hermine kannte keine Dichter aus fernen Ländern und zuckte mit den Achseln. Mit Wonne atmete sie den allgegenwärtigen süßen Duft der Pfingstrosen in tiefen Zügen ein. In einem blasseren Ton als das kräftige Rot ihres Kleids blühten sie üppig in dichten Büscheln im Park. Doch wer wollte schon in langweiliges Rosa gekleidet sein, wenn er ein majestätisches Rot wählen konnte? Alte, Ehrfurcht gebietende Bäume säumten die Wege hinauf zum Schloss. Von Weitem hörte man das Plätschern aus den Springbrunnen, die Knospen in den Rosenbeeten reckten sich den Sonnenstrahlen entgegen, manche prall und kurz vor dem Aufspringen. Seit die Fürstin Sophie viele Sommertage auf dem Schloss in Artstetten verbrachte, wucherten jedes Jahr mehr Rosen im Garten. Ihre Hoheit war eine Rosennärrin. Hermine hielt ihr Gesicht in die wärmende Maisonne. Aufgeregt knetete sie ihre Hände und wartete neben den anderen Jungfern auf das Eintreffen des Barons und seiner Gäste. Da schritten die Herren auch schon über die Wiese auf die Jungfern zu. Diskret verstummte das Geschwätz der Bauersfrauen an den gedeckten Tischen. Die Arbeit war vollbracht und sie zogen sich zurück.

Mit der qualmenden Zigarre in der Hand gab Herr von Wald seinen diesjährigen Paradiesvögeln die letzten Anweisungen zu den Regeln der Jagd. »An diesem besonderen Tag seid ihr frei«, sprach er mit laut erhobener Stimme, »frei wie ein Vogel.«

Was immer er sich darunter vorstellte, Hermine nickte zu jedem seiner Worte. Immerzu dachte sie daran, dass nicht jedes Mädchen aus dem Nibelungengau als Paradiesvogel an den

Gartenjagden teilnehmen durfte. Gewiss nur die ansehnlichsten aus dem Kreis der Unvermählten lud Herr von Wald jedes Jahr ein. Hermine lauschte der Rede andächtig.

»Ihr seid heute ein Teil dieses Gartens«, sprach der Baron. »Duftende Blüten Seiner künftigen Majestät, des baldigen hochwohlgeborenen Kaisers von Österreich. Schön und edel. Kostbar und verführerisch.« Der Kammermeister zog an seiner Zigarre und blies den Rauch in die Luft. »Wie der Wind und das Wasser bewegt ihr euch. Seid ohne Scheu, tanzt und frohlockt unter den mächtigen Kronen der Bäume!«

»O ja, verehrter Herr von Wald«, hauchte die Bauerstochter aus Schwarzau neben Hermine, »aber wie sollen wir wissen, welchem der Herren wir unsere Feder übergeben dürfen?«

»Geduld. Geduld. Dazu komme ich noch. Sobald euch einer der adeligen Herren erhascht, haucht ihr ihm folgende Worte entgegen: ›Ist es meine Farbe, die Ihr begehrt, mein Herr?‹ Sprecht es mir nach!«

»Ist es meine Farbe, die Ihr begeht, mein Herr?«, trällerten die Mädchen im Chor.

Herr von Wald grinste zufrieden. »Genauso macht ihr es.« Er hob beide Arme. »Vergesst nie, der Jäger ist immer der Sieger. Was er begehrt, habt ihr ihm zu geben.« Mit vor der Brust gefalteten Händen neigte er den Kopf. »Seid unbesorgt und ruft nach mir mit der Stimme eines Vogels. Ihr seid Paradiesvögel und ich bin euer Beschützer.« Er zwinkerte ihnen zu, daraufhin verfielen die Jungfern in ein verzücktes Kichern. Der Baron ging zu den vier adeligen Herren, sprach zu ihnen und inspizierte die Tische mit den aufgetragenen Köstlichkeiten, Brot, Schinken, Fisch, Obst und etliche Flaschen mit alkoholischen Getränken in silbernen Behältern. Zustimmend nickte er.

Ungeduldig wechselte Hermine von einem Fuß auf den anderen. Zwar war die Luft milde an diesem Maitag, eine duftende Wärme lag über dem Garten, doch vom Boden kroch feuchte Kälte über ihre nackten Sohlen bis zu den Waden.

Da klatschte der Baron fest in die Hände. »So, jetzt lauft, meine Paradiesvögel, lauft und fliegt durch den Garten des künftigen Kaisers. Aber lasst euch nicht zu leicht einfangen.« Er lachte kehlig.

Froh war Hermine, endlich in Bewegung zu kommen. Auch die anderen Jungfern rannten los. Nackte Sohlen flogen über die Wiese. Gelächter hallte über den Hügel. Die gebauschten Kleider tanzten wie bunte Bälle über die knöchelhohen Halme. Anfangs ein Bukett der Farben, lösten sie sich bald voneinander und verteilten sich.

Hermine bewegte sich auf den Badepavillon im Lustgarten zu, wo sie unter den hängenden Zweigen eines jungen Weidenbaums im Gras niedersank, um ihren Atem zu beruhigen. Zumindest war ihr kein bisschen mehr kalt. Sie lauschte gebannt in die Stille, vernahm nichts als das Plätschern des Wassers aus den Brunnen, Vogelgezwitscher und Insektensummen sowie das sanfte Rascheln des Windes in den hohen Kronen der Bäume. Wo die anderen Jungfern wohl hingelaufen waren? Da, ein Keuchen ganz nah. Neugierig reckte sie sich auf und spähte über die Hecken und Büsche des weitläufigen Parks. Es war niemand zu sehen. Sie drehte den Kopf. Dort, zwei Männer in erdfarbigen Hosen, zu weit entfernt, als dass es ihr Keuchen gewesen sein konnte, das sie vernommen hatte. Die Männer stapften in ihre Richtung. Sofort duckte sie sich, um ihr Versteck nicht voreilig zu verraten. Einer war groß und schlank mit schmalem Gesicht. Der andere bewegte sich schwerfällig mit breiter Leibesfülle. Vielleicht sollte sie sich doch bemerkbar machen. Am Ende blieb sie übrig, wurde nicht gefunden. Sie wollte nicht die Letzte sein. Hermine reckte den Hals. Die beiden Männer drehten sich in eine andere Richtung, steuerten auf eine Kastanienallee zu. Stimmenfetzen gelangten an ihr Ohr. Ein Lachen aus der Ferne. Kurz darauf ein schrilles Kichern. Offenbar war eines der Mädchen entdeckt worden. Sie lugte zwischen den Zweigen den Hügel hinauf. Tatsächlich, die Blonde aus Nussendorf mit dem blauen Kleid tänzelte neben dem Dicken über die Wiese auf das Tor zum hinteren Eingang des Gartens zu. Deutlich konnte sie die blaue Feder in der Hand des Mannes sehen. Er hielt sie wie eine Trophäe in der Hand. Plötzlich, wieder Stimmen. Hermine fuhr herum. Das gelbe Kleid trat in Begleitung eines weiteren Jägers aus dem Dickicht neben dem Felsen hervor. Neben ihr war also nur noch der grüne Vogel in Freiheit. Ihre Augen suchten den schlanken Herrn von vorhin. Er war nirgends zu sehen. Jedoch tauchte eine andere schmale Gestalt in dunkler Montur wie aus dem Nichts aus dem Schatten der Bäume auf und querte im prallen Sonnenschein die Wiese. Eine braune Tasche hing mit einem Gurt befestigt an seiner Hüfte. Das konnte nur der Kammermeister mit seinem neumodischen Fotoapparat sein. Schon war er aus ihrem Blickfeld verschwunden. Sie war allein. Die Zeit verging. Langsam wurde ihr langweilig. Seufzend lehnte sie sich an den Stein hinter ihr und blickte auf ihre nackten Füße. Ein paar Grashalme hingen zwischen ihren Zehen. Sie bückte sich, um die Halme zu entfernen, strich mit ihren Händen die Beine entlang, schob die Unterröcke und den roten Stoff hinauf. Wo hatte sie sich da bloß wieder gestoßen? Ein hässlicher blauer Fleck verunzierte ihren Oberschenkel. Hermine ächzte, tastete weiter, um den Sitz ihrer Unterwäsche zu prüfen. Oje, der Schlitz der Hose stand weit offen. Sie beugte sich vor, um ihn zu schließen. Nicht, dass da noch ein vorwitziger Käfer hineinkroch. Hermine erschauderte bei dem Gedanken. Da raschelte etwas neben ihr. Erschrocken fuhr sie herum und blickte auf schwarze Lederstiefel. Ihr Blick wanderte die Hosenbeine weiter bis zu schmalen Männerhüften und einem Gürtel mit einer Schnalle in Form eines Hirschkopfs. »O!«, rief sie. »O!«

»Da hab ich ja einen ganz reizenden Vogel entdeckt«, hörte sie eine tiefe Männerstimme.

Hermine riss die Augen auf. Der Mann hatte einen beinahe kahlen, schmalen Kopf. Es war der Schlanke von vorhin. Aber wo war nur sein Hut geblieben? Mit bedecktem Haupt hatte er ihr besser gefallen.

»Gnädigster Herr, ist es meine Farbe, die Ihr begehrt?«, flüsterte sie.

»Aber ja, ich begehre deine Farbe.« Die Stimme des Mannes klang heiser. »Und wie ich sie begehre.«

Sie wollte aufstehen, doch ihr nackter Fuß rutschte über einen Stein und sie kam ins Wanken. Hermine plumpste rückwärts zu Boden. »Au«, krächzte sie und wandte sich beschämt ab. Sein Hut lag neben ihr im Gras. Er musste ihn beim Heranschleichen verloren haben. Sie kam sich furchtbar dumm vor und versuchte den Anschein zu erwecken, sie habe gar nicht die Absicht gehabt, ihr Gewicht hochzustemmen. »Ist es meine Farbe, die Ihr begehrt, mein Herr?«, wiederholte sie.

»O ja.« Er beugte die Knie und sank zu ihr herab.

»Ich hab Sie schon von Weitem gesehen, mein Herr«, wisperte sie und stützte sich mit den Händen im Gras ab. Da kam er über sie. Seine Schultern verdeckten die Sonne, sein Gesicht lag im Schatten. Da, ein metallenes Geräusch eines sich öffnenden Gürtels. Sie wusste nicht, wie ihr geschah, plötzlich waren seine kalten Hände auf ihren Schenkeln, drückten sie auseinander. Sein Atem ging in gurgelnde Seufzer über. Das Gewicht seines Körpers drückte sie nieder. Schon lag sie mit dem Rücken auf dem Boden, hörte ein reißendes Geräusch, fühlte etwas Warmes in sich, etwas, das sie nicht zum ersten Mal spürte. Im Schlossgarten des Thronfolgers hätte sie es nicht erwartet. Hitze stieg ihr in die Wangen. Nein, brüllten ihre Gedanken, doch es kam kein Ton über ihre Lippen. Sie nahm all ihre Kraft, all ihre Wut, trommelte mit ihren Fäusten gegen seinen Leib, da wich er endlich zurück, sprang auf und starrte mit geweiteten Augen auf sie herab.

»Nein! Nein!« Sie hatte ihre Stimme wieder gefunden, rief immer wieder »Nein! Nein!«, fasste an den Saum ihres Kleides, raffte ihre Unterröcke, bedeckte ihre Scham und plötzlich schaffte sie es, mit einem Satz aufzustehen. »Nein!«, schrie sie ihm noch einmal und sehr zornig entgegen. Da streckte der Mann seinen Arm und riss ihr die rote Feder mit einem Ruck vom Kopf. »Au!« Mit einem Büschel ihrer Haare in der Hand taumelte er mit herabgelassener Hose aus dem Gebüsch. Sie sah ihm hinterher, wie er im Laufen seinen nackten Hintern zu bedecken versuchte, stolperte, sich dann fing, den Gürtel schloss und auf das Tor zusteuerte. Die erbeutete rote Feder leuchtete in der Sonne. Hermine schnappte nach Luft. Was hatte sie wieder falsch gemacht? Hoffentlich gab ihr der Kammermeister die versprochenen zwanzig Kronen trotzdem. Als sie aufgestanden war, bemerkte sie ein weiteres Malheur. Ihre Unterhose war im Schritt zerrissen. Das würde sie nähen müssen, bevor die Mutter es bemerkte. Beschämt säuberte sie sich von den Grashalmen und Blättern, schüttelte sich ab und watschelte ihrem Jäger hinterher. Die Wut kullerte in Tränen über ihre Wangen. So sehr hatte sie sich auf diesen Tag gefreut. Jetzt war alles verdorben. Im Laufen wischte sie mit dem Ärmel das Gesicht trocken und zupfte am Stoff ihres Kleides, damit der Herr Kammermeister ja nichts von ihrem Missgeschick bemerkte. Hoffentlich war sie nicht die Letzte bei den Tischen. Da sah sie von der Seite die schmale Gestalt des Barons mit der Tasche an der Hüfte an ihr vorbeilaufen. Rasch hechelte sie ihm hinterher.

Herr von Wald freute sich. Dieses Jahr war die Jagd erfolgreich verlaufen. Einer tanzte fast immer aus der Reihe. Heute traf es den Freudenthal. Wieder einmal hatte er ein gutes Gespür bewiesen, als er sich auf den unscheinbaren Rechtsanwalt konzentriert hatte. Im Schutz der Schatten war er hinterhergeschlichen und rechtzeitig bei Hermines Versteck hinter dem Gebüsch zur Stelle gewesen. Rechtzeitig hatte er auf den Auslöser drücken können, gerade in dem Moment, als das entblößte Hinterteil zwischen die dicken Schenkel des Fräuleins gesunken war. Auf dem Bild würde man ihn nur von hinten sehen, doch der Narr war mit herabgelassenen Hosen aus dem Versteck gehüpft. Von Wald grinste. So viel Glück hatte er gar nicht erwartet. Schließlich hatte er ihn auch noch von der Seite mit halb erigiertem Geschlecht fotografieren können. Aus der Affäre kam der feine Herr Rechtsanwalt nicht mehr heraus. Sexuelle Gewalt an einer jungen Frauensperson im Schlossgarten Seiner Hoheit, des Thronfolgers. Nicht nur, dass er dafür ins Gefängnis käme. Der Skandal würde eine künftige Karriere am Hof von Franz Ferdinand beenden, bevor sie begonnen hätte. Freudig rieb er sich die Hände über die zusätzlichen Einnahmen, die ihm der Herr von Freudenthal mit seiner Unbeherrschtheit bescheren würde.

»Herrschaften!« Der Kammermeister hob wenig später das gefüllte Glas. »Die Jagd ist zu Ende. Die Federn erbeutet. Ich gratuliere Ihnen.« Lachend wandte er sich an die vier rotwangigen jungen Frauen. Mit den Augenmasken standen sie wie aufgefädelt in einem respektvollen Abstand neben den vier Jägern und ihren Trophäen, den bunten Federn.

»Ihr habt eure Sache gut gemacht, Jungfern. Trinkt mit uns, esst mit uns, aber zuvor lasst euch fotografieren. Bitte nehmt eure Masken jetzt ab.« Die Mädchen gehorchten kichernd.

»Lächeln. Bitte lächeln!« Von Wald klemmte die Zigarre zwischen seine Lippen und fokussierte mit dem Objektiv das Motiv. Die neue Rollfilmkamera war nicht nur viel einfacher zu bedienen, sie schoss auch bessere Fotos als die alte mit den umständlichen Platten. Außerdem war sie so flach und leicht im Gewicht, man konnte sie in einer Tasche mitführen und bei Bedarf rasch einsetzen. Die ideale Apparatur für seine Geschäfte. Noch heute würde er die Filmrollen mit der Bahnpost an die Firma Kodak in Wien versenden. Er freute sich jetzt schon auf die Abzüge. Nicht dass später einer der feinen Herren behaupten konnte, er wäre gar nicht im Schlossgarten gewesen und hätte keinem der Bauernmädchen Gewalt angetan.

»Lächeln! Bitte lächeln!« Von Wald sah durch das Objektiv. Links reihten sich die vier Paradiesvögel, dazwischen bog sich der Tisch mit Körben voller Köstlichkeiten, rechts lose gruppiert die vier Adeligen. Dahinter der im Sonnenschein golden glänzende Garten, am Ende die Mauern des Schlosses. Ein herrliches Bild. Er protokollierte und fotografierte. Einige waren ihm schon in die Falle getappt, denn er hatte den Schlüssel zur Macht, nach dem sie alle strebten. Der Thronfolger vertraute ihm. Es lief gut. Bald würde er genug Geld eingenommen haben, um eine Generalsanierung des Herrenhauses der Familie von Wald in Auftrag zu geben.

»Ich danke Ihnen!« Zufrieden packte er die Kamera in die Tasche zurück. »Mit dem Wetter haben wir wieder Glück gehabt«, sagte er im Plauderton. »Im letzten Jahr mussten wir um zwei Wochen verschieben, weil es im Mai so viel geregnet hat.«

Die Männer lachten. »Wir haben in der Tat Kaiserwetter heute, Herr Baron. Danke für die Einladung!«

»Esst und trinkt«, forderte der Kammermeister die am Rand stehenden Jungfern auf. »Ich komme gleich wieder.« Er nahm den Apparat aus der Tasche und schritt auf das Tor zu. Besser, er brachte seine Ausrüstung in Sicherheit. Der Freudenthal hatte von den Aufnahmen seiner Tat vermutlich nichts mitbekommen. Trotzdem ging er lieber auf Nummer sicher. Als er zu den Tischen am Ende des Gartens zurückgekehrt war, hatten sich die Jungfern den Männern angenähert. Eine angeregte Unterhaltung war im Gange. Selbst die dicke Hermine wirkte heiter und gelöst. Als wäre nichts geschehen. Braves Mädel. Die Köstlichkeiten kamen gut an. Die Körbe waren fast geleert. Von Wald rieb sich die Hände.

»Meine Herren, wollen wir die Jungfern nicht nach Hause schicken, um uns den Geschäften zu widmen?«, beendete von Wald etwa zwanzig Minuten später das kleine Festessen.

»Gewiss, Herr Baron.« Die Männer nickten zustimmend.

»Darf ich die Herrschaften zum Pavillon am Schwimmbecken bitten? Dort sind wir ungestörter als hier. Im Lustgarten schützen uns zudem hohe Bäume und Hecken vor allzu neugierigeren Blicken und arglistigen Ohren.«

Die Jungfern entfernten sich, bis auf die dicke Tochter des Tagelöhners. Sie verharrte, als wäre sie zu Stein geworden. »Herr Baron«, lispelte sie, »Sie versprachen uns zwanzig Kronen für unsere Dienste.« Das Mädchen blickte ihn aus wasserblauen Augen an. Von Wald starrte auf die Ansätze der fleischigen weißen Brüste im Ausschnitt des blutroten Kleides. Für einen Moment stockte ihm der Atem vor Erregung. Nach einem Räuspern sprach er mit fester Stimme. »Längst erledigt, Mädchen. Das Geld ist deinem Vater bar in die Hand übergeben worden. Jetzt verschwinde.« Kaum zu glauben, sie wich auch vor seiner deutlichen Geste der wegwischenden Hand nicht zurück. Mit verkniffenen Lippen zischelte sie. »Aber, Herr Baron. Ich möchte …«

»Schluss jetzt«, schnitt er ihr das Wort ab. »Geh endlich!« Verärgert fuhr er herum und ließ den Trampel stehen. Seine vier Gäste schienen den kleinen Fauxpas der Respektmissachtung seiner Autorität gottlob nicht bemerkt zu haben, waren sie doch bereits in Richtung des Gartenpavillons unterwegs. Rasch schüttelte er den Ärger ab und eilte hinterher. Er musste sich auf die Rede konzentrieren, die er in Kürze zu halten hatte. Am Pavillon reihten sich fünf filigrane Sessel um einen runden Tisch aus Metall. Fünf Gläser und zwei Flaschen Champagner hatte der Schlosswart herbeigeschafft. Ein braver und folgsamer Mann. Nun, von Wald hatte sich die Worte genau überlegt, er wusste, was die Herren von ihm hören wollten. Dank seiner vorbildlichen Umgangsformen, seiner Beobachtungsgabe und der treffenden Einschätzung seines Gegenübers glaubte man ihm für gewöhnlich. Es lag wohl nicht so sehr am Inhalt seiner Ansprache als an Tonfall und Gestik, die er in langen Stunden vor dem Spiegel geübt und zur Perfektion gebracht hatte. Um Macht zu vermitteln, brauchte es Talent und Übung. Seine Nähe zum Thronfolger und künftigen Kaiser wusste er in Szene zu setzen. Nicht ahnen konnten sie, dass er maßlos übertrieb, dass er keinesfalls über die Kompetenzen verfügte, den Beraterkreis des künftigen Kaisers zu bestimmen. Noch nicht jedenfalls, wenngleich er daran arbeitete. Darüber hinaus hatte er eigene Pläne für die Zukunft von Artstetten. Herr von Wald hielt die Zigarre zwischen seinen gespitzten Fingern.

»Unser künftiger Kaiser Franz Ferdinand schmiedet Pläne für eine umfassende Reform der Monarchie. Aus sicherer Quelle wurde mir zugetragen, dass die Militärkanzlei des Thronfolgers bereits an Projekten für die Umgestaltung nach der Machtübernahme feilt. Advokaten, Ökonomen, Militärstrategen, kurzum, die besten Männer unseres Staates werden gebraucht. Mit Unterstützung des ehrenwerten Generalstabsleiters Conrad von Hötzendorf laufen intensive Vorbereitungen für die Thronübernahme. Ich brauche wohl nicht zu erläutern, welch äußerst vertrauliche Maßnahmen für einen reibungslosen Machtwechsel nötig sein werden, und da kommen Sie ins Spiel, meine Herren. Rechtschaffene und amtserfahrene Männer, die in der Sommerresidenz des Thronfolgers im Nibelungengau einen höchst geheimen inneren Kreis bilden werden. Nicht nur in der Bewaffnung des Militärs liegt unsere Stärke, auch in der Bewaffnung der Worte, meine Herren. Halten Sie sich bereit für die baldige Thronübernahme und Umgestaltung der Monarchie unter Ihrer Mitwirkung.«

»Hört! Hört!« Der Freiherr aus Böhmen hob sein Glas. »Ich spreche wohl für alle, wenn ich sage, dass wir untertänigst der künftigen Monarchie zur Verfügung stehen werden. Nicht wahr, meine Herren?« Die Angesprochenen pflichteten mit Verbeugungen bei. »Ein Hoch dem Erzherzog, ein Hoch dem Thronfolger und baldigen Kaiser! Ein Hoch der Monarchie!« Es wurde gelacht und getrunken. »Ein Hoch unserem verehrten Baron Adolf von Wald!«

Der Kammermeister lehnte sich mit verschränkten Armen zurück. Er sonnte sich im Triumph. Jawohl! Auch er stand zur Verfügung. Auch er wartete auf den Tod des alten Kaisers und den Beginn einer glorreichen Ära der Veränderungen unter seiner Mitwirkung. Die Rauchkringel der Havanna stiegen senkrecht in den Himmel. Sein Blick glitt den Hügel hinab zum Schauplatz des Gelages am Tor. Wie er es angeordnet hatte, waren der Schlosswart und der Knecht dabei, die Tische und alles andere wegzuräumen, noch bevor der penible Verwalter Hahn einen Aufstand wegen der Unordnung im Garten veranstalten konnte. Freudig und siegessicher rieb er sich die Hände.

KAPITEL 5

Freitag, 28. Mai 1909, Artstetten

Baumeister Friedrich Eichberger begrüßte auf dem Vorplatz der Schlosskirche seine beiden Helfer aus Pöbring mit ihren Vornamen Anton und Karl. Die kräftigen Handwerker und Tagelöhner waren ihm in der Vergangenheit bereits mehrfach bei der Errichtung von Grüften zu Diensten gewesen. Eine Grabstätte für einen künftigen Kaiser und seine Familie zu bauen, war ein besonders verantwortungsvoller Auftrag. Jedermann wusste, die Mitglieder der Kaiserfamilie fanden ihre letzte Ruhestätte in der Kapuzinergruft beim Kloster am Neuen Markt in der Reichshauptstadt Wien. Nur durch die nicht standesgemäße Verehelichung des Thronfolgers mit Fürstin Sophie kam das Schloss Artstetten zu dieser ungewöhnlichen Ehre. Sehr wohl wusste Friedrich Eichberger von den Gerüchten, dass der Kaiser gedachte, die Fürstin nach langem Flehen seines Neffen noch in diesem Jahr in den hoheitlichen Stand einer Herzogin zu erheben. Nichtsdestotrotz würde ihr die Bestattung in der Kapuzinergruft der Habsburger verwehrt bleiben. Der Thronfolger liebte seine unter dem Stand stehende Gemahlin offenbar so sehr, dass er nach seinem Tod dem Platz an ihrer Seite fern der kaiserlichen Familie in Wien den Vorzug gab. Er seufzte beim Gedanken an die herzerwärmende Liebesgeschichte des künftigen Kaisers. Nach dem skandalumwobenen Tod des Kronprinzen von Österreich in Mayerling fand sich als Nachfolger nur der kaiserliche Neffe Ferdinand, der so ganz ein anderer Mensch war als der fesche und hitzige Rudolf. Eichberger beugte die Knie und ging in die Hocke, um auf dem

Gras vor der Kirche den Plan des Architekten Ludwig Baumann für die Errichtung der Gruft auszubreiten.

»Es wird nicht einfach werden«, fing er an. »Zunächst werden wir das Portal mit dem Eingang zur Grabstätte errichten. Das Haupt mit dem steinernen Wappen, eine Mischung aus den Symbolen der Häuser Habsburg und Hohenberg, habe ich bereits in Wien beim k. u. k. Hofsteinmetz Eduard Hauser in Auftrag gegeben. Um dieses Portal hier errichten zu können, müssen wir die verwitterten Felsen unter der Kirchenmauer teilweise ausbrechen und diese unmittelbar danach wieder untermauern, um die Stabilität der Gruft für alle Ewigkeiten zu gewährleisten.« Er deutete mit der Hand in die Mitte der Zeichnung von Oberbaurat Ludwig Baumann. »Die Gruft wird den Raum direkt unterhalb des Presbyteriums und der vorderen Hälfte der Kirche einnehmen.«

»Verzeihung, Herr Baumeister«, unterbrach Karl. »Was ist ein Presbyterium?«

Eichberger blickte zu seinen beiden Helfern auf. »Das ist der Ort in einer katholischen Kirche, wo der Priester den Gottesdienst leitet.«

»Aha. Also nahe beim Altar«, schlussfolgerte Karl.

»Richtig.« Der Baumeister deutete auf die Skizze des Bauplans. »Das Portal werden wir mit Quadersteinen einfassen und mit zwei Rundsäulen flankieren, die das Gebälk und den gebrochenen Giebel tragen. Über das rundbogige Tor kommen eine Schneckenkonsole und das in Stein gemeißelte Wappenschild, darüber ein einfaches Eisenkreuz.«

»Die Steine kommen alle aus Wien?«, fragte Anton.

»Ja, der Thronfolger vertraut auf den Hofsteinmetz Eduard Hauser. Das Unternehmen ist alteingesessen. Er wird uns garantiert erstklassige Ware liefern. Auch der weiße Marmor für die Innenausstattung der Gruft kommt von Hauser.«

»Ich fürcht, das wird eine schwierige Sache werden, verehrter Baumeister.« Karl zog die Unterlippe vor.

»Ja, leicht wird es nicht.« Friedrich Eichberger stand auf und faltete den Plan. »Männer, gemeinsam haben wir in der Vergangenheit einige Bauwerke errichtet. Das hier ist ohne Zweifel ein außergewöhnlicher Auftrag, der alles Bisherige in den Schatten stellt. Da die Gruft exakt unterhalb des Hauptschiffs der Schlosskirche errichtet wird, müssen wir das Fundament, das auf dem Felsen ruht, unterfangen. Bei den Sprengarbeiten haben wir verdammt aufzupassen, nicht die Kirche oder gar das Schloss zu beschädigen.«

Anton blickte zum Kirchturm hinauf. »Na servas. Wenn wir uns da verrechnen, riskieren wir Risse in den Mauern, was wiederum die Stabilität des gesamten Komplexes gefährden könnt.«

»Du sagst es, Anton.« Der Baumeister nickte. »Wie ich erfahren habe, kommt der Thronfolger am 26. Juli wieder nach Artstetten und wird unsere Arbeitsfortschritte begutachten. Wenn wir da was verpatzen, können wir künftige Aufträge des Hochadels vergessen. Und dass Bürgerliche selten so viel Geld für eine derartige Konstruktion aufbringen, brauch ich euch ja nicht zu sagen.«

»Oje.« Karl verzog das Gesicht. »Da haben wir nicht viel Zeit. Wie groß soll der Raum da unten denn werden?«

»Zwölf Sarkophage müssen Platz finden«, antwortete Friedrich Eichberger.

»Zwölf? Ja bist du narrisch. Wie viele Kinder will der Thronfolger denn noch zeugen?« Anton zog die Augenbrauen hoch.

Der Baumeister lachte. »Grüfte werden für die Ewigkeit gebaut. Für sämtliche Nachkommen eines edlen Geschlechts.« Seine Miene wurde ernst. »Einen kleinen Sarg gibt es bereits, der in unserer Gruft aufbewahrt werden soll. Der im vergangenen Herbst im Wiener Schloss Belvedere tot geborene

Sohn des Thronfolgers. In einem gut abgeschirmten Raum der Schlosskirche wartet er auf seine letzte Ruhestätte.«

»Ach wie traurig.« Anton drückte das Kinn an die Brust. »Ein Kinder-Sarkophag wird also da unten der Erste sein.«

»So ist es, Anton. Dieser Verlust hat den Erzherzog, vor allem aber die Fürstin bis tief ins Herz hinein getroffen. In ihrer Gegenwart darf niemand von toten Kindern sprechen. Das würde ihr Gemüt nicht ertragen.«

Karl hob die Hand und bekreuzigte sich. »Gottes Segen für die Familie Habsburg-Hohenberg.«

»Wann beginnen wir? Karl trat an die Stelle der Mauer, wo laut Plan in spätestens zwei Monaten das Tor zur Gruft stehen sollte, und strich über den kalten Stein.

»Sobald ich die Berechnung für den Einsatz des Dynamits abgeschlossen habe. Wir müssen die Mauern der Kirche vorsorglich stützen. Das können wir heute noch erledigen. Haltet euch morgen Früh für die Sprengung bereit. Ich werde euch von zu Hause abholen.«

»So soll es sein. Servus Friedrich!«

Er winkte seinen beiden Helfern hinterher, die sich Richtung Schlossstraße bergabwärts auf den Weg machten. Keinesfalls durfte er auf die Entfernung des Kindersarges aus der Schlosskirche vergessen, bevor er die Schnur zündete. Nicht auszudenken, wenn dem kleinen balsamierten Leichnam etwas zustieß. Bis zum Ende der Sprengungsarbeiten würde er ihn in der kleinen Kapelle in Sicherheit bringen.

KAPITEL 6

Freitag, 28. Mai 1909, Wien

Der Doktor der Rechte, k. u. k. Hofrat im Ruhestand Stanislaus, Edler von Freudenthal saß an seinem Schreibtisch und sortierte in Gedanken versunken die tägliche Post. Sein Sohn hatte ihm heute Früh die Ehre eines Besuches erwiesen. Eingangs hatte er herumgeredet und unerträglich Belangloses von sich gegeben, bis er endlich nach einer Stunde unter Tränen zur Sache gekommen war. Wegen der Trauer um die tote Mutter, wegen des seelischen Schmerzes um den schweren Verlust habe er versucht, mit Unmengen von Alkohol und anderen das Seelenleid mildernden Substanzen sein aufgewühltes Gemüt zu beruhigen. Nur mühsam hatte der Vater aus dem Gestammel die in den berauschten Bewusstseinszuständen begangenen Dummheiten seines Sohnes heraushören können. In Prag war er gewesen, der Herr Sohn, weil sie ihm in Wien wegen seiner Eskapaden den Zutritt zu den Spielsalons bereits verwehrt hatten. Die Summe, die der Vater in einem ganzen Monat im Handelsministerium verdient hatte, war mit einem einzigen Kartenspiel verloren. Geschworen hatte der Bub, bis auf den letzten Heller alles zurückzuzahlen, umgehend die Schande wiedergutzumachen, der toten Mutter im Grab keinen Kummer zu bereiten, und ihm, dem Vater, auch nicht. Nie wieder wollte er Schwäche zeigen. Durch und durch diszipliniert und beherrscht wie der Herr Vater wollte er werden, einen edlen und tadellosen Charakter gedachte er anzustreben. Der Nobilitierung der Familie wollte er gerecht werden. Denn auch der

Sohn trug nun den Edlen von Freudenthal wie ein Schmuckstück, wie er es umgehend durch den Druck neuer goldgerahmter Visitenkarten deutlich gemacht hatte. So ein Aufstieg in die bessere Gesellschaft veränderte nicht nur die Anrede des einfachen Herrn zum Hochwohlgeborenen, er verpflichtete auch zur Veredelung der Person bis ins innerste Gemüt. Hörte er tatsächlich seinen Sohn reden? Oder vielmehr seine eigene innere Stimme?

»Theodor, was tust du mir an?«, hatte er seinen Sohn gefragt und war doch nicht umhingekommen, ihm ein letztes Mal aus der Misere zu helfen und seine Schulden zu bezahlen.

Ein Schreiben mit Siegel! Da schau her! Sollte er sich auch so ein rundes Siegel mit dem Reichsadler und seinem Monogramm inklusive Adelstitel anfertigen lassen? Aber bittschön nicht in violetter Farbe wie dieser eitle Baron von Wald! Wachs in vornehmem Grün oder Blau würde reichen.

Seufzend griff er zum Briefmesser und schlitzte das weiße Kuvert mit dem Siegel des Kammermeisters von Schloss Artstetten an der oberen Kante auf. Gewiss schickte ihm der Freiherr von Wald einen Abzug von dem Foto der albernen Gartenjagd, die ihm die Tore zum inneren Kreis des künftigen Kaisers von Österreich-Ungarn öffnen sollten. Vielleicht gar schon eine Einladung zu einer Jagd mit der Hoheit persönlich? Von Freudenthal hob das Kinn. Hatte sich das Dienen endlich ausgezahlt? Die vielen Jahre im Ministerium? Die rechtliche Beratung für den k. k. Handelsminister Seiner Majestät? Das Buckeln, Erdulden und Gehorchen? Von Freudenthal entfaltete das Briefpapier. Wie erwartet blickte er auf das Gruppenbild mit den vier frisch Geadelten nebst den Landschönheiten in bunter Tracht. In schamhafter Erinnerung starrte er auf die eine, die kräftige Blonde im roten Kleid. Recht scharf geschossen. Alle Achtung. Ein Schmunzeln huschte über seine Miene. Doch da fielen zwei weitere Bilder, nicht minder scharf geschossen, aus dem Bogen. Freudenthal erstarrte, als er sich selbst erkannte, mehr noch sein nacktes Gesäß und sein entblößtes Geschlecht.

»Um Gottes willen!« Seinen Händen entglitt das Schreiben mit den Fotografien. Der Herzschlag raste, die aufeinandergepressten Kiefer knirschten, Schweiß trat auf seine Stirn. Doch dann fasste er sich, atmete tief durch und dachte an das Glück, dass seine geliebte Frau das nicht erleben musste. »Was für a G'frastsackel! Na wart, dir werd ich's zeigen, elender Kammermeister!« Er schnappte nach Luft. »Eine Gemeinheit! Was erlaubt sich dieser … dieser Falott!«

Sein Herzschlag raste, der Atem rasselte. Wasser trat in seine Augen. Es war nur ein winziger Moment der Schwäche gewesen. Ein paar Sekunden einer beinah vergessen geglaubten Wollust. Nach wenigen Augenblicken hatte er sich wieder im Griff gehabt. Nicht einmal zu einem Samenerguss war es gekommen. Mit einem kräftigen Seufzer erinnerte er sich an den Anblick der nackten Haut, an den verlockenden Schlitz der Unterhose, durch den sich ihm das Schamhaar entgegenringelte. Heiß wurde es ihm bei dem Gedanken an die festen weißen Brüste in dem Ausschnitt des roten Kleides. Er biss sich in die Unterlippe, bis er das Eisen seines Bluts schmeckte. Recht geschah ihm. Der Prüfung des Herrgotts hatte er nicht standhalten können. Er war nicht würdig, Edler von Freudenthal genannt zu werden!

Seine Schultern zuckten. Der Kopf sackte nach vorne. Tränen tropften auf die Bilder der Schmach. Ach, könnte er es doch ungeschehen machen. Mit zittrigen Fingern griff er nach dem Schreiben, ahnte bereits, was ihm drohte, und las gefasst die Forderungen des Kammermeisters. Bis an sein Lebensende sollte er monatlich einhundert Kronen auf das Konto des Barons einzahlen. Er war erledigt. Ein Traum ging zu Ende, bevor er begonnen hatte. Niemals würde er in den inneren Kreis der Berater des künftigen Kaisers aufgenommen werden. Stattdessen würde er sich vor Scham bis ans Ende seiner Tage in der dunklen Wiener Wohnung verkriechen. Er war ein Niemand. Ein Nichts. Ein Kretin. Ein Versager. Doch dann dachte er an seinen Sohn und an die Möglichkeiten für sein eigen Fleisch und dessen Nachkommenschaft. Es ging nicht mehr um ihn. Er könnte es ertragen, für die hohe Gesellschaft bis zum Ende seiner Tage unsichtbar zu bleiben. Aber seine Frucht, sein einziger Sohn, den er mit dem geliebten Weib in tiefer Leidenschaft gezeugt hatte, hätte eine glorreiche Zukunft in der Monarchie vor sich. Die durfte er ihm nicht verbauen. Für die Jugend waren Opfer zu erbringen, für eine glorreiche Zukunft des Reiches. Die Nobilitierung aller künftigen Nachkommen aus seinem Blut erforderte seine Demut, seine Opferbereitschaft. Seufzend lehnte er sich zurück. In einem schwachen Moment war er vom Pfad der ritterlichen Tugend abgekommen. Nun musste er die Bestrafung heldenhaft ertragen. Es war nun nicht mehr zu ändern. Zornig über sich selbst warf Freudenthal die kompromittierenden Fotos in hohem Bogen von sich. Dann bückte er sich und zerriss die Bilder der Schande in winzige Stückchen. Niemand sollte je von seiner Schmach erfahren. Schlimm genug, dass Baron von Wald und dieses Bauernmädchen davon wussten.

Ob er nach Artstetten fahren und den Kerl zur Rede stellen sollte? Wenn er die versprochene Zusage für eine honorierte Stelle als Konsultant des künftigen Kaisers nicht mit Schrift und Siegel bekam, war er nicht bereit, diesem schmierigen Kammermeister auch nur einen Heller zu überweisen. Der Wert des Schweigens zu seinem Fehltritt im Park des Schlosses überstieg dessen Nutzen. Der Advokat presste die Fäuste gegen die Schläfen. Der Baron hielt ihn zum Narren! Das durfte er sich nicht bieten lassen! Er nahm das Portemonnaie aus der Schreibtischlade, steckte es in seine lederne Tasche und fuhr mit der Elektrischen zum Bahnhof. Dort kaufte er eine Bahnkarte für den nächsten Zug in die Wachau.

Als er Stunden später schweißgebadet vor dem Herrenhaus des Barons stand, hatte sich die Wut in seinem Bauch zu einem heißen Strom gebündelt. Mit zittrigen Fingern griff er an die Türglocke.

»Herr von Freudenthal?«

»Ich muss mit Ihnen reden, Baron.«

»Was fällt Ihnen ein, hierherzukommen?« Der Baron wollte die Tür zuschlagen, doch Freudenthal drängte seinen Fuß dazwischen.

»Sie haben mir eine Stelle als Konsultant beim Thronfolger versprochen.«

»Glauben Sie wirklich, der künftige Kaiser möchte einen Mann wie Sie in seiner Nähe haben? Einen Hemmungslosen mit orgiastischem Drang?«

»Ich flehe Sie an! Ich wurde provoziert und in eine Falle gelockt.« Er streckte sich. »Ich bin doch ein Ehrenmann.«

»Verschwinden Sie!«

Die Augen des Mannes schienen aus den Höhlen zu springen. »Ich werde Ihnen die verlangte Summe erst zahlen, wenn Sie mir schriftlich bestätigen, dass ich beim künftigen Kaiser eine entlohnte Stellung erhalte.«

»Was erlauben Sie sich! Ich werde die Bilder mit Ihrer Schande unverzüglich der Polizei übergeben, oder noch besser, der Presse.« Baron von Wald stieß mit voller Wucht gegen die Tür. Freudenthal schrie auf und zog seinen Fuß zurück.

»Wer ist denn da draußen, Adolf?«, hörte er eine schrille Stimme aus dem Haus.

»Es ist niemand, Mutter. Nur ein Hausierer!« Blitzschnell zog der Baron die Tür zu. Freudenthal polterte mit den Fäusten und mit den Füßen dagegen. Zwecklos.

Er atmete tief durch. Das Schwein sollte büßen! Er musste zurück nach Wien und sich mit seinem Sohn beraten. Hoffentlich traf er wieder auf ein Fuhrwerk, das ihn bis zum Bahnhof mitnahm.

KAPITEL 7

Freitag, 28. Mai 1909, Pöggstall und Artstetten

Franziska überflog die Einkaufsliste. Hatte sie auch nichts vergessen? Nein. Alles drauf: Alkohol, Lavendel- und Salbeiöl für die Mischung der Desinfektionsflüssigkeit, Carbolsäure für Scheidenspülungen und ein neuer Katheter. Sie steckte die Liste der Mutter in den Beutel, nahm das angelehnte Rad von der Mauer, stieg auf und fuhr Richtung Norden los. Die Strecke nach Pöggstall war angenehm zu fahren an diesem warmen und windstillen Tag. Im herrlichsten Grün lagen die Weiden und Wäldchen zwischen den Kirchtürmen der dünn besiedelten Dörfer. Der Fahrtwind schlug die Bänder der am Kinn gebundenen Haube gegen ihren Hals. Franziska genoss das sanfte Kitzeln auf ihrer Haut. Das dicke Haar hatte sie heute Morgen zu einem Knoten gebändigt. An den Füßen trug sie die flachen Schuhe ohne Schnürsenkel. Zu leicht verfingen sich die in den Speichen der Räder. Franziska blinzelte in die Sonne. Schon tauchten die grauen Dächer des massigen Wasserschlosses von Pöggstall auf. Die Gegend entlang der Donau war gesäumt von altehrwürdigen Burgen und Schlössern. Viele der Gemäuer im desolaten Zustand, den adeligen Familien fehlte das Geld für Erhaltung und Renovierung. In manchen wurden nur einzelne Räume bewohnt. Schloss Pöggstall jedoch war in gutem Zustand, wusste Franziska. Das Anwesen war, wie Schloss Artstetten und andere im Nibelungengau, im Besitz des Hauses Habsburg.

Franziska fuhr lächelnd in den Ort hinein und stieg nach wenigen Metern ab. Heute war Markttag. Gustierend schob sie das Rad durch die Menge. Beladene Tische mit allerlei Spezereien aus der Gegend erregten ihre Aufmerksamkeit. Die Äcker im Nibelungengau galten als außerordentlich fruchtbar, das Klima entlang des Stromes war milder als anderswo im Reich. Viele der Bauern lieferten ihre Waren bis nach Wien. Bei dem Gedanken an die Kaiserstadt stellte sie sich vor, mit dem Grafen von Wolkenstein entlang der eleganten Geschäfte in der Wiener Innenstadt zu spazieren, in der Meierei im Stadtpark einen Mokka mit Schlagobers zu genießen oder unter den blühenden Kastanien im Prater zu lustwandeln.

»Passen S' doch auf!«

»Entschuldigen S', gnä' Frau!« Franziska zuckte zusammen. Sie musste achtgeben, mit dem Fahrrad nicht gegen die Beine oder Hüften der Passanten zu stoßen. Wenige Meter vor der Apotheke standen Tische vor einem Gasthof. Franziska musste ausweichen, setzte mit dem Rad einen Bogen, da trat ein junges, eng beieinandersitzendes Paar in ihr Blickfeld. Sie blieb abrupt stehen. Die auffallend fein gekleidete Dame reckte ihr Gesicht in die Sonne. Auf ihrem Kopf saß ein breiter gelber Hut mit orangenen Blüten. Ein lebendiges Rot lag auf ihren Lippen. Der Galan hatte sich der schönen Dame zugewandt. Sein Mund näherte sich ihrem Ohr, an dem eine dicke weiße Perle baumelte. Bestimmt flüstert er ihr etwas Pikantes zu, dachte Franziska, als sie die strahlenden Augen der Dame sah und den sich hingebungsvoll öffnenden Mund. Da wendete der Galan den Kopf. Franziska starrte geradewegs in die schmeichelnde Miene des Grafen von Wolkenstein. Er trug den silbrig grauen Anzug, den er an jenem Nachmittag getragen hatte, als sie ihm in dem Wäldchen hinter dem Schloss ihre Unschuld angeboten hatte, die er ihr partout nicht nehmen hatte wollen. Zittrig umklammerten ihre Finger die Lenkstange des Fahrrads. Von den Füßen über die Waden hinauf bis ins Kreuz kroch ein lähmendes Kribbeln, dennoch zwang sie sich weiter. Schritt für Schritt quälte sie sich Richtung Apotheke. In diesem Moment wünschte sich Franziska, unsichtbar zu sein. Das Atmen fiel ihr schwer, als ob eine Faust gegen ihre Brust schlagen würde. Wenigstens schützte das Gedränge sie vor seinem Blick. So hoffte sie. Was für eine Demütigung wäre es, wenn er sie hier bemerkte!

»Passen S' auf mit Ihrem Fahrrad!«

»Entschuldigung, der Herr. Verzeihung! Es tut mir leid.«

Franziska warf das Gefährt gegen die Mauer der Apotheke und schleppte sich gebückt in das Geschäft. Kaum war sie drinnen, musste sie innehalten, um durchzuatmen. Ihr Herz hämmerte zu fest gegen die Brust, eine innere Hitze trieb den Schweiß auf ihre Stirn. Ihre Finger tasteten in dem Beutel nach dem Einkaufszettel. Wie aus weiter Ferne nahm sie die Geräusche, die Stimmen und die Schritte um sich herum wahr. Als sie endlich das Papier in der Hand fühlte und aufsah, stand Graf von Wolkenstein vor ihr.

»Franziska, es ist nicht, wie du denkst.« Er sprach leise, sie verstand ihn kaum. »Sie bedeutet mir nichts.«

»Brauchst mir nichts zu erklären, Walter.«

»Die Baronesse ist eine äußerst gute Partie. Ich liebe sie nicht. Die angespannte finanzielle Situation meiner Familie. Man zahlt mir keine Apanage mehr.«

»Der Landadel hat es nicht leicht.« Franziska holte tief Luft. »Du hast es mir erklärt. Ich erinnere mich. Aber erst jetzt verstehe ich.« Franziska schnappte nach Luft. »Mir muss man ja solche Dinge erklären, mir, der ungebildeten Tochter einer verwitweten Landhebamme aus einfachen Verhältnissen. Ich bin ja eine dumme Gans.« Vor Erregung wurde ihre Stimme immer lauter. Als er mit beschwörendem Blick den Zeigefinger auf seine Unterlippe legte und sie mit weit aufgerissenen Augen anzuflehen schien, die Stimme zu senken, wurde sie wütend. Die Erkenntnis schoss wie ein Pfeil in ihr Herz. Dem Herrn Grafen war es peinlich, mit ihr in der Öffentlichkeit gesehen zu werden. Mit einem einfachen Mädchen im schlichten, bis oben hin zugeknöpften Leinenkittel – praktisch zum Radfahren, aber wenig ansehnlich – und mit einem schäbigen Schlapphut auf dem Kopf. Ewigkeiten nicht so elegant wie die Baronesse in ihrem teuren, französisch geschnittenen Kleid mit dem von Spitzen gesäumten Dekolleté, mit den weißen Handschuhen an den schlanken, nicht von Arbeit verdorbenen Händen und den verlockenden, rot angemalten Lippen. Ihre Nase war vielleicht etwas zu breit, das Kinn nicht mehr ganz straff, um als Schönheit zu gelten, dennoch eine Erscheinung nobler Herkunft. Auf jeden Fall eine standesgemäße Partie für einen Grafen. Sie konnte spüren, wie die Baronesse in diesem Moment verwundert zur Apotheke herüberglotzte und sich wohl fragte, was ihr Galan mit einem so derben und hässlichen Frauenzimmer zu bereden hatte.

»Geh zurück zu deiner Cousine«, zischte sie. »Sonst wird's nichts mit dem Reichtum.« Franziska spuckte ihm die Worte ins Gesicht.

»Aber Liebes. Bitte lass uns heute Nachmittag reden. An unserm geheimen Platzl im Wald. Ich kann nicht ohne dich leben.«

»Mit mir aber wohl auch nicht!« Mit verkniffenem Mund wandte sie sich ab.

»Bitte, Franziska!« Jetzt war auch er laut geworden. Die Leute drehten die Köpfe.

»Es hat keinen Sinn. Es ist aus«, schluchzte sie. Tränen vernebelten ihren Blick. Wie im Taumel drehte sie sich und bewegte sich mit schleifenden Schritten weiter in Richtung Apotheke. Nie wieder wollte sie ihm nahe sein.

»Fräulein Buls! Wie kann ich dienen?« Die Stimme des Apothekers steuerte wie in Wellen auf sie zu. Ihr steifer Arm hob sich.

»Ah, da haben Sie ja den Zettel von der Frau Mama. Na, geben S' her, Fräulein Buls.«

Das Papier wurde ihren Fingern entrissen. Durch einen Tränenschleier sah sie den gebückten Rücken im weißen Mantel. Schubladen in einem dunklen Holzregal öffneten sich, kleine braune Glasfläschchen wurden entnommen. Die Gestalt im weißen Mantel drehte sich um, stellte die Gläser auf das Verkaufspult. Es klirrte leise. »Alkohol, Lavendel- und Salbeiöl, Seifenlauge. Ist dieser Katheter recht?«

Franziska nickte mit verkniffenem Mund. »Ja. Gewiss. Danke.«

»Sonst noch was, Fräulein Buls?« Seine Brauen hoben sich.

»Nein. Nein. Danke, Herr Apotheker.«

»Ist alles in Ordnung? Sie sind so blass auf einmal.«

»Mir geht's gut. Nur a bisserl schwindelig. Das Wetter, wissen S'.«

»Ich hätte da Tropfen gegen Wetterfühligkeit.«

»Danke. Es geht schon wieder. Ich brauch nur frische Luft. Grüß Sie Gott, Herr Apotheker.« Sie bezahlte die verlangte Summe und wandte sich ab.

»Na dann. Gott zum Gruße, auch an die Frau Mutter.«

Im Gehen schob Franziska das Wechselgeld und die Ware in den Beutel, nahm draußen das Rad, stieg auf und fuhr los. Der Markt war jetzt nicht mehr so bevölkert, der Tisch vor dem Gasthof, wo vor wenigen Minuten der Graf von Wolkenstein mit seiner Baronesse geturtelt hatte, war leer. Dichte Wolken hatten sich vor die Sonne geschoben, dunkle Schatten lagen über den weißen Mauern des Wasserschlosses. Ein Traum war geplatzt.

KAPITEL 8

Samstag, 29. Mai 1909, Wien

Am nächsten Tag erwartete Freudenthal seinen Sohn mit gemischten Gefühlen.

»Guten Morgen, Vater«, begrüßte ihn Theodor mit blassem Gesicht und gehetzter Stimme. »Gut, dass Sie mich hergerufen haben. Es is was passiert. Wir müssen reden.«

Das kann man wohl sagen, dachte er und sagte: »Komm einmal rein. Magst was trinken oder was essen? Ich hätt noch etwas Kaltes übrig.«

»In der Tat bin ich sehr hungrig.«

Die beiden Männer gingen in die Küche. Der Vater schnitt Wurst und Brot und stellte ein Glas Bier dazu. Der Sohn schaufelte das Essen in sich hinein und leerte das Glas in einem Zug.

»Jetzt, sag schon, was los ist, Sohn.«

»Sie sind mir auf den Fersen, Vater. Wenn ich bis morgen keine zehntausend Kronen bezahle, brechen sie mir alle Knochen. Sieh her, das war eine Warnung.« Er hob die linke Hand. Auf dem Daumen fehlte der Nagel.

»Zehntausend Kronen! Meine Güte! Wo bist du da hineingeraten?«

Der junge Mann zuckte mit den Schultern. »Schuldeneintreiber.«

»Wir müssen zur Polizei, mein Junge.«

»Die Polizei kann mich vor denen nicht beschützen. Und was wäre das für ein Skandal!«

Von Freudenthal musterte sein einziges Kind. Die schmalen Wangen, das spitze Kinn, die schütter werdende Stirn, die hellen Augen, als blickte er sich selbst vor dreißig Jahren in den Spiegel. Wenn doch die Mutter ihren Sohn so erwachsen hätte erleben dürfen. Freudenthal unterdrückte die aufsteigenden Tränen der Rührung. Vielleicht hätte der Junge mehr Wärme gebraucht. Er seufzte. »Deine Spielsucht hat all meine Ersparnisse aufgebraucht, Sohn.«

»Es gibt Banken, Vater. Einem Beamten des Handelsministeriums geben sie bestimmt Kredit.«

»Ich bin im Ruhestand, Bub. Die alten Beziehungen sind längst eingerostet.«

»Aber Sie sind mein Vater!«

»Schau, Bub. Das kann so nicht weitergehen. Übernimm endlich Verantwortung für dein Handeln.«

»Ich schwör Ihnen, ich werde mich bessern. Aber jetzt brauch ich zehntausend Kronen. Wollen Sie, dass sie mich umbringen?«

»Deine Mutter würde sich im Grab umdrehen.«

»Vater, ich werde mich bessern.«

»Wenn du deine Wohnung aufgeben würdest. Du weißt, du kannst bei mir leben. Hier ist genug Platz für zwei.«

»Das haben wir schon hundertmal diskutiert. Ich brauche meine Freiheit.«

»Dann tut es mir leid.« Seine Stimme zitterte.

»Ist das Ihr letztes Wort?« Der junge Mann fuhr auf. Der Sessel kippte polternd nach hinten. »Sie geben mir das Geld also nicht?«

»Es geht nicht. Ich hab's nicht.«

»Was ist mit Ihrer versprochenen Position beim Thronfolger? Wir sind doch jetzt vom Adel, Vater. Das müssen Sie im Bankhaus betonen. Wozu waren Sie in Artstetten?«

»Ach, Artstetten.« Er seufzte. »Ich fürchte, das war ein Reinfall.« Er hatte sich die Worte zurechtgelegt, wollte alles beichten, doch nun im Angesicht seines verzweifelten Sohnes brachte er sie nicht über die Lippen. Er schämte sich.

Der Sohn hob das Kinn. »Ach, das haben Sie also auch vermasselt.« Er schnalzte mit der Zunge. »Ich habe nichts anderes erwartet. Sie sind und bleiben ein dienender Beamter ohne Eleganz und Raffinesse, Vater. All das Geschwafel über Tugend und Gesetzestreue. Schauen Sie doch selbst, wie weit man damit kommt!« Seine Hand stieß den leeren Teller von sich. »Adieu, Sie sehen mich nie wieder.« Er fuhr auf.

»Aber Bub!« Von Freudenthal fasste nach seinem Sohn, wollte ihn zurückhalten, ihn zur Vernunft bringen, ihm seine Flausen aus dem Kopf schütteln. So durften sie nicht auseinandergehen. Doch sein Sohn war kräftiger als er. Er riss sich los und stürmte aus der Wohnung. Die Tür fiel mit einem Knall ins Schloss.

Von Freudenthal ließ den Kopf sinken und ballte die Fäuste. Er war sein Blut, sein einziger Nachkomme. Seine Zukunft, sein Leben musste er retten. Er musste handeln.

KAPITEL 9

Samstag, 29. Mai 1909, Artstetten

Baumeister Friedrich Eichberger prüfte ein letztes Mal die benötigte Menge an Sprengstoff sowie die Länge der Zündschnur. Nach Abschluss der Prüfung belud er den Wagen, spannte den Gaul davor und fuhr los, um seine beiden Helfer in Pöbring abzuholen.

Dort wartete bereits der Gutsverwalter Franz Hahn in Lederhosen, Trachtenjanker und Hut mit Feder. Nach der Begrüßung legte er ihm ein Dokument zur Unterschrift vor. Der Baumeister überflog die umständlich verfassten Texte flüchtig, viel zu mühsam war das genaue Lesen, außerdem wusste er Bescheid über seine Verantwortung als Sprengmeister. Noch nie hatte er das Dynamit falsch berechnet, bei einem so bedeutenden Auftrag würde er erst recht keinen Fehler machen.

Nachdem Herr Hahn versichert hatte, das Gelände den Sicherheitsvorschriften gemäß abgesperrt zu haben und mit den Dokumenten gegangen war, begann die Arbeit. Zunächst mussten fünf bis zehn Zentimeter tiefe Löcher in den Stein gebohrt werden. Dann wurde die Sprengladung eingefüllt. Er war bei der Dosierung immer vorsichtig. Unnötiger Steinschlag musste gerade an einer so heiklen Stelle wie hier tunlichst vermieden werden. Die Kirche durfte keinen Schaden nehmen. Die Dichte und Struktur des Gesteins hatte er gestern Abend zu diesem Zweck genau studiert und analysiert. Dann verteilten die Helfer ein paar Schaufeln Splitt über den Bohrlöchern, um die Öffnung zu verschließen. Zum Schluss wurde die Sprengschnur mit dem Zünder verbunden.

»Bringt euch hinter mir in Sicherheit«, sagte er zu Anton und Karl. »Ich zünde jetzt.«

Die beiden Männer zogen sich zurück und Friedrich Eichberger griff zu den Hölzern, um die Sprengung zu starten. Danach lief auch er los und blieb nach wenigen Metern abrupt stehen.

»Oh mein Gott!!«, schrie er in die Stille. »Ich habe auf den Sohn des Thronfolgers vergessen!«

»Hierher!« Anton und Karl tauchten hinter einer Buchsbaumhecke auf. »Hierher, Chef!« Hektisch winkten sie ihm zu.

Der Baumeister fuhr herum. Er wollte zur Lunte laufen und die Zündung stoppen, doch dann sah er ein, dass es zu spät war, machte einen Sprung vorwärts und rollte sich neben seine beiden Helfer ins Gras. Im selben Moment gab es einen lauten Knall. Die Druckwelle bog die Äste der Bäume und Sträucher, Steine fielen mit heftigem Geklopfe ins Gras und Staub stob auf.

Anton hüstelte und rieb sich den Staub aus den Augen.

»Ich hab den Kindersarg vergessen«, jammerte Eichberger zerknirscht. »Wie konnte mir so etwas passieren.«

»Wir haben auch noch nie unter einer Kirche mit einer Leiche drin gesprengt«, stellte Karl nüchtern fest.

»Das ist wahr.« Er rappelte sich auf und ging auf die Staubwolke zu. »Betet zu Gott, dass dem Knaben nichts passiert ist.«

»Er ist schon tot«, rief sein Helfer Anton hinterher, als wüsste er das nicht.

Langsam lichtete sich die staubende Wolke. Eichberger stieg über das Geröll und maß das herausgeschlagene Loch mit seinen Augen. Sie würden eine Menge zu tun haben. All die Steine mussten fortgebracht werden. Die Sprengung war jedenfalls geglückt, die Öffnung musste umgehend untermauert werden, um ungewollte weitere Einbrüche zu verhindern. Mit rasendem Herzschlag rannte er auf den Eingang der Schlosskirche zu. Von außen sah das Gemäuer unversehrt aus. Selbst die Glasfenster schienen keinen Schaden genommen zu haben. Aber erst als er den kleinen Holzsarg in der Nische verstaubt, jedoch ebenso unversehrt vorfand, konnte er wieder ruhig atmen. Dem kindlichen Leichnam war nichts passiert. »Gott sei gedankt!« Er zeichnete mit der Hand ein Kreuz auf Stirn und Brust.

»Friedrich! Friedrich!«, hörte er seine beiden Helfer von draußen aufgeregt rufen.«

»Was ist denn los?« Als er vor die Kirche trat, kamen ihm Anton und Karl mit geweiteten Augen entgegen.

»Das hoheitliche Kind liegt in der Grube.«

»Nein! Was redet ihr da?« Eichberger lachte hysterisch auf. »Es ist alles in Ordnung mit dem kleinen Erzherzog. Ich habe den Sarg eben in der Kirche besichtigt.«

»Und was ist das für ein totes Kind da unten?«

Anton drehte sich zur Seite und zeigte mit gestrecktem Arm zur Sprengöffnung.

»Lasst sehen.« Er folgte seinen beiden Helfern in das Loch unter dem Felsen. Wie war es möglich?

Die Stelle lag verborgen hinter dem Gemäuer, von der Sprengung beinahe unberührt. Eine Art Hohlraum unterhalb der Kirche am Rande des geplanten Gewölbes für die Gruft. Eichberger starrte auf den winzigen Leichnam, der bis zur Brust in eine Decke gehüllt war. War es tot geboren oder erst nach der Geburt getötet worden? Die Haut des Säuglings zeigte blasse bläuliche Flecken und einen wachsartigen Belag. Friedrich Eichberger schluckte. Das Kind lag noch nicht lange hier unten, mutmaßte er, die Verwesung schien kaum eingetreten. Die Gesichtszüge waren noch gut erkennbar. Ganz leicht nahm er einen süßlichen Geruch wahr. Es kann sich nicht um ein Kind des Thronfolgers handeln, schwirrte es durch seinen Kopf. Es ist undenkbar. Man hätte ihm gesagt, wenn es noch ein Kind zu bestatten gegeben hätte. Es war nicht seine Schuld. Mit rasendem Puls rannte er aus dem Loch, stürzte zu dem Wagen, entnahm eine Eisenstange, lief zurück zur Kirche und zu dem Sarg mit dem tot geborenen Sohn des Thronfolgers. Mit einem Griff öffnete er den Deckel. »Gott sei Dank!«, rief er angesichts des vor ihm liegenden Säuglings. Erleichtert schloss er den Sarg wieder. Dann lief er zu der unbekannten Kinderleiche zurück. »Wir müssen Meldung machen«, sagte er zu seinen Helfern. »Geht und holt den Gutsverwalter herbei. Wir können erst mit dem Mauern beginnen, wenn dieses Kind entfernt worden ist. Rasch!«

KAPITEL 10

Sonntag, 30. Mai 1909, Marchfeld und Wien

Geheimagent Johann Pospischil saß neben seiner Schwester und dem Ehepaar Frisch in breiten Korbsesseln auf der Wiese vor dem einstöckigen Holzhaus mit dem schmalen Giebeldach. Seine im letzten Monat verstorbene Tante Mizzi hatte das Anwesen im Marchfeld zu gleichen Teilen ihm und seiner Schwester Gerti, ihren letzten lebenden Verwandten, vermacht. Einem Großstädter fiel in Engelhartstetten als Erstes die Stille auf. Diese Ruhe hätte beunruhigen können, wären da nicht das sanfte Plätschern der March nahe der östlichen Grenze, das leise Rauschen aus den Föhrenwäldern ringsum und das Gezwitscher der Vögel gewesen. Pospischil vermeinte das Verstreichen der Zeit zu hören. Bis ihn der durch die offenen Terrassentüren erschallende Ruf einer Kuckucksuhr aus den Träumereien riss.

Seufzend ließ er den Blick über den gemeinsamen Besitz schweifen. Das Gras im Garten stand hoch und die Rosen würden in Kürze in einer unbändigen Pracht erblühen. Die Pflege des Anwesens würde ihn und wohl auch seine Schwester viel Zeit kosten. Ein Quaken drang aus dem kleinen Teich hinter dem Haus an sein Ohr. Er konnte sich diese Idylle gut als Bleibe für den letzten Lebensabschnitt vorstellen, wäre da nicht Gerti, die partout nicht aus Wien wegwollte.

»Ich weiß nicht, was du hast, Schwesterherz. Dieses Grundstück würde sich hervorragend für eine Tierhaltung eignen.

Wir könnten hier Schafe und Ziegen züchten. Ob wir eine Käseverarbeitung probieren sollten?«

»Für deine Viecher kannst unser Erbe gerne verwenden, Hansi. Aber i will net da heraußen so nah der Grenze leben unter den vielen Krowoten.«

»Aber geh, Krowoten gibt es doch in Wien genauso. Stören sie dich dort auch?«

»In Wien fallen s' net so auf wie da! Vorhin, beim Einkaufen in dem einzigen G'schäft im Ort, hab ich ka deutsches Wort g'hört!«

»Der Verkäufer hat Deutsch mit uns gesprochen, Gerti.«

»Ja, der scho, aber an Dialekt hat er g'habt, da stellt's mir die Haar auf!«

»Wenn ich etwas dazu sagen dürfte«, mischte sich sein Assistent Leopold Frisch in den Streit ein. »Man könnte durchaus die Wiener Wohnung für den Winter behalten und die Sommer hier verbringen.«

»Genau!«, pflichtete Rosi ihrem Gatten bei. »Die Mama vom Poldi hat sich vor lauter Gäste in ihrem Haus am Semmering gar net erwehren können. Ewig schad, dass sie mit dem Vermieten aufg'hört hat.«

»Meine liebe Mama ist leider in die beschwerlichen Jahre gekommen, Liebes. Die Sommerfrische ist eine anstrengende Sache. Mama hat es bei meiner Schwester im Nachbarort und bei ihrem Mann, dem Apotheker, viel besser. Das Haus wird verkauft.«

»Das Anwesen am Semmering ist sicher viel wert, Poldi.«

»Ja, davon gehe ich aus, Liebes.« Er drehte sich zu ihr und griff nach ihren im Schoß liegenden Händen. »Ich freu mich, dass du zu mir nach Wien gekommen bist.«

»Ich freu mich auch über eure Vermählung.« Pospischil lächelte. »Es hat so lang gedauert. Ehrlich gesagt, hab ich nicht mehr damit gerechnet.«

»Ohne die Gesellschaft der Sommerfrischler bei meiner Mutter ist der Rosi am Semmering langweilig worden und da hat sie endlich einer Verehelichung zugestimmt«, erklärte Frisch.

»Du sagst des so, als wär ich nur mit der Ehe einverstanden g'wesen, weil mich deine Mutter nicht mehr für das Bedienen ihrer Gäste brauchen hat können.«

»Eine junge und schöne Dame allein in Wien. Das konnte ich nicht zulassen, Liebes.« Frisch beugte sich mit geschürzten Lippen vor, um seine Frau auf die Wange zu küssen, doch sie wich zurück.

»Ist es nicht eine himmelhochschreiende Ungerechtigkeit, dass eine allein lebende Frau sofort in den Verdacht gerät, unmoralisch zu sein, während ein Mann für seine Unabhängigkeit stets bewundert wird?«

»Da hat die Frau Rosi recht. Das ist wirklich nicht richtig«, pflichtete Gerti bei.

»Wisst ihr, die Rosi hofft noch immer auf eine baldige Zulassung von Frauen zum Universitätsstudium der Rechte.«

»Aber geh, Poldi, den Wunsch hab ich längst aufgegeben. Warum, glaubst, geh ich in Wien auf die Handelsschule? Eine Büroarbeit ist für eine Frau eher erreichbar, denn bis es bei uns eine Gleichberechtigung der Geschlechter gibt, bin ich zu alt für ein Studium.« Rosi zog ein Schnoferl.

»Handelsschule?«, fragte Gerti. »Wollt ihr denn keine Kinder? Ich mein, ihr seid ja beide nicht mehr die Allerjüngsten.«

»Nicht unbedingt«, sagte Rosi, woraufhin ihr Mann die Miene verzog, »und wenn, dann nur mit Haushaltshilfen. Weil des hab ich dem Poldi gleich g'sagt, nur zu Hause sein, das ist nichts für mich. Ich will einen Beruf ausüben.«

»Wir werden sehen«, winkte Frisch ab. »Mach erst einmal die Handelsschule fertig.«

»Und du wirst nach deinem Pathologieabschluss hoffentlich

eine besser honorierte Anstellung finden«, gab sie schnippisch zurück.

»Sie wollen uns verlassen, Kollege?« Pospischil wurde hellhörig.

»Nein. Das will ich nicht.« Frisch warf seiner Frau einen giftigen Blick zu, worauf sie mit einem tiefen Seufzer die Schultern fallen ließ.

Pospischil schüttelte den Kopf. »Für einen Pathologen mit jahrelanger Erfahrung bei der Polizei gibt es auch bei uns Möglichkeiten mit besserer Honorierung.«

Frisch lächelte. »Das will ich meinen.«

»Ich werde mich für Sie bemühen, Kollege.«

»Danke, Chef, aber reden wir lieber von eurem schönen Erbe.« Frisch dehnte seinen Rücken. »Wie wäre es, wenn ihr das Landhäuschen vermietet?« Er sah seinen Chef erwartungsvoll an. »Im Sommer könnten wohlhabende Städter hier wohnen. Ländliche Ruhe ist begehrt.«

»Das würde mir gefallen«, zeigte sich Gerti erfreut. »Die zusätzlichen Einnahmen könnten uns in deiner Pension helfen, Hansi.«

»Ich möchte hier Tiere halten.« Pospischil zeigte sich verschnupft. »Außerdem müsste es renoviert werden, wenn wir es an Sommerfrischler vermieten wollten.«

»Du hast ja schon die Labrador bei uns aufg'nommen, nachdem sie dir auf der Straße zug'laufen ist. Weißt noch, wie du dachtest, sie sei ein Rüde?« Sie lachte »Und dann hast du sie einfach die Labrador g'nannt.«

»Mein Gott, ich hab nach dem Geschlecht unter dem Fell nicht so genau g'schaut wie du.«

Gerti warf den Kopf zurück und lachte schallend. »Willst in der Pension wirklich Viehbauer werden?«

»Schafe und Ziegen!«, rief Pospischil. »Die Milch und die

Wolle könnten wir verkaufen. Das wäre doch auch ein schönes Zubrot zur Pension.«

»Jessas. Des halt ich net aus.« Gerti klatschte in die Hände. »Was für verrückte Ideen du hast, Hansi. Würdest du genug Geld verdienen bei deiner heiß geliebten Polizei, bräuchtest kein Zubrot. Eine fette Beförderung stünde dir nach all deinen Aufklärungserfolgen längst zu.«

»Da hat Frau Gerti nicht unrecht. Man zahlt euch zu wenig für eure wichtige Arbeit am Institut«, pflichtete Rosi bei.

Seine Schwester nickte zustimmend. »Aber ja nie was sagen. Immer nur buckeln bei den Obrigkeiten.«

»Jetzt hörst aber auf, Gerti!«, ärgerte sich Pospischil.

»Herrschaften!« Rosi sprang vom Gartensessel. »Es tut mir wirklich leid und ich möchte nicht unhöflich erscheinen, aber ich frier bis auf die Knochen. Brr.« Demonstrativ rieb sie über ihre Arme.

»Des hast davon, Gerti. Du mit deiner ständigen Schimpferei vertreibst uns die liebsten Gäste!«

»Ich?« Sie stemmte die Arme in die Hüften. »Das is nicht zu fassen. Weißt was, Hansi, ich fahr auch zurück nach Wien!«

»Ihr könnt doch gar nicht fahren. Wie wollt ihr denn ohne uns zurück nach Wien?« Pospischil lachte höhnisch.

»Chef, ich glaub, die Damen haben nicht unrecht. Es wird bald dunkel und es ist wirklich frisch geworden. Lassen Sie uns nach Wien fahren. Das Haus haben wir gesehen. Wir kommen auch gerne wieder, am besten, wenn das Wetter entsprechend ist.«

Seufzend erhob sich Pospischil, wollte aber nicht zugeben, dass ihm auch schon kalt geworden war. Er strich mit der Hand über den Kopf der Hündin. »Labrador, es tut mir wirklich leid. Uns beiden gefällt es da heraußen besser als in der lauten und stinkenden Stadt. Aber wir müssen uns fügen. Fahren wir eben zurück.«

»Jessas! Er redt mit dem Hund viel freundlicher als mit mir!« Gerti schlug die Hände vor der Brust zusammen. »Wir sind wie ein altes Ehepaar. Wenn das unsere Eltern noch erlebt hätten!« Sie stand auf, ging ins Haus und kam wenige Minuten später angezogen und mit vollen Taschen beladen heraus. »Also, fahren wir jetzt?«

»Geh Gerti. Gib her die Taschen.« Pospischil streckte die Arme.

»Sicher nicht!« Frisch kam ihm zuvor und nahm die Last an sich.

Als Pospischil sah, wie schwer sich seine Schwester mit ihrem Hüftleiden bewegte, meldete sich sein schlechtes Gewissen. Er durfte nicht nur an seine eigenen Bedürfnisse denken. Mit hängenden Schultern holte er für die Hündin eine Schüssel mit Wasser und räumte die Gartensessel in den Schuppen. Den Plan des Umzugs aufs Land würde er erst einmal ruhen lassen und nach besseren Argumenten suchen, um seine Schwester zu überzeugen. Er wollte sicher nicht alleine in Engelhartstetten leben. Als er das Gartentor versperrte, zogen dunkle Wolken über die Wälder hinter dem Haus und die Baumwipfel bogen sich im auffrischenden Wind. »Es is eh besser, dass wir fahren«, murmelte er. »Heute Nacht. Es wird ungemütlich da heraußen in der Ebene. Nordwind kommt auf.«

Wenig später saßen sie im rot lackierten Wagen mit den gepolsterten Sitzen und dem straff gespannten Überdach. Der Opel war zweifelsohne komfortabler als das Leihautomobil vom Institut, mit dem Frisch ihn gelegentlich bei Einsätzen übers Land chauffierte. Pospischil erinnerte sich schmerzlich an die harten Holzsitze. Jede durch größere Steine verursachte Erschütterung übertrug sich über die Räder auf die Unterseite der Sitze. Noch immer reiste Pospischil am liebsten mit einer

Pferdedroschke, doch selbst er konnte sich den neuen technischen Errungenschaften nicht gänzlich verschließen, ohne Gefahr zu laufen, als altmodisch oder skurril verlacht zu werden. Solange niemand von ihm verlangte, ein motorisiertes Gefährt mit eigener Hand zu lenken. Auf der Stelle würde er den Dienst quittieren und in Pension gehen. Alt genug wäre er.

»Ich bin meiner Mutter so dankbar, dass sie mir den Wagen überlassen hat«, erzählte Frisch, »wohl auch, damit ich schneller zu ihr auf den Semmering komm.«

»Erinnere ich mich richtig, Ihre Frau Mutter hat den Wagen geschenkt bekommen?« Pospischil gähnte müde.

»Nicht ganz«, rief Frisch in den Lärm. »Den Opel hat sie von der Gattin eines gräflichen Sommergastes bekommen. Die kinderlosen Herrschaften waren Stammgäste, und als die Dame zur Witwe geworden war, hat sie ihr den Wagen zu einem Freundschaftspreis überlassen, nachdem sie künftig auch im Sommer in Wien bleiben wird. Mutter hat den Herrschaften wohl erzählt gehabt, wie gern ihr Sohn so ein Gefährt hätte.« Er grinste. »Ein Vierzylinder. Ich find, es wär an der Zeit, die gesamte Wiener Sicherheitswache mit Automobilen auszustatten. Nicht nur wegen der Geschwindigkeit ist das Auto dem Pferdewagen überlegen. Wie oft wird ein reitender Polizist oder ein Gaul von einer Kugel getroffen? Bald werden die Autos in Massen produziert und dann werden sie auch für die Amtsverwaltung erschwinglich sein. Ihr werdet sehen.«

Die letzten Worte konnte Pospischil nicht verstehen, nur erahnen. Der Motor ratterte so laut, dass man sich nur schreiend unterhalten konnte. Ein Hoch auf den dumpfen Klang der Pferdehufe! Nach der Streiterei in Engelhartstetten hatte Pospischil ohnehin wenig Lust auf Plauderei, so schwieg er und nutzte die Zeit zum Nachdenken und für die Betrachtung der langsam im Dämmerlicht versinkenden Marchfelder Äcker und Dörfer. Ab und zu tauchte ein beleuchteter Kirchturm aus der Dunkelheit zwischen den Feldern auf. Seine Lider wurden schwer, sein Kinn sank auf die Brust. Unter dem Dröhnen und den Vibrationen des Motors nickte er ein.

»Wir sind in Wien, Chef!«

Pospischil schreckte auf. Es war gegen acht Uhr abends, als sie die Stadtgrenze von Wien erreichten. Etwa zwanzig Minuten später querten sie die Donau über die Kaiser-Franz-Joseph-Brücke und erreichten bald darauf im Schein der Gaslaternen die Wohnadresse von Johann Pospischil und seiner Schwester in der Josefstädter Lange Gasse. Kaum angehalten, kam ihnen ein magerer Mann in Uniform entgegengelaufen.

»Habe ich die Ehre mit dem Herrn Polizeiagenten Johann Pospischil?«

»Der bin ich. Was gibt es denn, Herr Kollege?«

Der Mann machte Anstalten zu salutieren, doch er besann sich wohl und grüßte verhalten mit der Hand an der Kappe. »Der Herr Chefinspektor vom Agenteninstitut hat mich hergeschickt«, begann er mit lauter Stimme. »Ich bin so froh, dass Sie jetzt da sind, Herr Pospischil. Hab scho Angst g'habt, dass ich die ganze Nacht auf der Straße auf Sie warten muss. Es weht a frisches Lüfterl seit dem Nachmittag und ich hab nur die dünne Unterwäsche an.«

»Sapperlot! Junger Kollege, es ist Sonntag, da sind die Leut net immer z'aus. Reden S' nicht so viel herum. Kommen S' endlich zum Punkt. Ist ein Verbrechen geschehen?«

»O ja, sehr verehrter Herr Polizeiagent. Beim Schloss Artstetten im Nibelungengau hat man nach Sprengungsarbeiten für eine Gruft a Kinderleich g'funden. Direkt unter der Kirch'n! Die Kaiserlichen Hoheiten dürfen es unter keinen Umständen erfahren. Ein hinterlistiger Angriff auf das Haus Habsburg ist nicht auszuschließen. Das soll ich unbedingt ausrichten.

Die Sach ist streng geheim. Hier ist ein Schreiben vom Herrn Oberinspektor mit den Instruktionen. Ich soll Ihnen sagen, Sie müssen unverzüglich in den Nibelungengau aufbrechen und die Sache untersuchen.«

»Jessas Maria!«, schrie Gerti. »Is leicht a Kind von der Sophie und dem Thronfolger Ferdinand umbracht worden?«

»Um Gottes willen!« Rosis hohe Stimme überschlug sich. »Das bedeutet Krieg! Nicht wahr, Poldi?«

»Schreit doch net so herum, dass die ganze Gassen es hören kann! Es Weiber mit eurer Dramatik!«, schimpfte Pospischil und setzte an, vom Wagen zu klettern.

»Warten S', Chef!« Frisch sprang mit jugendlichem Elan von seinem Sitz und war wenige Augenblicke später an der Beifahrertür, um seinem Vorgesetzten behilflich zu sein.

»Dankschön, lieber Frisch.« Pospischil kam wackelig auf dem Trottoir zu stehen und richtete sich ächzend auf. »Das lange Sitzen is Gift für meinen wehen Rücken.« Er wandte sich dem jungen Polizisten zu. »Geben S' des amtliche Schreiben her. Wessen Kind ist durch Gewaltanwendung gestorben im Schloss des Thronfolgers in Artstetten, sagten Sie? Reden S'!«

»Das weiß ich nicht, Herr Polizeiagent«, sprach der Polizist nun leiser. »Der Herr Oberinspektor hat mich beauftragt, nicht eher zurückzukehren, bis Sie diesen Brief vor meinen Augen g'lesen haben.« Er hielt ihm einen weißen Umschlag hin.

»Sprechen S' lauter. Ich kann Ihnen net folgen und lesen S' mir den Brief vor. Ich bin zu müd dafür.«

Der Angesprochene hielt inne. »Entschuldigen Sie, ich bin so aufgeregt. Wissen S', dass Sie eine Legende sind. Im Josefstädter Kommissariat reden s' mit so einer Ehrfurcht von Ihnen und Ihren Erfolgen bei der Aufklärung von Verschwörungen und Gefahren für unsere heilige Monarchie.«

»Is scho guat. Der Tag war lang.« Pospischil gähnte hinter

vorgehaltener Hand. »Verraten Sie uns also, was da drinsteht. Vertraulich selbstredend.«

»Jawohl, Herr Polizeiagent.« Der junge Mann erhob seine Stimme. »An den Agenten Pospischil«, fing er zu lesen an.

»Die Anrede können Sie überspringen«, fuhr Pospischil dazwischen, »bitte fassen Sie den Inhalt zusammen. Sie haben ihn ja sicher schon mehrmals gelesen.«

»Also: Nachdem bei Sprengungsarbeiten für die Gruft des Thronfolgers unterhalb der Schlosskirche von Artstetten ein toter Säugling gefunden wurde, müssen Sie mit Ihrem Assistenten unverzüglich in den Nibelungengau reisen und herausfinden, um welches Kind es sich handelt. Weiters haben Sie herauszufinden, ob es sich um ein Gewaltverbrechen handelt und in jenem unglücklichen Fall ist auch noch festzustellen, wer die Tat begangen hat und weshalb das Neugeborene unter der Kirche des Thronfolgerschlosses vergraben worden ist, denn ein hinterlistiger Anschlag gegen das Haus Habsburg ist nicht auszuschließen. Keinesfalls aber dürfen Sie oder Ihr Assistent Vertreter des Hochadels ohne ausdrückliche Erlaubnis von ihm persönlich verhören und scho gar net festnehmen«, endete der Uniformierte.

»Donnerwetter! Was für ein Auftrag! Und ein leises Misstrauen uns gegenüber klingt da auch noch mit.« Pospischil sah zu Frisch.

»Frisch, fahren S' mit der Rosi heim. Danach legen Sie sich umgehend schlafen. Weil morgen Früh um fünf sind Sie wieder da bei mir mit Ihrem Automobil. Und machen Sie den Tank voll. Wir zwei fahren in den schönen Nibelungengau in das Sommerschloss Seiner Hoheit, des Erzherzogs Ferdinand von Österreich-Este!« Pospischil rieb sich die Hände. »Kalt ist es worden. Gute Nacht, meine Herrschaften und küss die Hand, meine Damen.«

»Mit allem Respekt, Herr Polizeiagent«, sprach der junge Polizist, »unverzüglich soll aufgebrochen werden, hat man mir aufgetragen. Jede Stunde zählt bei der Aufklärung dieser heiklen Angelegenheit.«

»Mein lieber Mann. Ihr Pflichtbewusstsein ehrt Sie, aber gehen Sie getrost nach Hause schlafen. Mein Assistent und ich sind den ganzen Tag schon unterwegs, und bitte was sollten wir übermüdet und in der Dunkelheit im Nibelungengau heut noch ausrichten. Wir fahren morgen Früh. Servus und gute Nacht, Herr Kollege.«

Der Polizist schlug die Absätze zusammen, streckte den Rücken und griff mit der Hand an seine Kappe. »Gute Nacht.« Mit langen Schritten entfernte er sich.

»Wartet!« Gerti zurrte an dem Schnappverschluss der Einkaufstasche. »Ihr jungen Leut, nehmts was von der Jause mit. Nach der langen Fahrt seid Ihr g'wiss hungrig.«

Das Ehepaar Frisch bedankte sich und der Wagen setzte sich in Bewegung.

Labrador wedelte mit dem Schweif, als Gerti die Haustür aufschloss. »Hansi, san ma wieder gut?«

Zärtlich umfasste er die breite Mitte seiner Schwester mit beiden Händen und küsste sie auf die Wange. »Waren wir je ungut miteinander, Schwesterherz?«, sagte er sanft und bückte sich nach dem Henkel der Einkaufstasche.

KAPITEL 11

Montag, 31. Mai 1909, Wien

Im dämmrigen Morgenlicht bewegte sich Pospischils Schwester Gerti auf nackten Sohlen durch die kleine Wohnküche. Mit flinken Fingern wickelte sie zwei mit Butter und Weichkäse gefüllte Brotscheiben in Papier, als es an der Tür läutete.

»Dein Kollege is pünktlich wie die Uhr«, gähnte sie.

»Ich komm gleich!«, rief Pospischil. Er war gerade beim Ankleiden. Labrador sprang auf, weil sie wohl dachte, er würde mit ihr hinausgehen. Doch das musste heute Gerti übernehmen. Gestern Abend war es zu einer weiteren kleinen Verstimmung gekommen, weil seine Schwester nicht wollte, dass er die Hündin zu dem Auftrag in den Nibelungengau mitnahm. Gerti hatte behauptet, sich nur mit Labrador vor möglichen Einbrechern sicher zu fühlen. Dabei hatte sie anfangs die zugelaufene Hündin gar nicht in der Wohnung haben wollen. Schließlich war ihm nichts anderes übrig geblieben, als nachzugeben. Nicht auszudenken, wenn ihr in seiner Abwesenheit etwas zustieße. Beim Vorbeigehen musterte er seine Schwester. Alt sah sie aus in ihrem weißen Nachthemd und mit den offenen Haaren, die ihr ergraut ins Gesicht fielen.

»Die Brote habe ich dir in die Tasche gepackt, Hansi. Du musst während der langen Fahrt was essen. Denk an deinen Blutzucker!«

»Danke, Gerti!« Pospischil hauchte seiner Schwester zum Abschied zwei Busserl über beide Wangen und strich seufzend über das Fell von Labrador. Dann verließ er mit der prall gefüllten Tasche die Wohnung.

»Guten Morgen, Chef«, begrüßte ihn Frisch hektisch. »Bitte rasch, der Wagen steht mit laufendem Motor unten.«

»Ich komm ja schon, aber springen kann ich nicht über die Stufen«, seufzte er. Frisch hatte wohl noch keinen Mokka getrunken oder kaum geschlafen, oder beides zusammen, wie er wegen der Schatten unter seinen Augen mutmaßte. Mitfühlend verbiss er sich ein Schmunzeln. Vielleicht war es die Leidenschaft der jungen Ehegattin, die dem Mann den Schlaf raubte. In keinem der beiden Fälle wäre er imstande zu helfen. Einen Mokka würden sie sich vielleicht irgendwo auf der Strecke in einem Gasthof oder Kaffeehaus besorgen und danach als Reisespesen beim Ministerium einreichen. Für den ärgsten Hunger würden die Brote von der Gerti reichen.

»Chef, wie ich heut aufgewacht bin, dachte ich, ich hätte schlecht geträumt. Bis ich realisiert hab, dass wir tatsächlich den Mord an einem kleinen Kind aufzuklären haben.«

Ach, deshalb die Augenringe, dachte Pospischil und sagte: »Sie haben nicht geträumt, aber ob es sich um Mord handelt, müssen wir uns erst anschauen. Wie Sie hoffe auch ich, dass wir es nicht mit einem Gewaltverbrechen an einem Neugeborenen zu tun haben. Das hoffe ich wirklich sehr.«

Unten angekommen, bestiegen Pospischil und Frisch mit verkniffenen Gesichtern den Wagen. Beim Losfahren berichtete Frisch von einem Telefonat beim Automaten am Kaiser-Franz-Josefs-Bahnhof. »Sicherheitshalber hab ich gestern noch den Oberinspektor zu Hause angerufen. Er hat mir aber auch nicht mehr zu dem Fall sagen können, als der junge Polizist auf der Straße uns ausgerichtet hat.«

»Die zwanzig Heller für das Telefonat hätten Sie sich sparen können, Kollege. Hätte der Oberinspektor wichtige Informationen für uns gehabt, hätte er sie uns zukommen lassen, verlassen Sie sich drauf. Mit einem Telefonat bei ihm zu Hause haben Sie sich nichts Gutes getan für eine Beförderung in eine höhere Dienstklasse, die Ihnen meiner bescheidenen Meinung nach längst zustünde.«

»Ich dachte mir, der junge Mann war gestern so aufgeregt und wir müde von der Fahrt. Ich wollte zur Sicherheit nachfragen, nicht, dass uns wichtige Informationen entgehen.«

»Das stimmt. Trotzdem. Wenn S' bei der Polizei weiterkommen wollen, ist es besser, in jeder Situation einen kühlen Kopf zu bewahren. Denken Sie an Ihre liebreizende Frau! So ein Ehestand kostet eine Menge Geld und wenn erst Nachwuchs ins Haus steht, oje.«

»Noch ist es nicht so weit, Chef.« Frisch war tatsächlich rot geworden. »Und … und ich war heute schon ganz früh im Institut, um den Koffer und die Kamera zu holen.«

»Was haben Sie geholt?« Pospischil runzelte die Stirn. Der Frisch kam ihm heute sehr übereifrig vor.

»Unsere Ausrüstung, Chef. Wollen Sie denn nicht den Fundort fotografieren? Außerdem brauche ich mein Werkzeug für eine eventuelle Tatzeitbestimmung und andere Untersuchungen.«

»Natürlich, der Koffer und die Kamera sind wichtig.« Pospischil hüstelte. Er hätte doch tatsächlich auf die Ausrüstung vergessen. Seine Finger drückten gegen das Leder seiner schwarzen Tasche, in der sich seine Papiere, die Geldbörse und etwas Wäsche zum Wechseln befand. Langsam wurde er alt.

Nach einer frischen Nacht schob sich die Sonne vor die Wolken. Kurz nachdem Frisch und Pospischil den Bezirk Alsergrund hinter sich gebracht hatten, steuerten sie auf die Stadtgrenze bei Nussdorf zu. In der Ferne erhoben sich die Wiener Weinberge aus dem Dunst. Um diese frühe Stunde waren die Straßen Wiens kaum befahren.

Pospischil gähnte zufrieden und entspannt, bis etwa hundert Meter vor ihnen ein Fuhrwerk anhielt und ein Mann schimpfend vom Kutschbock sprang. Wild schreiend und mit den Armen fuchtelnd trat er vor seine beiden Pferde. Als sich Frisch bis auf einen Meter dem Fuhrwerk genähert hatte, knallte die Peitsche über den Bordstein. Die Tiere schlugen panisch aus. Pospischil hielt den Atem an, als Frisch den Wagen auf gleicher Höhe mit einem Riss des Lenkrades nach rechts ausschwenkte. Dennoch erfasste der linke Vorderreifen die Hinterbeine eines der ausschlagenden Pferde. Der arme Gaul knickte ein, riss dabei zwangsläufig das zweite Tier mit sich, sodass die Kutsche im Schneckentempo kippte und mit lautem Knall seitlich auf die Straße fiel. Der Kutscher brachte sich mit einem Sprung gerade noch in Sicherheit.

»Unfassbar!«, schrie Pospischil. »Halten Sie an! Der Trottel kassiert jetzt eine saftige Strafe. Die armen Pferde!«

Der Lärm hatte in Windeseile für Aufruhr gesorgt. Zahlreiche Menschen kamen aus ihren Häusern. Durch einen glücklichen Zufall war auch ein Tierarzt darunter. Er versorgte das Pferd, das rasch wieder auf den Beinen stand. Mit vereinten Kräften wurde die gekippte Kutsche aufgerichtet und auch das zweite Pferd beruhigte sich. Der unglückliche Kutscher war am Gehsteig in die Knie gegangen. Mit bleichem Angesicht hockte er an der Mauer eines Wirtshauses. Als Pospischil ihm die Kokarde der Polizei vor die Nase hielt, stammelte er. »Meine Kaltblüter san die Automobile net g'wohnt. Schon gar net in dieser Hergottsfrüh.«

»Ich denke, Sie und Ihre Pferde sollten sich langsam an den Fortschritt gewöhnen«, sagte Pospischil und half ihm auf. »Wie kommen Sie darauf, dass man Tiere mit der Peitsche beruhigen kann?« Da er kein Unmensch war und auch keine Zeit vergeuden wollte, verzichtete er auf die Verhängung einer Strafe wegen Tierquälerei. Kopfschüttelnd wollte er zu seinem Assistenten in den Wagen steigen, doch Frisch hatte eine ebenso bleiche Gesichtsfarbe wie der Kutscher, so entschieden sie sich für eine Pause und einen Mokka im Gasthaus. Der starke Kaffee vertrieb tatsächlich die Müdigkeit ebenso wie den Schock nach dem Zwischenfall, und nach gut zwanzig Minuten setzten sie die Fahrt in Richtung Westen fort. Frisch stieg kräftig aufs Gaspedal und rasch lag die Stadtgrenze von Wien weit hinter ihnen. Obwohl Pospischil lieber mit Kutschen reiste, genoss er die flotte Autofahrt durch die malerische Landschaft der kurvigen Hügel, zartgrün sprießenden Weinstöcke, rot geziegelten Dörfer und imposanten Wehrburgen entlang der Donau in der lauen Frühlingsluft. Die Zeit verflog und bald tauchten auf einer bewaldeten Anhöhe die fünf Zwiebeltürme des Schlosses Artstetten auf.

»Dort, schauen Sie.« Pospischil deutete in die Richtung. »Wie aus einem Märchen. Die Habsburger haben Stil. Das muss man ihnen lassen.«

»Unser schönes Reich der Burgen und Schlösser«, sagte Frisch. »Allein wegen der architektonischen Meisterleistungen bin ich stolz, Österreicher zu sein.«

»Stolz bin ich nicht drauf, hab ja nichts dazu beigetragen. Aber schön anzuschauen sind diese Paläste schon, Kollege. Wär da nicht die Leiche eines Kindes, man könnt denken, wir vergnügten uns bei einem Landausflug.«

KAPITEL 12

Montag, 31. Mai 1909, Artstetten

Wenig später brachte Frisch das Automobil vor dem Eingangstor des Schlosses zum Stillstand. Etwa hundert Meter mussten sie zu Fuß durch eine Parkanlage mit beachtlichem Baumbestand, blühenden Sträuchern und gepflegten Grasflächen den Hügel hinaufgehen, bis sie die Kirche mit dem davor ausgesprengten Loch erreichten. Steinbrocken und Schutt säumten den Zugang. Vor der Grube wurden sie von einem Mann im kirchlichen Talar, vier Männern in blauer Arbeitskleidung, einem Hageren von Kopf bis Fuß in schwarzer Montur, einem weniger Hageren in Lederhosen, Trachtenjacke und Hut mit Feder empfangen. Der Mann in der Tracht hob eine brennende Fackel.

»Guten Morgen allerseits.« Er lüftete den Hut. »Johann Pospischil und Doktor Leopold Frisch von der geheimen Abteilung des Polizeiinstituts in Wien, zu Ihren Diensten.«

»Grüß Gott, die Herren«, sagte der Hagere in dunkler Montur. »Darf ich vorausschicken: Seine Kaiserliche Hoheit, der Thronfolger darf nichts von dem Unglück erfahren. Noch weniger seine Gattin, die Fürstin Sophie. Wegen der Totgeburt vergangenen Herbst ist sie noch immer rekonvaleszent. Der Anblick oder auch nur die Erwähnung eines toten Kindes wäre fatal für ihre Genesung.« Er schüttelte sein schwarzes Haupthaar.

»Aus diesem Grund hat man uns verständigt. Wir sind für solche speziellen Vorfälle ausgebildet, seien Sie beruhigt.« Pospischil blickte in die braunen Augen des Mannes. »Mit wem haben wir denn die Ehre?«

»Verzeihung. Baron Adolf von Wald. Kammermeister Seiner Hoheit, Erzherzog Ferdinand.« Er deutete eine leichte Verbeugung an. »Alles, was das Schloss betrifft, fällt in meine Zuständigkeit, insbesondere die Bewaffnung für die Jagden.«

»Mit Verlaub, das ist nicht ganz korrekt!« Der Mann mit der Fackel schob sich vor. »Gestatten Sie, Gutsverwalter Franz Hahn. Ich bin für die finanzielle Gebarung auf Schloss Artstetten verantwortlich und muss darauf bestehen, dass die Verzögerungen bei den Bauarbeiten an der Gruft so kurz wie unbedingt nötig gehalten werden. Ende Juli kommen Seine Hoheit, der Erzherzog und Thronfolger von Österreich-Este mit seiner Gattin, der Fürstin von Hohenberg zurück nach Artstetten und werden den Fortschritt des Baues begutachten. Wenn sie also von dem schrecklichen Zwischenfall nichts bemerken sollen, ist Eile bei Ihren Untersuchungen angebracht.«

»Aber meine Herren!« Der Pfarrer hob die Arme und bewegte sie hin und her, als wollte er eine Weihrauchkugel schwenken. »Überfallen Sie die Agenten nicht mit Ihren Forderungen. Lassen Sie uns das tote Kind erst einmal anschauen.«

»Vielen Dank, Hochwürden.« Pospischil neigte das Haupt. »Bitte führen Sie uns.«

Die vier Männer in der Arbeitskleidung traten respektvoll zur Seite, als Hochwürden voranging. Der Verwalter mit der Fackel an seiner Seite. Der düstere Kammermeister drängte sich zu Pospischil. »Der Leichnam wurde nach Sprengungsarbeiten entdeckt«, zischelte er. »In Artstetten wird eine Familiengruft für den Thronfolger errichtet. Der Fürstin ist wegen ihres niederen Ranges eine Beisetzung in der Wiener Kaisergruft nicht gestattet und der Thronfolger hat in seiner Liebe zu seiner Frau Gemahlin beschlossen, bis über den Tod hinaus bei ihr zu bleiben.«

»Diese Umstände sind mir durchaus bekannt, aber vielen Dank, Herr Baron.«

»Eine Bestattung des Kindes in geweihter Erde wird wohl nicht möglich sein«, bemerkte der Kammermeister.

»Wir werden für den bedauernswerten Wurm schon ein Platzerl finden«, raunte Hochwürden über die Schulter zurück.

»Das höre ich gern«, erwiderte Pospischil.

»Unser gütiger Herrgott schenke Ihnen viel Kraft, das Geheimnis um diesen Vorfall rasch zu lüften, sodass wieder Frieden im Schloss einkehre.« Hochwürden faltete die Hände vor der Brust. Die Flammen der Fackel knisterten. Die Männer tapsten über Steine und Felsbrocken. Pospischil hustete unter dem allgegenwärtigen Staub und unter dem Ruß der Flammen. »Pfui Teufel. Hat da eh keiner was durcheinandergebracht?«

»Selbstverständlich haben wir sofort alles abgeriegelt, Herr Polizeiagent.« Der Kammermeister dehnte seine Schultern. Eine aufgeregte Stimme meldete sich von hinten zu Wort. »Als wir das Kind entdeckt haben, sind wir sofort hinaus und seither bewachen wir den Eingang zu dieser Höhle. Es ist ein totes Kind, das dort unten liegt. Ein menschliches Wesen. Mein erster Gedanke war, wir haben die Totenruhe gestört.«

Pospischil drehte sich um und blickte in ein weiches Gesicht im hellen Schein der Sonne. »Sie sind ein guter Mann. Wie heißen Sie?«

»Baumeister Friedrich Eichberger. Meine Arbeiter und ich haben die Sprengung durchgeführt und sofort nach Entdeckung des Kindes den Gutsverwalter informiert, der hat gleich nach Wien telegrafiert.«

»Vergelt's Gott für Ihre Umsicht, Herr Eichberger. Halten Sie sich bitte zur Verfügung, falls wir noch Fragen an Sie haben. Ich bitte alle hier Anwesenden um Diskretion zum Schutze der kaiserlichen Familie. Machen Sie das Ihren Arbeitern deutlich.«

»Selbstverständlich.« Eichberger hüstelte. »Ich bitt nur darum, uns Bescheid zu geben, wenn wir weiterarbeiten können.«

»Sobald das Kind geborgen ist und wir den möglichen Tatort begutachtet haben«, antwortete Frisch.

»Da liegt es.« Der Pfarrer deutete mit versteinerter Miene in eine Art von Nische, ein von Ziegelsteinen umgrenztes Loch in der Mauer des Gewölbes. Der Verwalter hielt die Fackel in die Höhe. In der Mitte lag das Neugeborene in eine wollene Decke gewickelt.

Pospischil trat näher. Schultern, Hals und Kopf lagen frei. Auf der Haut lag ein seltsamer heller, käseartiger Belag. Er konnte keine Spuren von Verwesung erkennen, es roch kaum nach der Zersetzung menschlicher Substanz durch Mikroorganismen, wie er es bei anderen Leichen zu oft erlebt hatte. Der einzig dominante Geruch war der nach Moder und Staub. Nahezu unversehrt und mit den gesenkten Lidern sah das Kindlein aus, als schliefe es. Pospischil spürte einen aus dem Unterleib aufsteigenden heißen Schmerz und schluckte. »Was ist das für eine seltsame Substanz auf der Haut?«

»Das ist eine Wachsleiche«, hörte er Frisch neben sich raunen. »Eine Verwesung ist, wenn überhaupt, kaum wahrnehmbar. Vermutlich liegt es an der Tonschüssel, in die es gelegt worden ist. Sehen Sie die Scherben? Ton lässt keinen Sauerstoff durch.«

»Das Kindlein konnte nicht verwesen«, aus dem Hintergrund erhob sich die heisere Stimme des Pfarrers. »Weil es ohne Segnung und Liebe Gottes gestorben ist.«

»Das ist wohl kaum die Ursache, Hochwürden«, antwortete Frisch mit strengem Unterton.

»Was für eine Tonschüssel?« Pospischil riss sich aus der traurigen Andacht. Tatsächlich, neben dem Kind lagen rostrote Tonscherben, und als er die Decke mit spitzen Fingern aufhob, sah er eine Scherbe aus Ton unter dem Leib des Säuglings. »Jemand hat das Kind wie in einem Sarg in dem Tongefäß bestattet. Aber warum hier, um Himmels willen?«

»Chef, ich fürchte, es wurde getötet. Sehen Sie.« Frisch deutete auf den Hals des Kindes. »Das Genick ist gebrochen.«

»Ein Kindesmord! Unter einer Kirche!« Die Stimme des Pfarrers hallte von den Steinwänden dumpf wider. Mehrmals bekreuzigte er sich. »Ein Satanswerk.«

»Vielleicht hat die Mutter es tot geboren und dann in dem naiven Glauben, dass es unter einer Kirche bestattet von der Erbsünde befreit werden könnte, hier verscharrt«, sagte Pospischil leise. »Die verzweifelte Mutter könnte sich durch diese letzte Ruhestätte unter einem gesegneten Altar einen möglichen Weg der kindlichen Seele ins Gottesreich erhofft haben.«

»Ein Teufelswerk! Herr erbarme dich unser!« Hochwürden bekreuzigte sich.

»Hören Sie doch auf.« Pospischil strafte den Priester mit einem finsteren Blick. »Das Genick könnte dem leblosen Körper auch während der unorthodoxen Bestattung gebrochen sein. Was meinen Sie, Doktor Frisch? Es muss nicht zwingend eine Tötung gewesen sein.«

»Ich werde mir das Kind genauer ansehen, um dies beurteilen zu können.« Frisch seufzte. »Aber ja, es wäre möglich.«

»Müssen wir nicht einen Arzt verständigen? Wegen des Totenscheins?«, fragte der Pfarrer.

»Wir erledigen alle Formalitäten«, gab Pospischil rasch zur Antwort. »Unsere Behörde ist direkt Seiner Majestät, dem österreichischen Kaiser unterstellt. Seien Sie unbesorgt. Wir wissen, was zu tun ist.«

»Ich verstehe nicht.« Hochwürden runzelte die Stirn und auch der Verwalter meldete sich zu Wort. »Ich muss den Vorfall in meinen Büchern eintragen.«

»Bitte unterlassen Sie das, Herr Verwalter.« Pospischil räusperte sich. »Was ich damit andeuten möchte, wir agieren mitunter etwas abweichend von den üblichen bürgerlichen Normen.« Als er den verdutzten Blick des Pfarrers sah, setzte er nach. »Soll heißen, vordergründig ist es unser Auftrag, verdächtige Vorkommnisse um das ehrenwerte Haus Habsburg der Öffentlichkeit, insbesondere der freien Presse, vorzuenthalten, zumindest solange wir keine stichhaltigen Ergebnisse in der Hand haben. Sobald wir einen Fall übernehmen, liegt alles Weitere in unserem Ermessen. Die Staatssicherheit hat oberste Priorität. Habe ich mich halbwegs verständlich ausgedrückt, meine Herren?«

»Durchaus, Herr Geheimagent. Durchaus. Handeln Sie, wie es Ihnen nach Ihren Vorschriften gestattet ist. Aber in Gottes und in der Seele dieses armen Geschöpfes Namen, lösen Sie diesen Fall.«

»Nun denn.« Pospischil drehte sich um. »Lieber Doktor Frisch, bitte machen Sie Bilder und dann nehmen wir das arme Kind mit uns. Irgendwo wird es wohl einen Platz geben, an dem wir es ungestört untersuchen können.«

»In unserem Pfarrhaus gibt es zwei Räume für umherziehende Pilger mit einer Verbindungstür. Dort können Sie wohnen und arbeiten, solange es nötig ist. Außer Sie wollen unbedingt auf dem Areal des Schlosses nächtigen. Da gäbe es Möglichkeiten. Jedoch«, Hochwürden seufzte, »wegen des Schmerzes der Fürstin um ihren im letzten Jahr tot geborenen Sohn fände ich es unangebracht, dort neben dem hoheitlichen Knaben einen weiteren kindlichen Leichnam zu verwahren.«

»Ausgeschlossen!« Pospischil hob abwehrend die Hände. »Sie haben vollkommen recht. Die Pilgerzimmer in der Pfarre sind in Ordnung für uns. Herzlichen Dank, Hochwürden. Nur keine Umstände. Wir sind genügsam. Aber sagen Sie, gibt es hier irgendwo ein Telefon?«

»Ein Telefon?« Die Augen von Hochwürden weiteten sich. »Sie sind hier auf dem Land, nicht in Wien. Telegrafieren können S' auf fast jedem Postamt. Wir haben dank des ersten Stromkraftwerks der Monarchie im nahen Zwettl zwar elektrisches Licht in unserer Pfarre, aber die Kabel für die Telefonie haben sich noch nicht bis zu uns verirrt.«

»Aber in einem Schloss der kaiserlichen Familie müsste es doch die neueste Technik geben. Wie bittschön nimmt der Thronfolger im Notfall mit dem Kaiser in Wien Kontakt auf?«

»Ja, da schickt halt ein Hofbeamter ein Telegramm. Oder der Herr Kammermeister beauftragt einen Boten, der dann mit der Eisenbahn nach Wien reist, wenn's besonders geheim sein soll. Nach dem Kindesfund bei der Sprengung im Schlosspark wurde die Wiener Polizei auch über das Postamt informiert. Hat bestens funktioniert, oder etwa nicht?«

»Chef, Seine Majestät, der Kaiser soll seinen Apparat in der Hofburg selten bis gar net benutzen, die kaiserliche Familie ist bekanntlich wenig fortschrittlich in technischen Belangen. Es gibt zwar seit Kurzem eine Telefonverbindung zwischen Wien und Wiener Neustadt, aber bis alle großen Städte im Reich angeschlossen sind, vergehen bestimmt noch Jahre. Wie so oft fehlt dem Staat das Geld.«

»Mag sein, lieber Frisch. Ich bin ja auch kein Freund des Fortschritts um jeden Preis, aber wir von der Polizei brauchen schnelle Verbindungen. Wenn es kein Telefon vor Ort gibt, kann man es nicht ändern. Wir werden mit der Post- und Telegrafenverbindung unser Auslangen finden.«

Frisch holte den Fotoapparat aus der Ledertasche und machte Bilder von der Höhle.

»Lange brennt die Fackel nicht mehr«, bemerkte der Verwalter.

»Ich hole eine andere«, sagte der Kammermeister.

»Nicht nötig, wir sind hier fertig«, sagte Frisch und packte den Apparat zurück.

»Bitte nehmen Sie das Kind an sich, Kollege. Ich kann es nicht anfassen. Ich kann es nicht.« Pospischil nahm ein Taschentuch und schnäuzte sich. »Sobald wir fort sind, können die Arbeiter hier weitermachen.«

Er drehte sich um. »Sagen Sie, Hochwürden, wie kommt man denn am schnellsten zu einem Postamt?«

»Mit dem Fahrrad schaffen Sie die Strecke runter zur Donau in gut zehn Minuten. Die Fähre rüber zum Bahnhof in Pöchlarn fährt recht oft.«

»Fahrrad?« Pospischil riss die Augen auf. »Fähre?«

»Ja. Wir fahren hier Rad. Das ist gut für die Gesundheit und billiger als ein Pferd. Ich hoffe, Sie können Rad fahren. Wir haben zwei in Reserve in der Pfarre stehen. Die können Sie gerne benutzen. Und Postämter gibt es bei uns auch nicht an jedem Eck, wie das vielleicht in Wien üblich ist.«

Pospischil hob die Augenbrauen. »Wir haben ein Automobil, Hochwürden.«

»Aber, Chef, für das kurze Stück zahlt es sich wirklich nicht aus, den Opel zu starten. Nehmen S' doch das Rad.« Er wickelte die wollene Decke um das tote Kind und hob es behutsam hoch. »Wir können gehen.«

»Warten Sie«, sagte Pospischil. »Wir müssen den Zugang zur Kirche finden.«

»Den Zugang zur Kirche, Chef?«

»Dieses Loch wurde für die Errichtung einer Gruft gesprengt. Da gab es vorher keine Öffnung, richtig?«

»Das ist richtig«, bestätigte der Verwalter.

»Eben. Also muss das Kind von der anderen Seite, von oben, von der Kirche nach unten gebracht worden sein.«

»Von der Kirche aus?« Hochwürden schnaufte. »Es gibt keine Verbindung vom Gotteshaus hinab in diese … Höhle des Teufels.« Der Pfarrer zeichnete mit der Hand Kreuze über Stirn, Kinn und Brust.

»Mit Verlaub, Hochwürden, vielleicht gibt es einen unterirdischen Gang, von dem Sie gar nichts wissen. Wir müssen hinauf. Frisch, legen Sie das Kind bitte ab. Wir holen es nachher. Der Verwalter wird hierbleiben und es bewachen. Ist das in Ordnung, Herr Verwalter?«

»Aber die Fackel brennt nicht mehr lange.«

»Keine Sorge. Wir sind gleich wieder zurück.«

»Vielleicht hole ich doch eine neue Fackel.« Der Kammermeister lief nach draußen.

Frisch legte das Kind zurück auf die Tonscherben.

»Bringen Sie uns in Ihr Haus, Hochwürden«, bat Pospischil.

Der Pfarrer, Pospischil und Frisch verließen die Höhle und eilten hinauf zur Kirche. Das Hauptschiff sah aus wie viele barocke Kirchen, mit üppiger goldfarbener Dekoration, biblischen Motiven an bunten Fresken, Glasfenstern und dunklem Mobiliar.

»Etliche der Gemälde und Figuren stammen aus dem Besitz Seiner Hoheit, des Thronfolgers«, erklärte Hochwürden stolz, »und der Altar ist ein Meisterwerk aus österreichischem Eichenholz.«

»Unterhalb des Altars muss eine Öffnung sein«, murmelte Pospischil unbeeindruckt. »Vielleicht ein früherer und mittlerweile vergessener Lagerraum.« Er starrte auf die beiden Türen seitlich des Altars.

»In den Sakristeien werden die Gegenstände aufbewahrt, die für den Gottesdienst benötigt werden.« Hochwürden schüttelte den Kopf. »Von diesen Kammern aus gibt es keine Tür nach unten. Mit Verlaub, wie sollte außerdem eine Mutter, die gerade geboren hatte, da hineingekommen sein?«

»Irgendwie muss es ja dorthin gebracht worden sein.« Unbeirrt schritt Pospischil die beiden Nebenräume ab. Frisch hinterher. Auf den ersten Blick sah es tatsächlich so aus, als gäbe es keine weiteren Türen, doch dann entdeckte Pospischil nach einigen Minuten stiller Betrachtung in dem zur rechten Hand gelegenen Raum eine verdächtige Verdunkelung an der Wand neben dem Paramentenschrank mit zahlreichen Schubladen zur Aufbewahrung liturgischer Gewänder.

»Aha!« Pospischil nahm die Brille von der Nase und polierte das Glas mit dem Ärmel seines Gehrocks, bevor er sie wieder aufsetzte. »Sehen Sie das? Da neben dem Schrank?«

»In der bewahren wir unsere Kerzen auf.« Hochwürden trat näher heran. »Tatsächlich. Diesen Fleck habe ich nie bemerkt. Was ist das? Sieht aus wie ein Schnitt in der Wand.«

Frisch tastete mit den Fingern über den Spalt in der weiß gekalkten Mauer bis zu dem horizontalen Balken des dunklen Kreuzes, das an einem rostigen Nagel befestigt. Er nahm das Kreuz ab. »Da, schauen S', Chef.«

»Lassen Sie sehen! So treten Sie doch zur Seite, Frisch. Wir müssen die Kommode wegschieben. Helfen Sie mir!«

Frisch und Pospischil stemmten ihre Schultern gegen das Möbelstück. Erstaunlicherweise ließ es sich leicht bewegen. »Da ist ja unsere geheime Tür in den Keller. Hochwürden, haben Sie einen Schlüssel für das Schloss?«

»Du lieber Gott! Das wird doch nicht der alte Kohlenkeller sein, in dem im letzten Jahr angeblich jemand zu Tode gestürzt sein soll. Wissen Sie, ich bin erst seit wenigen Wochen hier Pfarrer, diese Tür ist mir wirklich noch nicht aufgefallen.«

»Diese Tür muss benutzt worden sein, um jenes unglückliche Kind nach unten zu bringen und zu begraben. Es gibt keine andere Möglichkeit. Wer ist denn dort zu Tode gekommen, Hochwürden?«

»Ein Bediensteter vermutlich.« Hochwürden zuckte mit den Schultern. »Ich weiß es nicht. Am besten fragen Sie den Franz Hahn oder den Kammermeister, den Baron.«

»Das werden wir.«

»Ich kann mir nicht vorstellen, wer so etwas macht! Das ist Blasphemie!« Hochwürden schnaufte.

»Zunächst müssen wir herausfinden, wer einen Schlüssel zu dieser Tür hat«, sagte Pospischil. Das Gejammer des Pfarrers ging ihm auf die Nerven.

»Chef, sollen wir nicht besser versuchen, die Tür aufzubrechen?«

»Auf keinen Fall beschädigen Sie mit Brachialgewalt meine Sakristei«, protestierte Hochwürden. »Fragen Sie doch zuerst den Gutsverwalter oder den Kammermeister.«

»In Ordnung, Hochwürden. Wo finden wir die beiden Herren, nachdem sie ihre täglichen Dienste am Schloss beendet haben?«

»Der Gutsverwalter lebt hundert Meter die Schlossstraße abwärts auf einem Bauernhof mit vielen Marillenbäumen im Garten. Der Kammermeister wohnt mit seiner alten Mutter in einem Herrenhaus etwas höher oben, knapp fünfzig Meter von hier entfernt. Sie können es nicht verfehlen. Es sieht aus wie die Villa in einem Schauerroman. Abblätternder Verputz und mit Efeu überwuchert.«

»Interessant. Aber jetzt bringen wir das Kind in Sicherheit und den Film aus unserem Apparat zum Postamt am Bahnhof. Ja und die Tonscherben und das Tuch schicken wir auch an unser Institut.«

»Zu Ihrer Information, meine Herren. Das Postamt in Pöchlarn schließt um sechs Uhr abends und die Fähre über die Donau fährt danach auch nicht mehr.« Hochwürden winkte zum Abschied. Seine Gesichtsfarbe hatte sich gebessert und seine Augen blitzten freundlich. Pospischil war froh, das Geschwafel über den Teufel nicht mehr ertragen zu müssen. Währenddessen hatte der Kammermeister in der gesprengten Höhle eine weitere brennende Fackel herbeigeschafft. Der Verwalter hielt nun das Feuer in beiden Händen. Der Kammermeister hingegen war verschwunden. So konnte nur der Verwalter nach dem Schlüssel zu der verborgenen Sakristei befragt werden.

»Sie meinen den alten Keller?«, sagte er. »Der wird nimmer benutzt, seit im letzten September einer dort zu Tode gekommen ist.«

»Von dem Toten hat uns Hochwürden erzählt. Mehr Informationen hatte er leider nicht zu dem Vorfall. Was ist denn da passiert, Herr Verwalter?«, bohrte Pospischil nach.

»Der Herr Pfarrer Dorn hält erst seit Kurzem bei uns die Heiligen Messen, nachdem der alte Pfarrer Nemec plötzlich und unerwartet Anfang März von uns gegangen ist.« Hahn räusperte sich. »Viele sagen, er sei an gebrochenem Herzen gestorben, aber wer weiß das schon genau.«

»Interessant. Fahren Sie fort.« Pospischil warf Frisch einen langen Blick zu. Der Kollege verstand und fischte ein Notizbuch mit Bleistift aus der Tasche, um im Schein der Fackel zu notieren.

»Ein Kohlelieferant ist im letzten Herbst in dem kleinen Keller der Sakristei zu Tode gestürzt. Der Arme hat sich dabei das Genick gebrochen«, sprach Hahn. »Der Pfarrer Nemec hat sich schreckliche Vorwürfe gemacht, weil der Lieferant ein steifes Bein gehabt hat und die Treppe extrem steil ist. Das Unglück hat ihn lange beschäftigt und wenige Monate später hat er die Tür verschließen und übermalen lassen. Die Kohle und all das andere Zeug werden seither in den Nebengebäuden bei den

Stallungen gelagert. Überhaupt wird ja viel mehr die Kirche in Pöbring genutzt. Die Schlosskirche dient vordergründig den Angehörigen des Kaiserhauses zum Gebet.« Herr Hahn stutzte. »Ich weiß, was Sie jetzt denken. Derjenige, der das Kind da unten hingelegt hat, muss diesen Zugang benutzt haben.«

»Genau das denken wir, Herr Verwalter. Durch ein Loch in der Mauer des Kohlenkellers könnte das Kind begraben worden sein. Also haben Sie einen Schlüssel für diese Tür?«, insistierte Pospischil.

Herr Hahn schüttelte den Kopf. »Nein, tut mir leid. Aber vielleicht der Baron von Wald. Der eitle Gimpel mit seinen weißen Ledergamaschen drängt sich ständig in den Vordergrund. Aber vor der Arbeit, da drückt er sich. Nur prahlen und schön reden kann der. Hält sich für etwas Besseres wegen des bisserl adeligen Blutes. Macht jedes Jahr ein Theater mit seinen seltsamen Gästen. Allesamt Gockeln wie er selber.« Die Feder auf dem Hut des Mannes zitterte unter seiner donnernden, von den Wänden der Höhle widerhallenden Stimme der Wut.

»Wir werden den Baron befragen, aber lassen Sie uns das Kind endlich fortbringen.« Pospischil seufzte tief.

Zu Fuß, nicht mit dem Fahrrad, machte sich Pospischil wenig später auf den Weg nach Klein-Pöchlarn am linken Ufer der Donau. Wie er auf einer Tafel ablesen konnte, sollte die Fähre hinüber nach Pöchlarn in wenigen Minuten eintreffen. Schon sah er ein Ungetüm aus Eisen vom anderen Ufer herübertreiben. Mit gemischten Gefühlen bestieg er das schwere Boot und bezahlte die Gebühr. Als er sich dem Fährmann gegenüber verwundert, insgeheim auch sehr besorgt, über die Sicherheit des eisernen Schiffes zeigte, erklärte ihm dieser, dass die einstige fliegende Brücke im Winter 1895 durch einen Eisstoß zerstört worden sei. Und da vermutlich Pospischil daraufhin noch staunender geschaut hatte, klärte der gute Mann ihn ungefragt genauer auf. »Sie müssen sich eine fliegende Brücke wie zwei Holzschiffe vorstellen, die durch ein Seil mit einer Plattform verbunden sind. Nach der Zerstörung dieser Brücke musste wieder gerudert werden, bis 1901 die Linzer Schiffswerft dieses eiserne Schiff mit achtundzwanzig Tonnen Tragfähigkeit entbehren konnte.«

»Donnerwetter!«, rief Pospischil.

»Nächstes Jahr«, berichtete der Fährmann mit dem zerfurchten Gesicht weiter, »wird zu einer modernen Hochseilfähre umgebaut.«

»Sehr fortschrittlich. In der Tat, sehr fortschrittlich.« Pospischil nickte anerkennend. »Vielen Dank für diese Ausführung. Sehr interessant.« Für die weitere Überfahrt fühlte er sich sicher. Nach dem Aufsetzen am südlichen Donauufer begab er sich unverzüglich zum Postamt von Pöchlarn. Der diensthabende k. k. Postmeister in der dunklen Uniform verzog keine Miene, als Pospischil die Polizeimarke mit dem Doppeladler zückte. »Sie brauchen mir net die Dringlichkeit erklären, gnädiger Herr von der Polizei. Jede Post ist wichtig, sonst tät ja keiner a Gebühr dafür bezahlen. Mehrmals am Tag holt unser Amtsgehilfe die Post und gibt welche auf. Da kann kein Postautomobil mithalten, auch kein Schiff die Donau abwärts. Die Dampflok ist die schnellste Verbindung vom Nibelungengau nach Wien und retour. Schneller ging's nur mit einer ferngesteuerten Rakete, gnädiger Herr.«

»Oder mit einer Telefonleitung«, murmelte Pospischil.

»Was haben S' g'sagt?« Der Postmeister hielt seine Hand ans Ohr.

»A nix. Sie haben Humor, das gefällt mir, Herr Postmeister. Dürft ich eine Quittung fürs Polizeiamt haben, bittschön.«

»Selbstverständlich!« Der k. k. Postmeister knallte einen Stempel auf das Paket und auf einen Zettel, den er mit lässigem Armschwung beschriftete. »Zu Ihren Diensten, gnädiger Herr von der Polizei. Da ist Ihre Quittung.«

»Bitte informieren Sie unverzüglich das Pfarramt in Artstetten, sobald das Paket aus Wien zurückkommt. Ich wohne dort für einige Zeit.« Pospischil rundete die Postgebühr für den Beamten auf, steckte den Zettel in seine Rockinnentasche, lüftete den Hut und steuerte auf die Fähre zu. Die Sache mit dem Schlüssel mussten sie morgen klären. Dafür war es heute zu spät.

Die Räumlichkeiten im ersten Stockwerk der Pfarre verfügten gerade über so viel Mobiliar wie für eine Übernachtung müder Reisender unbedingt nötig. Ein Bett mit harter Matratze, eine Decke, ein kleines Kissen, ein Tisch, darauf zwei Blatt Papier und ein blauer Stift, einer, wie er sie aus der Amtsstube des Instituts zum Zensurieren von geheimen Dokumenten her kannte. Man musste die blaue Mine vor dem Benützen mit Spucke befeuchten, sonst schrieb er nicht. Davor zwei Sessel, ein kleiner brauner Teppich auf kaltem Steinboden, eine Truhe mit Bettwäsche aus weißem Leinen, ein schmaler Schrank, eine Hängelampe, gelbe Vorhänge an einem kleinen Fenster. An der Wand zum Nebenzimmer stand ein Ofen. Er war geheizt, hinter trübem Glas glühten die Kohlen. Pospischil, den es seit etwa einer Stunde vom Rücken aufwärts fröstelte, trat näher und streckte die Hände der angenehmen Wärme entgegen. Die Nächte hier waren selbst im späten Frühling noch kalt. Nur wegen des Ofens hatte Pospischil dieses Zimmer gewählt, obwohl es etwas kleiner war als das andere. Frisch mit seinen gerade mal fünfunddreißig machte die Kälte bestimmt nichts aus. Pospischil gähnte. Der Tag war anstrengend gewesen und der Anblick des toten Säuglings ging ihm nicht aus dem Sinn. Er mochte Kinder, hätte gerne eigene gehabt, wenn es sich ergeben hätte.

»Chef, alles in Ordnung bei Ihnen?« Die Zwischentür öffnete sich und der dunkle Lockenkopf von Frisch tauchte auf.

»Danke der Nachfrage. Alles bestens. Ob wir hier etwas zu essen bekämen? Ein Stück Brot, Käse und ein Bier vielleicht?« Pospischil gähnte erneut. Dabei fiel sein Blick durch die offene Verbindungstür auf den breiten Tisch im Nebenzimmer. Nackt und bleich lag das Kind auf dem dunklen Holz. Steif standen die Ärmchen und Beinchen ab. Pospischil dachte an eine Puppe. Wehmütig stellte er sich vor, was für ein kräftiger Junge es werden hätte können, einer, der auf Bäume kletterte und herumtollte. Mit feuchten Augen starrte er auf den kahlen Kopf.

»Ich werde nachsehen, ob es in der Küche etwas zu essen gibt«, hörte er die Stimme von Frisch wie aus weiter Ferne.

»Sie werden doch nicht das Kind über Nacht in Ihrem Zimmer behalten wollen?«

Der Wissenschaftler zuckte mit den Schultern. »Wachsleichen verwesen kaum, der Geruch ist erträglich. Die kleine Leiche im Zimmer stört mich nicht beim Schlafen.«

»Tatsächlich?« Pospischil räusperte sich. »Wir werden trotzdem fragen, ob es einen kühlen Keller unter dem Pfarrhaus gibt.« Er verzog das Gesicht. »Ich möchte nicht, dass Sie das Kind in diesem Zimmer öffnen.«

Wieder zuckte Frisch mit den Schultern. »Wie Sie meinen. Selbstverständlich verschließe ich die Schnitte nach der Innensicht umgehend und achte penibel auf Sauberkeit. Bei Wachsleichen finden sich selten lebende Mikroorganismen im Inneren, wenn Sie das befürchten sollten.«

»Trotzdem. Ich halte eine Obduktion in den Räumlichkeiten einer Pfarre nicht für angemessen!« Er wandte sich ab. Da war wieder dieses Frösteln und eine lähmende Müdigkeit. »Ich wünsche, eine Stunde lang nicht gestört zu werden, und das tote Kind möchte ich danach nicht mehr sehen.«

»Wie Sie meinen, Chef.« Die Tür fiel ins Schloss. »Mir geht dieser Fall ja auch an die Nieren«, setzte er murmelnd nach.

Pospischil ließ sich auf den Sessel fallen, nahm den blauen Stift in die Hand, strich mit der Mine über seine Zunge, zog eines der Papierblätter zu sich und dachte nach. Er hatte schon viel erlebt in seiner Dienstzeit als Polizeiagent, Leichen waren ihm kein ungewohnter Anblick, aber dieser Fall! Er seufzte. Er musste die Mutter finden, und dann wollte er ihr tief in die Augen blicken und fragen, warum sie ihr Kind nicht beschützt und umsorgt hatte, wie es ihre Aufgabe gewesen wäre. Dann dachte er an die geheimnisvolle Tür in der Sakristei der Schlosskirche von Artstetten. Gleich morgen Früh mussten sie den Schlüssel auftreiben, und wenn dies nicht gelang, würden sie die Tür eben aufbrechen. Ob das dem Pfarrer gefiel oder nicht. Er seufzte tief. Warum vergrub jemand ein totes Neugeborenes an einem derart prominenten Ort? Es musste ein besonderes Kind gewesen sein, mit besonderen Eltern. Jemand aus dem Ort Artstetten, jemand, der schon lange in dieser Gegend lebte und eine Verbindung zur Familie des Thronfolgers hatte. Eine Kammerfrau der Fürstin vielleicht? War es gar abgelegt worden, um gefunden zu werden, präsentiert wie auf einem Servierteller? Wusste der Täter oder die Täterin von den baldigen Sprengungsarbeiten für die Gruft des Thronfolgers? Er fühlte mit der Fürstin, die um ihren Letztgeborenen trauerte. Letztes Jahr im Schloss Belvedere in Wien, er erinnerte sich, als wäre es gestern gewesen … Ein heftiges Klopfgeräusch ließ ihn aufschrecken. Er war wohl am Tisch eingeschlafen. Ein stechender Schmerz schoss ihm über die Wirbelsäule bis in den Nacken. Verdammt! »Herein«, krächzte er. »Herein!«

»Die Pfarrersköchin bittet zum Abendmahl, Chef.«

Pospischil zog sich vom unbequemen Sessel auf, dehnte sachte seine Glieder und lächelte seinem jungen Kollegen aufmunternd zu. Frisch sah elend aus. Die Schatten unter den Augen waren noch dunkler geworden. Vielleicht lag es auch am dämmrigen Licht. »Wissen wir bereits, woran das arme Kind gestorben ist?«

»Der Knabe hat seine Geburt überlebt, Chef.«

»O nein. Ich habe es befürchtet.«

»Luft von ein paar wenigen Atemzügen konnte ich in den Lungen feststellen«, fuhr Frisch leise fort. »Am Hals und am Hinterkopf fand ich Verletzungen, die nicht von der Geburt stammen können.«

»O mein Gott.« Pospischil spürte wieder dieses Frösteln. »Wissen S', was die Leute am Land mit jungen Kätzchen machen?«

Frisch senkte die Lider. »Sie ertränken sie in Kübeln. Am Semmering, wo ich aufgewachsen bin, da gab es einen Mann, der hat das jedes Jahr mit ungewollten Kätzchen im Ort gemacht.«

»Oder sie werfen sie mit Wucht gegen eine Wand, Frisch. Die Nachbarn in Engelhartstetten haben das ohne Skrupel gemacht. Die Mizzi-Tante hat es nicht mitansehen können. Wir haben immer einen Haufen Katzen bei uns g'habt, aber alle hat sie auch nicht retten können.«

»Das Genick des Kindes war gebrochen und das Gehirn stark geschwollen, Chef.«

Pospischil wandte sein Gesicht ab. »Warum liegt ein unerwünschtes Kind ausgerechnet unter der Kirche eines Habsburger-Schlosses? Denken Sie, was ich denke, Kollege Frisch?«

»Sie meinen also tatsächlich, jemand aus dem Hofstaat rund um den Thronfolger hat sein leibliches Kind aus einer unehrenhaften Verbindung getötet und es anschließend unter der Kirche bestattet. Als Ersatz für ein christliches Begräbnis, das einer ungetauften Seele nicht gestattet ist?« Frisch hob die Schultern.

»Leider ist nicht auszuschließen, dass es jemand aus dem Hofstaat gewesen ist, Frisch. Ein Bediensteter oder gar ein Vertreter aus dem Hochadel?« Pospischil kratzte sich am Kinn. »Entweder löst man so ein Problem mit Schweigegeld oder mit der Entfernung des unerwünschten Objekts der sündigen Begierde. So eine Affäre kann arg lästig werden, spätere Ansprüche könnten eingefordert werden.« Er rückte die Brille zurecht. »Wir brauchen eine Liste aller Adelsherren, die mit dem Thronfolger auf Schloss Artstetten regelmäßig verkehren. Seine Hoheit ist bekanntlich ein leidenschaftlicher Jäger. Finden Sie heraus, wer im vorigen Jahr zur Jagd nach Artstetten eingeladen war.«

»Der Gutsverwalter oder dieser adelige Kammermeister werden uns die Namen wohl nennen. Wobei ich mir uneins bin, wer von den beiden in diesem Schloss das Kommando über das Hofprotokoll führt, Chef.«

»Das haben Sie gut beobachtet.« Pospischil strich mit der Hand über das schüttere Haar und setzte den Hut auf. »Konnten Sie herausfinden, wann das arme Würmchen gestorben ist?«

»Bei Wachsleichen ist das unmöglich, Chef. Auch wenn ich seit Kurzem den Titel eines Pathologen führe und nun auch neben der Insektenkunde über fundierte Kenntnisse der menschlichen …«

»Ja, ja. Das weiß ich ja alles«, unterbrach Pospischil ungeduldig. »Bitte sagen Sie mir einfach, was Sie denken, Kollege Frisch.«

»Wurde das Kind tatsächlich in dem Tongefäß durch ein Loch im Kohlenkeller vergraben, ist es vermutlich nach jenem unglücklichen Treppensturz im September letzten Jahres geschehen. Wir wissen, dass der Keller danach nicht mehr benutzt worden ist. Vorher hätte man das Loch wohl entdecken müssen.«

»Das Kind wäre also frühestens im vergangenen September getötet worden, wahrscheinlich jedoch später im Winter oder erst im Frühjahr«, schlussfolgerte Pospischil. »Die Schwangerschaft hat sich wohl über die kalte Jahreszeit gezogen. Mit wärmender Oberbekleidung könnte sie unbemerkt geblieben sein. Hm. Ja, so war es wahrscheinlich.« Pospischil kratzte sich am Kopf. »Gewiss war dieses Kind die Frucht einer verbotenen und heimlichen Affäre, einer mit großem Standesunterschied, das könnte auch den ungewöhnlichen Bestattungsort erklären. Wir sollten nach den Eltern dieses Kindes suchen. Einer von beiden wird unser Mörder sein, oder beide zusammen. Wer weiß. An die Tat von Staatsfeinden denke ich in unserem Fall nach den vorliegenden Fakten nicht mehr. Stimmen Sie mir zu, Kollege?«

»Chef, ich würde einen hinterlistigen Angriff gegen unsere Monarchie niemals ausschließen, wenn es in diesem Fall auch immer unwahrscheinlicher wird.«

»So spricht ein wahrer Wissenschaftler, Frisch.«

»Das Kind liegt jetzt im Keller, Chef. Diese Pfarrersköchin hat mir den Schlüssel für den Wein- und Vorratskeller gegeben.« Als Pospischil nichts erwiderte, fuhr er fort. »Ich habe es in die Decke gewickelt und in eine leere Weinkiste gelegt. Die Temperatur da unten ist ideal. Da kann es bleiben, bis wir wissen, äh, bis wir wissen, was wir …«

»Sie wollen sagen, bis wir wissen, in welchem Boden die arme Seele vergraben werden darf, die nur ein paar Atemzüge lang leben durfte, verbuddelt wie ein herrenloser Hund?«

»Ja, Chef. So ungefähr wollte ich es sagen.«

Aus der Küche hörte man das Geräusch aneinanderschlagender Teller. Der Duft nach gebratenem Fleisch stieg bis ins Obergeschoß.

»Die Pfarrersköchin wartet in der Küche mit dem Abendessen, Chef. Wir sollten vielleicht …«

»Ja, dann wollen wir nicht unhöflich sein und diese nette Frau nicht warten lassen.« Pospischil schloss die Tür, zog den Schlüssel ab und steckte ihn in die Innentasche seines Gehrocks. Während er im Zimmer eingenickt war, hatte Frisch sich offenbar umgesehen. Zielstrebig schritt er vor ihm durch das verwinkelte Gebäude und fand den Weg bis zur Küche ohne Umwege.

Etwa zwei Stunden später lag Pospischil mit vollem Magen in dem fremden Bett und atmete den ungewohnten Duft der Bettwäsche. Der Polster war zu hoch, die Decke zu dünn. Seufzend stand er auf und zog sich Socken über die kalten Füße. Während er wegen des hohen Polsters halb sitzend aufs Einschlafen wartete, dachte er an seine Schwester Gerti in Wien und an die Hündin Labrador. Hoffentlich konnten sie diesen Fall rasch klären. Langsam wurde er zu alt für den Außendienst. Die Gerti würde sich freuen, wenn er in Pension ginge, die Hündin auch. Pospischil schloss die Lider. Die Arbeit am Polizeiagenteninstitut war sein Leben, er hatte sich mit Haut und Haaren dem Aufbau einer zivilen Kriminalabteilung zum Schutz des Hauses Habsburg gewidmet. Er konnte nicht aufhören, solange er nicht einen würdigen Nachfolger gefunden hatte. Der Doktor Leopold Frisch war der Einzige, dem er diese Verantwortung anvertrauen könnte. Vielleicht sollte er ihm dies einmal sagen.

KAPITEL 13

Dienstag, 1. Juni 1909, Artstetten

Am nächsten Morgen saßen Frisch und Pospischil um acht Uhr in voller Garderobe neben dem Pfarrer in der gemütlichen Sitzecke in der Küche. Hochwürden hatte ein gemeinsames Frühstück vorgeschlagen, um alles Notwendige zu besprechen, wie er sagte. Gestern war es nicht mehr dazu gekommen.

Die Köchin, die Hochwürden mit Frau Anni anredete, trug an diesem Dienstag eine reizende Schürze mit Rüschen am Volant über einem roten um die Mitte eng anliegenden Kleid. Pospischil sah ihr zu, wie sie sich zum Backofen hinabbeugte, um frisches Brot herauszuholen, während oben auf dem Herd in der Pfanne die Eierspeis im Schmalz brutzelte. Es roch himmlisch. Für einen kurzen Moment dachte er sich bei seiner Schwester Gerti in Wien. Der Duft, wie ein Déjà-vu. Er lächelte in sich hinein, während Frau Anni den schwarzen Kaffee in sein Häferl mit Streublümchenmuster tröpfeln ließ. Bis auf das glucksende und brutzelnde Geräusch blieb es still. Er beobachtete jede ihrer Bewegungen mit zunehmendem Interesse. Diese Frau war ein ganz anderes Kaliber als seine Schwester. Weder an den Hüften noch an den Oberarmen hatte sie diese Fettwülste, wie er es von seiner Gerti kannte. Einzig aus der leicht hängenden Haut unter dem Kinn schloss er, dass sie die Fünfzig überschritten haben musste. Das rote Haar und der volle rote Mund weckten seine müden Geister. Er schielte zum Pfarrer, der ungerührt seinen Kaffee schlürfte, und fragte sich, wie ein Mann neben einem solchen Prachtweib dem Zölibat treu bleiben konnte.

»Chef?«

Pospischil zuckte zusammen. »Ja?«

»Entschuldigung, Sie schauten gerade, als hätten Sie einen Geist gesehen.«

»Nein. Nein. Was gibt es denn?«

»Hochwürden sagte gerade, wir sollten uns die Bauernmadeln vornehmen, die der Herr Kammermeister jedes Jahr im Schlosspark von den Neuadeligen einfangen lässt.«

»Wie bitte?« Er hob verwundert die Brauen. »Pardon, aber ich fürchte, ich war grad abgelenkt, könnten Sie das eben Gesagte noch einmal wiederholen, Hochwürden?«

»Der Baron von Wald lädt jedes Jahr im Mai neu geadelte Herrschaften aus Wien in den Garten des Schlosses. Wissen Sie, das Schloss wird von der Familie des Thronfolgers erst ab Juni genutzt. Zwischen Herbst und Frühjahr steht es leer. Nicht Rehe oder Füchse werden dann gejagt, sondern Jungfern aus der Region in bunten Kostümen«, erklärte Hochwürden geduldig.

»Was es nicht alles gibt da heraußen am Land.« Pospischil schüttelte den Kopf. »Ist das eine neue Mode? Bauernmädchen einfangen?«

»Ich bin damit keineswegs einverstanden.« Hochwürden zog die Stirn in Falten. »Die Jungfern laufen in bunten Kleidern und mit Federn auf dem Kopf ohne Schuhe durch den Park und lassen sich von fremden Männern jagen wie wilde Vögel. Ich habe den Gutsverwalter gefragt, wie Seine Kaiserliche Hoheit, der Thronfolger so etwas gestatten könne. Am Ende weiß der Erzherzog gar nicht, was für ein Spektakel sein Kammerherr in seiner Abwesenheit jedes Jahr veranstaltet.« Der Pfarrer schnaufte. »Die Eltern habe ich versucht davon zu überzeugen, dass sie ihre Töchter bittschön zu beaufsichtigen hätten.« Hochwürden schnappte nach Luft. Seine Wangen glühten und auf der Stirn glänzte der Schweiß. »Dass mein Vorgänger, der Pfarrer Nemec, und der Gutsverwalter so lange dabei zugeschaut haben, ist mir ein Rätsel. Jetzt ist es für mich natürlich schwer, eingefahrene Gewohnheiten abzustellen.«

»Ja und was hat man auf Ihre Einwände erwidert, Hochwürden?« Pospischil zog mit wachsender Ungeduld die Augenbrauen hoch. Beim Frühstück wollte er Ruhe, das Gejammer des Pfarrers ging ihm schon wieder auf die Nerven.

»Sie lachen mich aus, diese Gottlosen«, klagte er. »Der Baron von Wald bezahlt sie, verstehen Sie. Der Kammermeister gibt den Eltern Geld für die fragwürdigen Auftritte der Töchter im Garten des Thronfolgers. Ich bin sicher, der Gutsverwalter erhält auch einen Anteil, damit er dazu schweigt. Ein Sündenpfuhl ist das. Nimmer lang schau ich dabei zu, das sag ich euch.«

»Aber Herr Pfarrer Dorn«, Frau Anni setzte sich mit energischem Schwung zu den Männern an den Tisch. Ihre hellen Augen fixierten den Pfarrer, das rote Haar glühte wie Kupfer in der einfallenden Morgensonne. »Was erzählen Sie der Polizei da? Die Jagden im Park sind ein harmloses Spiel, eine lieb gewonnene Tradition. Ihr Vorgänger, der Herr Pfarrer Nemec, hatte keinerlei Einwände, weil es nichts einzuwenden gab. Die Mädchen aus den Dörfern haben Spaß mit den feinen Herrschaften und Abwechslung vom arbeitsreichen Alltag bei ihren Familien auf den Bauernhöfen. Der Herr Pfarrer Nemec hat den Leuten halt ein bisserl Spaß gegönnt.«

Frau Anni zog ein Schnoferl und wandte sich an Pospischil. Einige Sekunden lang sah sie ihn in einer Art an, dass er den Blick senken musste, um seine aufsteigende Erregung zu verbergen. Die Augen diese Frau hatten die Farbe reinen Wassers. Er schluckte.

»Die feinen Herren kommen aus Wien hierher, um dem künftigen Kaiser dienlich zu sein«, setzte sie fort, während

Hochwürden erstaunlicherweise stumm blieb. »Es sind Gelehrte, hohe Beamte aus der Reichshauptstadt, kultivierte und anständige Männer, die ihr in langen Jahren erworbenes Wissen der Monarchie zur Verfügung stellen möchten. Der neue Kaiser wird erfahrene Beamte brauchen für seine Reformen. Unser Herr von Wald bahnt die Kontakte an und zeigt ihnen die Möglichkeiten, ja, und halt a bisserl Zerstreuung zwischen den ernsten Männergesprächen. Was ist denn dabei? Unser lieber Herr Pfarrer Dorn sieht überall das Böse.« Sie machte mit der Hand eine wegwischende Bewegung. »Auch Christen dürfen amal im Jahr a bisserl Freude haben.«

»Ich muss doch sehr bitten, Frau Anni!« Der Pfarrer hob die Brauen. »Die Moral ist ein hohes Gut!« Er seufzte. »Aber was rede ich, was predige ich, es hört mir eh keiner zu.« Hochwürden griff in seine Hosentasche, entnahm ein Taschentuch und wischte über die schweißnasse Stirn. »Ach, diese Hitze in aller Früh, die setzt mir zu.«

Frau Anni holte tief Luft. »Herr Polizeiagent, Sie denken doch nicht, dass einer unserer Paradiesvögel was mit dem toten Kind in der Schlosskirche zu tun hat?«

»Paradiesvögel?« Pospischil schwirrten die vielen Seltsamkeiten im Kopf herum.

»Ja, so nennen wir hier die Jungfern, die der Baron Wald jedes Jahr zu seinen Jagden in den herrlichen Park einlädt. Ihr roter Mund kräuselte sich. »Paradiesvogel. Hören Sie nicht auch bei diesem Wort das Zwitschern der Vögel im Frühling?« Ihre Augen blitzten. »Hören Sie nicht diesen herrlichen Amselgesang?«, setzte sie schwärmerisch nach.

Hochwürden brummte grimmig mit vor der Brust verschränkten Armen. »Ich kann das Wort Paradiesvogel nicht mehr hören.« Er schüttelte den Kopf. »Wie kann man junge Frauen einer solchen Gefahr aussetzen?«

»Welche Gefahr, Hochwürden?« Nun war es Anni, die ihren Rotschopf schüttelte. »Sie glauben doch nicht, dass der Baron oder seine vornehmen Gäste eine Bedrohung für uns sind? Oder, Herr Geheimagent? Sie suchen doch nach einem brutalen Verbrecher, nicht nach feinen Herrschaften?«

»Wir stehen erst am Beginn unserer Untersuchung, Gnädigste«, warf Pospischil ein. »Anfangs tasten wir uns immer in alle Richtungen vor.«

»Ich bin mir sicher, dieses Kind stammt von Vagabunden und Zigeunern, die kommen mit kleinen Booten über die Donau zu uns. Eine anständige katholische Frau macht so was nicht.« Energisch reckte sie ihren Busen vor. »Da leg ich meine Hand ins Feuer.«

»Frau Anni, warum sollten Fremde eines ihrer Kinder im Keller der Kirche von Artstetten vergraben?«

Sie zuckte mit den Achseln. »Aus Hass gegen die Obrigkeiten, gegen die Großkopferten, gegen das Kaiserhaus. Was weiß ich.«

Während Pospischil der Frau Anni zuhörte, schmierte er goldgelbe Butter auf eine der frisch duftenden Brotscheiben, träufelte etwas Honig darüber und biss ab. »Mmh. Schmeckt himmlisch, Gnädigste.«

»Alles aus dem Nibelungengau, Herr Polizeiagent, die Butter, der Honig und das Getreide, alles von unseren braven Bauern.«

»Liebe Frau Anni, wäre es möglich, uns die Namen und Adressen der jungen Frauen, die an der Paradiesvogeljagd im Schlosspark im letzten Jahr teilgenommen haben, zu notieren?«

»Wenn Sie es wünschen.« Frau Anni senkte die Stimme. »Herr Polizeiagent, unsere Mädchen sind brav, glauben Sie mir. Ich kenne sie alle. Jeden Sonntag sehe ich sie bei der heiligen Messe. Die Seelen der Jungfern des Nibelungengaus sind rein wie das Quellwasser aus den Alpen. Und selbst wenn eine in andere Umstände kamert und das Kind nicht behalten wollt, gabert es kirchliche Stellen, wo geholfen wird. Wie kann man so ein Zwutschgerl nur ungetauft begraben?« Kopfschüttelnd stand sie auf, schritt energisch zur Kredenz, entnahm einer Schublade ein Blatt Papier und einen Bleistift und schrieb. In der forschen Bewegung ihrer schreibenden Hand rutschte eine dicke Strähne aus der Frisur und schob sich über das rechte Auge. Mit spitzen Fingern strich sie die Haare hinters Ohr.

»Sie haben ja recht, aber sagen S', gibt es hier einen Landarzt, an den sich die Frauen aus den Dörfern wenden, wenn sie guter Hoffnung sind?« Pospischil konnte richtig spüren, wie diese grausige Geschichte der Frau ans Herz ging.

»Der Doktor Koch aus Emmersdorf. Ein gütiger Mann.« Sie drehte sich um und reichte ihm das Blatt Papier. »Aber ich glaub nicht, dass sich eine Frau in anderen Umständen an einen Arzt wenden würde. Da geht man zur Hebamme. So macht man das bei uns am Land.«

Er nahm den Zettel. »Ich danke Ihnen sehr für Ihre Hilfe, Gnädigste.«

Sie quittierte es mit einem Lächeln.

Nach dem Frühstück machten sich Pospischil und Frisch auf den Weg zum Herrenhaus der Familie von Wald etwa fünfzig Meter die Schlossstraße abwärts.

Das Anwesen des Barons hatte gewiss schon bessere Zeiten erlebt. Auf dem Dach des Hauses fehlten ein paar Schindeln, die Fensterläden hätten dringend einen Anstrich nötig, im Garten wucherte das Unkraut. Nur die Holzscheune etwas abseits sah neu aus. Vermutlich die Unterkunft eines Pferdes. Die einstige Schönheit der Blumenbeete und Rosenstöcke aus einer Zeit, wo sie noch gepflegt wurden, war nur mit viel Fantasie zu erahnen. Nach dem Betätigen des Türklopfers in Form eines

Löwenkopfes öffnete nicht etwa ein Dienstmädchen, sondern der Hausherr persönlich.

»Dürfen wir kurz stören, verehrter Baron?« Pospischil lüpfte den Hut.

»Kommen S' herein. Sie haben Glück, dass Sie mich um diese Zeit antreffen. Gerade wollt ich zum Schloss rauf.« Der Hausherr führte die beiden Polizisten weiter in den Salon mit hohen Bücherregalen. Der Herr Kammermeister war offenbar belesen und legte Wert auf ein elegantes Äußeres. Zum schwarzen Anzug trug er nicht nur einen weißen Stehkragen, auch weiße Ledergamaschen. Ein seltsamer Kontrast zur Verwahrlosung des Anwesens. Pospischil staunte, als er zwischen zwei Regalen in einer Nische am Fenster eine magere und reglose Gestalt in einem Armsessel erblickte.

»Möchten S' vielleicht einen Kaffee? Ich hätt noch an frischen in der Küche.«

»Danke nein, wir haben wenig Zeit.«

»Darf ich Ihnen meine verehrte Mutter, Freifrau Henriette von Wald vorstellen? Mutter, das sind die beiden Herren von der Wiener Polizei, von denen ich dir gestern erzählt hab. Erinnerst dich?«

»Ich bin ja net deppert, Sohn!« Die Magere stampfte mit ledernen Schnürschuhen auf den Parkettboden. Auf dem kleinen runden Tisch neben ihr klirrte das Frühstücksporzellan. Zu ihren Füßen tanzten Brotkrümel. Eine wollene Decke hing von ihren mageren Knien.

Pospischil zuckte unter dem strengen Blick der alten Dame zusammen. Eng beieinanderliegende dunkle Augen starrten aus einem knochigen Gesicht. Das schwarze bodenlange Kleid betonte ihr nahezu gespenstisches Aussehen. Auch Frisch trat irritiert einen Schritt zurück, wie Pospischil mit einem Seitenblick feststellte.

»Sie sieht schon schlecht und ist vergesslich geworden«, beschwichtigte der Sohn leise. »Das Gehör funktioniert jedoch erstaunlich gut«, seufzte er. »Sie müssen wissen, unsere gute Seele, die sich hier um alles kümmert, ist grad nicht da.« Flüsternd setzte er fort. »Meine Mutter ist schrecklich ungeduldig geworden im Alter.«

Beim Nähertreten bemerkte Pospischil einen strengen Geruch im Zimmer. Vermutlich war die alte Dame inkontinent, mutmaßte er und unterband ein Hüsteln.

»Was wollen die Herren von der Polizei in unserem ehrenwerten Haus, Adolf?«, krächzte die Freifrau.

»Pardon, Gnädigste.« Pospischil verbeugte sich leicht. »Wir suchen nach einem Schlüssel zu einer verborgenen Tür in der Sakristei der Kirche von Schloss Artstetten.«

»Mein Sohn bringt mir keine Frau ins Haus. Dabei wär ich mittlerweile mit einer jeden einverstanden, die noch im gebärfähigen Alter wär, selbst eine aus den Dörfern wär mir recht, wenn sie mir nur einen Erben schenken würde.«

»Mutter, es reicht. Danach hat der Herr von der Polizei nicht gefragt.«

»Nicht? Ich dachte, er fragt nach etwas Wichtigem.«

»Niemand besitzt einen Schlüssel für diese Tür.« Herr von Wald schüttelte den Kopf. »Der alte Kohlenkeller wurde für immer verschlossen, nachdem damals dieser Mann …«

»Wir kennen die Geschichte von dem Unglück«, unterbrach Pospischil.

»Holen Sie einen Schlosser, er wird Ihnen die Tür aufbrechen.«

»Ja, das wird wohl nötig sein. Der Herr Pfarrer wird uns zwar für diese Gewalttat in seiner Sakristei verwünschen, aber ich werde ihm sagen, dass er die Rechnung für die Wiederherstellung an die Wiener Polizeizentrale schicken soll.« Pospischil dachte laut nach. »Sagen S', Herr Kammermeister, wenn die Familie des Thronfolgers im Schloss wohnt, wer bedient und bekocht die Hoheiten? Erwähnten Sie nicht, dass Frauen aus den Dörfern manchmal aushelfen?«

»Frauen aus den Dörfern?« Der Kammermeister schüttelte den Kopf. »Der Thronfolger reist für gewöhnlich mit einem Wagen voll persönlicher Bediensteter an. Sie denken doch nicht, dass der künftige Kaiser sich von einem unserer Wirtshausköche verköstigen lässt. Manches Mal kommt auch ein grantiger Diener mit. Der kommandiert herum, da kann sogar ich noch was lernen.« Er lachte kehlig.

»Herr Baron, ich rede nicht von einem Koch, aber beim Putzen, da helfen doch Leute aus der Gegend?«

Herr von Wald nickte. »Von dem Schlosswart und dem Burschen für die Pferde abgesehen, gehen in der Tat einige wenige von mir ausgesuchte junge Frauen bei der Reinigung und beim Servieren zur Hand, insbesondere wenn Gäste zu bewirten sind. Ich achte sehr auf deren einwandfreien Ruf, nehme die Verantwortung für die Sicherheit der Hoheiten ernst.« Er neigte den Kopf. »Erst fern des strengen Wiener Protokolls fühlt sich der Erzherzog Franz Ferdinand frei und gewiss auch glücklich. Er und die Fürstin kommen gern nach Artstetten. Besonders im Sommer.« Der Baron senkte das Haupt. »Meine Familie ist im Besitz eines kleinen Waldes, da lässt es sich herrlich jagen.« Deutlich schwang der Stolz in seiner Stimme mit. »Für die Bedienung der vornehmen Gesellschaften lasse ich weder die Tollpatschigen noch die Hässlichen ins Schloss.« Wieder lachte er dunkel. »Wissen Sie, was das Tischporzellan kostet? So viel verdienen Sie bei der Polizei nicht im ganzen Leben, was so ein Schrank voll kaiserlichem Porzellan wert ist.«

»Und wie steht es mit Hofdamen für die Fürstin, Herr von Wald?«

»Da die Fürstin keine Hochwohlgeborene ist, hält sich ihre Dienerschaft bescheiden. Vielleicht hat sie in Wien eine Kammerzofe, das entzieht sich meiner Kenntnis. Hier heraußen habe ich noch keine gesehen. Nur für die Aufsicht der Kinder kommt manchmal eine Frau Baronin aus Wien aufs Schloss. Die bekomme ich jedoch kaum zu Gesicht. Die Fürstin vertraut die Kinder selbstverständlich keiner der jungen Frauen aus den Dörfern an. Die Kinderfrau, wie gesagt eine Baronin, hat gewiss die fünfzig überschritten und agiert wie ein General.« Der Baron grinste. »Da gibt's kein Pardon, glauben Sie mir.«

Frisch notierte eifrig in sein kleines Büchlein.

»Wo sind die Kinder? Bring sie her zu mir!« Das Kreischen der Freifrau aus dem Hintergrund fuhr Pospischil durch Mark und Bein.

»Bring mir die Kinder, Sohn! Sofort!«

»Mutter, bitte!« Der Kammermeister verdrehte die Augen.

»Wir haben von den Paradiesvogeljagden gehört, Herr von Wald.« Pospischil hob die Hand. Frisch, der die ganze Zeit über stumm mitgeschrieben hatte, verstand auch diese Geste, griff in die Tasche und reichte ihm das Blatt Papier, worauf die Pfarrersköchin die Namen und Adressen der Paradiesvögel vom letzten Jahr geschrieben hatte. »Können Sie uns die Richtigkeit der Liste bestätigen? Ist sie vollständig?«

Pospischil entging keineswegs die kurze Irritation im Blick des Kammermeisters. Er fing sich allerdings gleich wieder, die Stirn glättete sich und er nahm das Blatt an sich. »Ja«, sagte er, »die Liste ist vollständig. Ich kann Ihnen versichern, ein Paradiesvogel im Schlossgarten des künftigen Kaisers von Österreich sein zu dürfen ist eine Ehre für die ganze Familie.« Sein rechtes Augenlid zuckte plötzlich. »Eine Ehre, jawohl, das ist es.«

»Darf ich Sie bitten, die Liste um die Namen jener jungen Frauen zu ergänzen, die bei Empfängen des Thronfolgers am Schloss bedienen oder bei der Reinigung helfen dürfen?«

»Natürlich. Das haben wir gleich.« Von Wald nahm den Zettel, ging zu einem Sekretär aus dunklem Holz, griff nach einem Federstiel, tauchte die Stahlspitze in ein Tintenfass, beugte den schmalen Rücken und schrieb.

»Auch den Namen und die Adresse des Schlosswarts und des Pferdeburschen, bittschön, wenn Sie schon dabei sind.«

Die Feder kratzte über das Papier. Nach wenigen Augenblicken reichte er Pospischil das Blatt. »Den Namen eines Mädchens und den des Schlosswarts und des Pferdeburschen habe ich hinzugefügt. Alle übrigen stehen bereits auf Ihrer Liste. Manche der Paradiesvögel gehen gelegentlich auch im Schloss zur Hand. Die Bauersleute können jedes Zugeld gut gebrauchen.« Herr von Wald lächelte unergründlich. »Sie suchen nach einer Frau, die in diesem Jahr ein Kind zur Welt gebracht hat. Ich bezweifle, dass der Name der Gesuchten auf diesem Zettel steht.«

»Was ist mit dieser Franziska Buls? Dieses Mädchen, wie sie es nennen, steht hier als Aushilfe, nicht als Paradiesvogel.« Pospischil runzelte die Stirn.

»Sie war noch kein Paradiesvogel.«

»Warum nicht? Ist sie nicht hübsch genug?«, fragte Frisch mit zynischem Unterton. Pospischil warf seinem jungen Kollegen einen tadelnden Blick zu.

Herr von Wald zog die Augenbrauen hoch. »Sie ist die Schönste von allen, aber auch die Stolzeste.«

»Mit stolzen Frauen haben Sie Schwierigkeiten, Herr von Wald?«, provozierte Frisch weiter.

Pospischil räusperte sich. »Was meinen Kollegen wundert, ist Ihre Erwähnung der Besonderheit des Fräuleins. Das interessiert uns.«

Der Kammermeister verengte die Augen. »Weibliche Hochnäsigkeit reizt mich. Ja, sie ist besonders. Nur das Gehorchen funktioniert bei ihr nicht.«

»Dürften wir auch um die Namen der Herren, die an der Jagd im letzten Jahr teilgenommen haben, bitten, Herr Baron?«, fragte Pospischil rasch, bevor Frisch wieder unpassend reagieren konnte.

»Sie werden doch nicht die feinen Herrschaften mit der leidigen Angelegenheit belästigen wollen, Herr Geheimagent?«

»Nur wenn es nötig ist, verehrter Herr Baron.«

»Ich lasse Ihnen die Liste zukommen, bitte aber um Diskretion.«

»Selbstverständlich, Herr Kammermeister. Und die Namen der Herrschaften, die an den Jagden des Thronfolgers üblicherweise teilnehmen, ich meine Jagden, wo man Hirsche, Rehe und Hasen schießt, bräuchten wir auch, wenn wir bitten dürften.«

»Ich werde mich darum kümmern.«

Pospischil lüftete den Hut. »Danke für Ihre Zeit.« Beim Hinausgehen neigte er sich seinem Kollegen leise zischelnd zu. »Auf ein Wort, Doktor Frisch.«

Als sie draußen auf der Straße standen, packte er seinen Kollegen am Arm. »Was sollte denn diese Feindseligkeit vorhin?«

Frisch zuckte mit den Schultern.

»Das war unprofessionell. Wir machen uns bittschön keine Feinde. Was wir brauchen, ist Offenheit und Mithilfe, um diesen Fall rasch und diskret zu klären.«

»Der feine Herr in seinem alten Haus strotzt vor Überheblichkeit. Hält sich in seinen Gamaschen für etwas Besseres als die Bauern und Arbeiter, die mit ihrem Schweiß den Grund und Boden bearbeiten.«

»Sapperlot. Sie reden ja wie ein Sozialist, Frisch!«

»Ist doch wahr, Chef.«

»Es stimmt also? Sie sind ein Sozialist?«

»Sie sagen das in einem so negativen Tonfall, Chef.« Frisch reckte das Kinn und holte tief Atem. »Meine Rosi hat mich vor etwa einem Monat zu einem Vortrag von einem gewissen Herrn Doktor Victor Adler überredet. Es war unglaublich interessant und es hat mir die Augen geöffnet. Die Ungleichheiten sind der Stachel in unserer Gesellschaft.«

»Hört, hört!« Pospischil räusperte sich. »Dass die Rosi mit ihrer Herkunft zu einer Sozialistin geworden ist, überrascht mich wenig. Aber Sie kommen doch aus einem gutbürgerlichen Haus, Frisch. Haben Sie sich von Ihrer Frau am End den Kopf verdrehen lassen?«

Frisch wandte sich ab. »Sie können das Leid der kleinen Leute natürlich nicht verstehen als Deutschnationaler.«

»Ich kann die kleinen Leut net verstehen?« Pospischil schüttelte den Kopf. »Ich bin doch kein Deutschnationaler. Wie kommen S' denn auf so was? Von mir aus nennen Sie mich einen Kaisertreuen, und jetzt lassen Sie uns zurückgehen. Wir müssen die Abarbeitung der Liste besprechen und dann schauen wir uns diesen Zugang zur Gruft noch einmal an.«

KAPITEL 14

Dienstag, 1. Juni 1909, Artstetten

Nach der dienstlichen Besprechung im Pfarrhof, die sich länger hingezogen hatte als erwartet, gönnten sich die beiden Agenten einen in viel dunklem Saft schwimmenden Schweinsbraten mit Semmelknödeln im einzigen Gasthaus von Artstetten in der Schlossstraße. Die Stube war leer bis auf einen älteren Mann, der in sich versunken in der hintersten Ecke lehnte. Als sich Pospischil leise nach dem Namen des Gastes erkundigte, erfuhr er zu seinem Erstaunen, dass er den Bürgermeister von Artstetten vor sich hatte. »Seit sein einziges Kind plötzlich und unerwartet verstorben ist, sitzt er nur mehr da und sauft. Ich frag mi, wie der sein Amt noch ausführen kann«, raunte der Wirt, »es wollen ihn eh einige loswerden, weil er gegen jede Modernisierung is.«

»Was meinen Sie, Frisch«, flüsterte Pospischil seinem Sitznachbarn zu, »sollen wir den Bürgermeister wegen seiner Tochter befragen? Vielleicht ist sie ja an einer Geburt gestorben?«

»Schauen Sie sich den Mann an: Wollen Sie ihn wirklich so etwas fragen, Chef? Solange keine Spur auf seine Tochter hinweist, würde ich ihn in Ruhe lassen.«

»Sie haben recht.« Pospischil löste seinen Blick von dem Mann, dem der Schmerz deutlich ins Gesicht geschrieben stand. Außerdem wirkte er stockbesoffen.

»Ist es wahr, dass in der Kirch'n oben a totes Kind g'funden worden is?«, fragte der Wirt, nachdem er zwei Krügel Bier hingestellt hatte.

»Leider. Das ist der Grund, warum wir hier sind, guter Mann.« Pospischil hob die Brauen. »Haben Sie uns eine verdächtige Beobachtung zu melden? Wir sind für jeden Hinweis dankbar.«

»Die ganze Bagage ist verflucht.«

»Wie meinen Sie?« Er dachte, sich verhört zu haben.

»Der Franz Ferdinand, ich sag Ihnen, der wird niemals Kaiser.« Der Dicke schnaufte. »Der hat ganz schlechte Karten, seit er diese Hohenberg g'heiratet hat.«

»Aha. Na ja. Guter Mann, einen Fluch können wir leider nicht als Tatmotiv in unseren Bericht schreiben, auch kein Kartenblatt.« Pospischil verzog das Gesicht. Woraufhin der Wirt sich achselzuckend abwandte. »Wenn ihr g'scheiten Wiener eh scho alles wissts, warum fragts ihr dann?«

»Wenn das Essen nicht so gut wär, würd ich glatt aufstehen und gehen«, raunte Pospischil seinem Kollegen zu, der gerade grinsend ein Stück Knödel in den Mund schob.

Etwa eine Stunde später schleppten sich die beiden Polizisten gesättigt das kurze Stück hinauf bis zum Eingang der Schlosskirche. Wie erwartet trafen sie dort den Baumeister Eichberger und seine beiden Gehilfen am gesprengten Loch. Eifrig schafften sie lose Steine auf einen Pferdewagen. »Es pressiert«, keuchte der Baumeister. »Wir müssen fertig werden, bevor die durchlauchtigsten Hoheiten wiederkommen. Der grausige Fund hat uns zurückgeworfen.«

»Ein Platz für den Neugeborenen ist gefunden!« Hochwürden kam schnaufend und mit fuchtelnden Armen um die Ecke gebogen. »Hinter dem Friedhof von Pöbring gibt es einen kleinen Wald, dort werden Namenlose begraben. Ich … ich habe dem Burschen, der mir bei der sonntäglichen Messe zur Hand geht, schon den Auftrag erteilt, ein kleines Grab auszuheben.«

Keuchend blieb er stehen. »Man kann das Platzerl beinahe als geweihten Boden betrachten. Gewissermaßen.« Er hob die Schultern.

»Namenlos ist das arme Kind in der Tat«, erwiderte Pospischil. »Wir werden den Leichnam morgen dorthin befördern. Es ist gut, wenn er in der Nähe einer Kirche seine letzte Ruhe findet, hoffentlich findet seine Seele den verdienten Frieden.«

»Gott ist gütig und barmherzig.« Der Mann in der schwarzen Soutane lächelte. »Was führt Sie an diesem sonnigen Tag schon wieder hierher, meine Herren?«

»Die Tür zum alten Kohlenkeller«, sagte Frisch laut gegen den Lärm, den die Arbeiter beim Aufladen der Steinbrocken verursachten. »Wir müssen aufbrechen. Der Schlüssel ist nicht auffindbar.«

»Nein, das erlaube ich nicht«, protestierte Hochwürden. »Was hoffen Sie dort zu finden? Bittschön, entweihen Sie mir nicht auch noch die Sakristei. Seit der Sprengung ist eh schon alles voller Staub.«

»Meine Herrschaften, kann ich vielleicht helfen?« Baumeister Eichberger klopfte Erde von seinen verschmutzten Ärmeln. »Ich bin ein Meister im Türenöffnen. Das Knacken von Schlössern ist meine Spezialität.«

Pospischil hob verwundert die Augenbrauen. »Wie das, Herr Baumeister?«

»Nicht was Sie denken.« Der Mann mit den sanften Gesichtszügen grinste. »Mein Vater ist Schlossermeister. Als Kind habe ich in seiner Werkstatt so viele Schlösser geknackt, das können Sie sich net vorstellen. Wenn es mir zu leicht von der Hand ging, wusste Vater, dass er nachbessern musste.«

»Nun denn, gegen eine sanfte Öffnung wird Hochwürden nichts einzuwenden haben.« Pospischil blickte fragend zum Priester.

»In Gottes Namen, gehen Sie ans Werk, Eichberger.«

Der Baumeister stieg in den Wagen, kramte darin herum und kam mit einem Stück Draht zurück. »Wo ist denn diese Tür?«

»Säubern Sie sich bitte!«, mahnte der Pfarrer, »bevor Sie die Kirche betreten. Ich bitte Sie.«

Frisch klopfte mit der flachen Hand über den staubigen Rücken des Baumeisters. »Reicht das?«

Hochwürden verzog die Miene. »Na ja.«

»Gehen wir!«, drängte Pospischil ungeduldig. »Wir haben nicht den ganzen Tag Zeit.«

In der Sakristei stocherte Eichberger etwa eine Minute lang mit dem Draht in dem Schloss herum, dann sprang die Tür auf. Unversehens schlug den Männern ein feucht-modriger Gestank entgegen. »Ich glaub, dort unten war schon lang keiner mehr.« Der Baumeister trat zurück. »Bitte sehr, die Herren. Ich verabschiede mich.«

»Vielen Dank, Herr Baumeister.« Pospischil lüftete den Hut und spähte in die Dunkelheit. Dicke schwarze Spinnen krabbelten über unverputzte Ziegelwände. Eine schmale und in der Tat atemberaubend steile Treppe aus Metall führte nach rechts steil abwärts.

»Kein Wunder, dass sich da einer das Genick gebrochen hat«, bemerkte Frisch trocken. Er war dicht hinter ihm.

»Hochwürden, haben Sie vielleicht Licht für uns?«, fragte Pospischil laut, während er mit hektischen Bewegungen Spinnfäden zur Seite strich. »Sonst haut es uns am End auch noch da hinunter.«

»Natürlich. Warten Sie einen Moment.« Seine Schritte entfernten sich, kurz darauf kam er mit einer brennenden Kerze zurück.

»Danke«, sagte Pospischil und nahm die Kerze in die Hand. »Ich leuchte uns den Weg.«

Stufe für Stufe stiegen die Männer weiter in die feuchte Grube, in die die Tierchen der Nacht vor dem Licht flüchteten. Ein bitterer Geruch von Kohlenstaub war deutlich wahrnehmbar.

Pospischil achtete sorgfältig auf jeden seiner Schritte. Der Ischiasnerv würde ihm keinen Fehltritt verzeihen. Unten angekommen huschten kleinere Spinnen und Tausendfüßler in Mauerspalten. »Grauslich«, murmelte Frisch. »Dort! Ich sehe die Öffnung. Da schimmert ein Licht, das muss die Nische sein, die durch die Sprengung geöffnet wurde« Seine Stimme hallte seltsam verzerrt. Pospischil hielt die Kerze in die Höhe. »Tatsächlich, ein Loch in der Mauer. Von der anderen Seite hat das keiner gesehen, weil es hier unten stockfinster ist. An dieser Stelle muss das Kind mit dem Tongefäß bestattet worden sein.« Ein polterndes Geräusch und ein stumpfer Schmerz im Fuß entlockten Pospischil einen Schrei. Rasch senkte er die Kerze, Wachs tropfte zu Boden. »Da schauen S', Frisch, da liegen Ziegelsteine.«

»Jemand hat ein Loch in die Mauer geklopft, das Tongefäß mit dem Kind hineingelegt und es danach mit lockeren Steinen wieder verschlossen, Chef.«

Pospischil führte das Licht der Flamme weiter. »Dort vorne liegt der Hammer.«

»Ein Vorschlaghammer!« Frisch griff nach dem langen Stiel des Werkzeugs, ging leicht in die Knie und stemmte es hinauf. »Der wiegt an die zehn Kilo, mit dem kann man in der Tat Mauern einschlagen.«

»Aber warum? Warum unterhalb der Schlosskirche?« Pospischil schüttelte den Kopf. »Wozu der Aufwand?«

Mit einem dumpfen Knall schlug das Eisen auf dem Boden auf, Staub stob empor. Frisch hüstelte. »Entschuldigung. Der Hammer ist mir entglitten.«

»So passen S' doch auf, Frisch.«

»Entschuldigung.« Der Kollege hustete. »Wenn mich mein

Orientierungssinn nicht täuscht, Chef, ist genau über uns der Altar.« Er blickte hinauf.

»Der Ort der heiligen Eucharistie«, flüsterte Hochwürden. »In heidnischen Religionen und beim Volk Israel wurden den Göttern am Altar Opfer zur Tilgung des göttlichen Zorns dargebracht. Kann das der Hintergrund für diese Tat sein? Ein Opfer zur Besänftigung des göttlichen Zorns?«

»Ein ritueller Akt meinen Sie?« Pospischil hielt die Kerze in die Höhe. »Ich denke vielmehr, eine verzweifelte Mutter wollte mit der Bestattung direkt unterhalb des Altars den Herrgott um die Aufnahme der ungetauften Seele bitten. Deshalb hat sie diese Stelle gewählt.«

Frisch runzelte die Stirn. »Mit einem Kind im Arm und einem Vorschlaghammer in der anderen Hand die steilen Stufen hinunter und dann auch noch eine Ziegelwand zerschlagen, – das ist nicht die Tat einer Frau.«

»Richtig, Frisch. Zumindest geholfen muss ein Mann ihr haben.«

»Der Mörder ihres Kindes?« Hochwürden bekreuzigte sich.

»Wenn es nun doch so war, dass das getötete Kind die Frucht eines sexuellen Übergriffs während der Paradiesvogeljagd im letzten Jahr gewesen ist, müssten wir die Frau bald ausgeforscht haben.« Pospischil hustete. »Schwer vorstellbar, dass keinem in der Umgebung eine uneheliche Schwangerschaft aufgefallen ist. Hier auf dem Land, wo jeder jeden kennt.«

»Das denke ich auch«, pflichtete der Priester bei.

»Hochwürden, die letzte Jagd war doch Mitte Mai.« Frisch wandte sich dem Pfarrer zu. »Wenn ein Kind im Mai gezeugt wird, müsste der Bauch spätestens fünf Monate später sichtbar werden, also im Oktober oder November. Da fängt man an, warme Überbekleidung zu tragen, mit der man einen dicken Bauch in der Öffentlichkeit gut verbergen kann.«

»Ja, das ist richtig. Diese seltsame Menschenjagd findet immer im Mai statt. Allerdings, bei schlechtem Wetter, kann es wohl auch mal zu einer Verschiebung gekommen sein.«

»Ich glaube, wir liegen mit unserer Schätzung richtig, Frisch. Das Kind ist Anfang dieses Jahres getötet worden.«

»Hm. Ja, vielleicht.«

»Die liebe Frau Anni weiß über alles Bescheid, was in unserer Pfarre vor sich geht und sie kennt beinah jede Seele im Nibelungengau. Reden Sie mit ihr«, sagte der Pfarrer. »Ich kann Ihnen da leider wenig weiterhelfen, weil ich ja erst vor Kurzem die Pfarre übernommen hab.«

Pospischil lächelte. »Das machen wir, Hochwürden.« Zu Frisch sagte er: »Wir haben den Zugang zum Grab gefunden, als Nächstes besuchen wir die vier Paradiesvögel auf unserer Liste. Vielleicht weiß ja eine von denen etwas. Die jungen Frauen in den Dörfern reden bestimmt miteinander, vor allem, wenn einer ein Kind angedreht worden ist.« Pospischil wandte sich wieder Hochwürden zu. Gespenstisch zuckten Schatten über das fleischige Gesicht. »Sie können uns sicher den Weg beschreiben, nach«, Pospischil entfaltete das Papier und entzifferte im Schein der Kerze die betreffenden Ortschaften, »Nussendorf, Fritzelsdorf und Schwarzau.« Nun wandte er sich wieder an seinen Kollegen. »Sapperlot, Frisch, des müss ma jetzt alles mit dem Radl bewältigen? Nein, das schaff ich nicht. Lassen S' uns den Wagen holen.« Pospischil schnappte nach Luft. »Gehen wir endlich rauf. Mich gruselt es hier unten. Der Keller erinnert ja wirklich an eine Gruft.«

Pfarrer Dorn erklärte lachend den Weg. »Des schaut schlimmer aus, als es is. Am schnellsten seid ihr mit der Abkürzung über die Feldwege Richtung Norden, da würdet ihr mit dem Wagen eh nur hängen bleiben.«

»Wenn es denn sein muss.« Pospischil zuckte mit den Achseln. »Frisch, gehen wir zum Pfarrhaus.«

Bei der Besprechung am Vormittag hatte er von seinem jüngeren Kollegen erfahren, dass Frau Anni ihm am Abend zuvor die Räder im Keller gezeigt hatte, die Frisch heute Morgen raufgetragen und in deren Reifen er Luft gepumpt hatte. Nun standen sie vor den beiden Fahrrädern. Lange her, dass er einen so schmalen Sattel unter seinem Hintern gespürt hatte. Er hob den Hut und kratzte sich am Kopf. Auch er sollte mit der Zeit gehen, durfte sich nicht allem Neuen widersetzen. Aber musste er in seinem Alter jeden Unsinn mitmachen?

»Auf geht's«, hörte er die vergnügte Stimme seines jungen Kollegen.

Zögerlich packte er das kleinere der beiden Fahrräder. Keine Peitsche, kein Kommando würde es in Trab zu setzen, einzig die Muskelkraft seiner eigenen Beine. Ach je.

»Chef, die Räder sind von guter Qualität. Da hat Hochwürden tief in die Kirchenkasse gegriffen.« Frisch prüfte die Härte der Reifen mit Daumen und Mittelfinger. »Die Bremsbeläge sind einwandfrei. Sie brauchen sich also beim Bergabfahren nicht zu fürchten.«

»Bergabfahren?« Pospischil schluckte.

Gelenkig hob Frisch sein Bein über das Fahrrad. »Die Mächtigen wohnen ganz oben auf dem Hügel, die anderen stufenweise abwärts, je nach Stand, die Letzten sind die Bauern nah bei den Äckern, die sie für die Reichen bewirtschaften. So ist das nun mal.«

»Oje. Oje.« Pospischil begann zu schwitzen. »Wollen wir nicht doch das Automobil nehmen?« Doch er sprach so leise, dass sein Kollege nicht reagierte. »Oje.«

»Soll ich Ihnen helfen, Chef? Spüren Sie es wieder im Kreuz?«

»Ich schaff das schon!« Grantig umfasste er die Griffe der

Lenkstange, hob das rechte Bein, schwang es mit einem tiefen Atemzug über das Hinterrad und saß auf. Die linke Fußspitze reichte gerade noch bis auf den Boden, der andere Fuß presste auf das Pedal. »Verdammt!«

»Achten Sie auf die Balance, Chef. Sie müssen den Oberkörper gerade halten. Sie sitzen schief. Treten Sie, sonst fallen Sie um!«

Fluchend setzte Pospischil den rechten Fuß wieder auf den Boden, um dem drohenden Kippen gegenzusteuern. Dabei grub sich die Spitze des Sattels in seine Weichteile. Der Schmerz ließ ihn mit den Kiefern mahlen. »Sapperlot! Das kann doch nicht so schwer sein!« Er verlagerte sein Gewicht auf die Sitzhöcker, hob den rechten Fuß, dann den linken und trat fest in die Pedale. »Na also!«

»Sie machen das gut!« Frisch lachte.

Da hatte er sich auf etwas eingelassen! Mit seiner Gutmütigkeit! Pospischil tropfte der Schweiß von der Nase, er schmeckte Salz auf seiner Zunge und eine Bitterkeit von aufsteigender Magensäure. Angeekelt spuckte er zur Seite. Doch langsam fand er Gefallen daran, wie sich das Rad wie von selbst bewegte, während der Wind ihm um die Ohren pfiff. Mein Hut wird gleich abheben, dachte er, doch der saß fest.

»Ist es nicht herrlich?«

»Was meinen Sie, Frisch?«

»Das Radeln, Chef. Das Radeln.«

»Na ja. Wenn Sie es sagen.« Pospischil hob den Blick über die lieblichen in gelber Pracht stehenden Rapsfelder und gestand sich im Stillen ein, dass es ihm gefiel, während er dem Gesang der Vögel lauschte und die Gedanken zur Ruhe kamen.

Dass die Abkürzung zu den Dörfern unvermittelt bergan von der Donau wegführte und weitaus steiler war als der Hauptweg, hatte der Herr Pfarrer freilich nicht erwähnt. Von wegen, die Armen wohnten immer unten. »Pah!« Wenigstens wehte ihnen ein kräftiger warmer Wind in den Rücken. Über einen schmalen Feldweg ging es zügig Richtung Nussendorf.

»Da sind wir schon.« Frisch sprang leichtfüßig vom Fahrrad. Als Pospischil beim Gasthaus Temper weitaus weniger geschmeidig vom Rad stieg, war sein Hemd am Rücken durchgeschwitzt. Hoffentlich verkühl ich mich nicht, dachte er keuchend, zog das gefaltete Taschentuch aus der Hosentasche, Gerti hatte es mit seinen Initialen bestickt, hob den Hut und wischte den Schweiß von der Stirn.

»Da wohnt unser erster Paradiesvogel, Chef«, sagte Frisch mit einer Stimme, als hätte er sich kein bisschen angestrengt.

Der Gasthof war das größte Haus im Dorf und mit seiner hellgelben Fassade von Weitem zu sehen. Da offenbar gerade geschlossen war, betätigte Pospischil den Türklopfer. Zweimal musste er wiederholen, bis endlich ein ergrauter Herr mit zerzaustem Haar den beiden Polizisten die Tür öffnete. »Guten Tag, Polizeiagent Pospischil und Kollege Frisch. Sind Sie der Wirt Temper?« Er zeigte die Kokarde.

»Ja, wer denn sonst«, brummte der Mann mit dem Fingerzeig auf ein blechernes Schild neben der Tür. Können S' net lesen? Da steht es. Zum Temperwirt. Wir sperren aber erst z' Mittag auf.« Er starrte auf die Kokarde. »Wer seids Ihr?«

»Wir sind von der Wiener Polizei und befragen die Paradiesvögel der Gartenjagd in Artstetten im letzten Jahr als Zeuginnen einer möglichen Gewalttat.«

»Paradiesvögel?« Seine Miene hellte sich auf. »Ah so, jetzt versteh i. In Artstetten hat's a Gewalttat geben? Is dem Thronfolger was g'scheh'n?«

»Nein, keine Sorge, guter Mann. Die Hoheiten sind wohlauf. Es geht vielmehr um Ihre Tochter und die anderen Jungfern, die der Baron Wald im letzten Jahr in den Schlossgarten eingeladen hat.«

Nach etlichem Hin und Her war der Mann endlich bereit, nach seiner Tochter Dorli zu rufen. Die erschien dann auch gleich mit der Mutter an der Tür, im Gefolge von zwei kleineren Kindern, allesamt mit verschreckten Gesichtern. Von besonderen Vorfällen bei den Paradiesvogeljagden im Park des Schlosses von Artstetten wollten sie noch nie etwas gehört haben. Die Dorli sei seit ihrer Kindheit einem Bauernsohn aus Fritzelsdorf versprochen, meinte die Mutter mit nach oben gezogenen Brauen, sie werde keusch bleiben bis zur Hochzeitsnacht. Dafür sorge sie schon. Dann echauffierte sich der Vater über die Unverschämtheit, eine Jungfer nach einer Schwangerschaft zu fragen. »In dieser Gegend gibt's kane ungewollten Kinder, bei uns am Land g'freut ma si' über jedes Putzerl. Dass sich die Herren von der Wiener Polizei net schamen, mit solchen Verdächtigungen zu kommen. Suchen S' Ihre Verbrecher lieber bei den Städtern, die mit dem Franz Ferdinand in unseren Wäldern jagen und das beste Wild wegschießen.«

Nach der unergiebigen Befragung der Wirtsleute zwischen Tür und Angel ging es weiter bergan und Pospischil genoss trotz der körperlichen Anstrengung den traumhaften Blick hinab ins Donautal bis rüber ins Alpenvorland. Grüne Weiden, gelbe Äcker und prachtvolle Reihen strammer Obstbäume säumten die Hügel entlang des blauen Stromes. Nach etwa zwanzig Minuten erreichten sie den kleinen Ort Fritzelsdorf. Bei der Bauernfamilie des zweiten Paradiesvogels ergab die Befragung ebenfalls wenig. Von einer ungewollten Schwangerschaft wisse man nichts und über die Gartenjagden auf dem Anwesen des Thronfolgers jedes Jahr gebe es nichts weiter zu sagen, als dass es für alle Beteiligten eine besondere Ehre sei. Zudem wache der Herr Kammermeister stets über die Einhaltung von Sitte und Moral.

Weiter ging es nordwärts und noch einmal bergan bis zum Dorf Schwarzau. Dort trafen sie die dritte, eine gewisse Irma Fischer, in einem windigen Holzhaus zusammen mit ihrer Mutter und drei jüngeren Geschwistern. Der Vater sei auf dem Feld bei der Arbeit für den Herrn Grafen, erzählten die Frauen. Die plärrenden Kinder veranstalteten einen Lärm, Pospischil konnte kaum eine sinnvolle Unterhaltung führen. Immerhin schien sich Fräulein Irma über den Besuch der Polizei zu freuen und zeigte sich gesprächig. Schönes Wetter habe es gegeben an jenem Tag im Schlossgarten, keinen einzigen Tropfen Regen, wie so oft im Frühling, das Kleid sei ein Traum gewesen und dieser Tag im Mai sei der schönste in ihrem Leben gewesen. Der Herr von Wald hätte sich fürsorglich gezeigt, keiner der adeligen Herren wäre in irgendeiner Weise ausfallend geworden, und wie kämen denn die Herren von der Polizei auf die verrückte Idee, einem der Mädel könnte an diesem Tag Gewalt angetan worden sein? Doch nicht im Park des Thronfolgers! Mutter und Tochter lachten kopfschüttelnd.

Pospischil und Frisch verabschiedeten sich rasch.

Radelnd ging es weiter Richtung Burg Schwarzau, wo sie am Fuße der alten Mauern vor dem Haus des Landwirts Flachs anhielten. Elfriede, neben den vier älteren Söhnen die einzige Tochter der Familie, zeigte sich scheu. Kein Wunder, bei fünf stämmigen Männern mit Heugabeln und Sensen. Selbst Pospischil überkam angesichts der geballten Kräfte ein mulmiges Gefühl. Offenbar hatten sie gerade ihr Tagwerk beendet. Frisch stellte sich mit der Kokarde vor und bat um ein paar Minuten Gespräch mit der Tochter.

»Was wollts denn von ihr? Es is Nachtmahlzeit.« Die vier Söhne blickten ebenso finster wie der Alte.

»Wir möchten Ihre Tochter zu der Paradiesvogeljagd im vergangenen Jahr in Artstetten befragen.« Pospischil war inzwischen wieder zu Atem gekommen und bemühte sich trotz der Erschöpfung, die ihm langsam das Denken erschwerte, um Freundlichkeit. »Wir stören net lang, lieber Herr.«

Der Vater stemmte die Hände in die Hüften. »Was wollen Sie wissen?«

»Einem der Paradiesvögel ist vermutlich etwas zugestoßen bei jener Jagd.«

»Deswegen kommt die Polizei in Zivil zu uns?« Der Mann runzelte feindselig die Stirn. »Wegen so an Schmarrn?«

»Wenn es sich um die Gewalttat gegen eine junge Frauensperson handelt, ja.«

»Elfie, kumm her da!«, donnerte der Vater. »Die Polizei aus Wien will was von dir.«

Die junge Frau knetete ihre zarten Hände über einem zerrissenen Kleidchen. Zwei geflochtene Zöpfe wippten über schmalen Schultern. Pospischil schätzte sie auf höchstens sechzehn. Sie wirkte etwas unterernährt.

»Wenn du einer der Paradiesvögel im letzten Jahr im Garten von Artstetten gewesen bist, kannst du uns vielleicht helfen. Möchtest du der Polizei helfen?«

Das Mädchen nickte.

»Ist dir vielleicht zu Ohren gekommen, dass während dieser Jagd etwas Böses geschehen ist?«, fuhr er fort. »Ist einer der Jungfern vielleicht danach ein Kind im Bauch gewachsen? Wenn du etwas bemerkt hast, musst du es uns sagen.«

»So sag schon der Polizei, wenn du etwas weißt«, schnauzte der Vater seine Tochter an. »Is in Artstetten was vorgefallen, was du uns nicht erzählt hast? Raus mit der Sprach!«

Pospischil konnte sich gut vorstellen, wie auserwählt sich die Tochter an jenem Tag im Schlossgarten in ihrem bunten Federkostüm vorgekommen sein musste. Ein freier Paradiesvogel inmitten einer barocken Pracht. Armes Ding.

Ihre Lider hoben sich und ihr Blick war so zornig, dass er zurückzuckte. »Fragen S' doch die Hebamme in Artstetten, Franzi Buls. Die war zwar noch nie ein Paradiesvogel, weil sie sich wohl zu fein dafür ist, aber seit Monaten trifft sie sich heimlich mit dem Grafen Wolkenstein im Wald. Wenn sie dabei net selber geschwängert worden is, dann weiß sie bestimmt, wen es erwischt hat. Die Hebammen helfen bei dicken Bäuchen, das ist allgemein bekannt.«

Das Mädchen verstummte auf der Stelle, als der Vater ihr grob einen Stoß in den Rücken versetzte. »Red net so daher. Des g'hört sie net vor der Polizei.«

»Entschuldigen S'.« Die Tochter zog die Schultern nach oben und machte einen Knicks.

»Sonst weißt du nichts?« Pospischil war noch immer verstört von dem überraschend aggressiven Verhalten des zarten Mädchens, offenbar auch sein Kollege Frisch neben ihm, der mit dem Notieren in sein kleines Buch aufgehört hatte.

»Haben S' net g'hört. Die junge Hebamme könnt es g'wesen sein. Hochnäsig, wie ihre Mutter«, brummte der Vater. »Jetzt is Schluss mit dem Sekkieren von ehrbaren Leuten. Guten Tag.« Er fasste die Tochter grob am Arm und verschwand.

»Wir sollten uns eh beeilen, Chef.« Frisch hob seinen gestreckten Zeigefinger und zeigte hinauf in einen bedrohlich eingedunkelten Himmel.

»Oje. Ob si des no ausgeht.« Pospischil seufzte. »Wir hätten nicht mit den Rädern fahren sollen. Sapperlot, und gebracht hat es nichts. Wir sind so gescheit wie vorher.«

»Sollen wir nicht diese Hebamme besuchen und den Landarzt in Emmersdorf, Chef?«

»Obwohl ich sehr neugierig auf das schöne Fräulein wäre, ist es jetzt zu spät. Ich will net nass werden. Sie vielleicht, Kollege?«

»Nein.« Frisch schwang das gestreckte Bein und saß auf.

So schnell war auch Pospischil noch nie auf ein Fahrrad gestiegen. Bloß keine Erkältung zuziehen! Er dachte an sein Ischiasleiden, das ihn seit vielen Jahren quälte. Kaum gedacht, frischte der Wind auf und Pospischil zog es den Hut vom Kopf.

»Dass am Land das Wetter immer so schnell umschlagen muss.« Noch einmal stieg er krächzend vom Rad, um dem Hut nachzuspringen, ihn stolpernd zu erhaschen und fest über die Ohren zu drücken.

»Auf geht's! Worauf warten S', Frisch!«

Der Wind blies heftig aus nördlicher Richtung, also von hinten, und so brauchten sie kaum zu treten, zudem ging es bergab. Über dem grauen Wasser der Donau hing ein milchiger Dunst und in der Ferne zuckten heftige Blitze. Der Donner ließ sich Zeit. Mehr als ein gedehntes Grollen war nicht zu hören.

»Wissen S', Chef, wie viele Leute jedes Jahr vom Blitz getroffen werden?«

»Sagen Sie es mir lieber nicht, Frisch! Lieber nicht!«

»Meine Rosi liebt Gewitter!« Frisch brüllte mit verkniffenen Augen in den Wind. »Sie sagt immer, dass sie dabei die Kraft und Schönheit der Natur spüre.«

»Diese Sozialisten sind merkwürdige Menschen, Frisch. Sind Sie sicher, dass Sie sich in diesen Kreisen wohlfühlen?«

Frisch lachte mit hochgezogenen Schultern. »Keine Sorge, Chef, seit ich weiß, was mit einem Menschen geschieht, in dessen Körper ein Blitz einfährt, hab ich großen Respekt vor den Naturgewalten.«

»Na da bin ich ja beruhigt.«

Die Abstände zwischen Blitz und Donner verkürzten sich, die Lautstärke der Donnerschläge schwoll bedrohlich an. Pospischil überkam ein beklemmendes Gefühl, als könnte er die Spannung in der Luft spüren. Fröstelnd schüttelte er sich ab. Je näher sie zur Donau kamen, desto düsterer wurde der Himmel. Die Baumkronen neigten sich im Sturm, die ersten dicken Regentropfen klatschten den beiden Radlern über die Wangen. Immer heftiger grummelte und toste es über ihnen. Mit Volldampf traten sie gegen das Unwetter in die Pedale. Pospischil folgte dicht hinter seinem jungen Kollegen über den Waldweg. Schon schälten sich majestätisch die hellen Mauern des Schlosses und die dunklen Zwiebeltürme aus den oberhalb der Nadelspitzen aufsteigenden Nebelfetzen. Das letzte Stück mussten sie wieder kräftig strampeln. Gerade als sie mit quietschenden Bremsen in die Kirchengasse abbogen, öffneten sich die schweren Wolken und ein heftiger Regenguss prasselte hernieder. Hektisch lenkten sie die Fahrräder zum Pfarrhof. Die Gummireifen schnitten durch das Wasser, der Regen schien aus allen Richtungen zugleich zu kommen, er spritzte die Beine hinauf. Frau Anni erwartete die beiden Männer bereits. Mit zwei Handtüchern stand sie am Tor und winkte. Pospischil stieg ab und warf das Fahrrad wütend zur Seite. Nicht nur wegen der Nässe klapperten seine Zahnreihen. Sein ganzer Körper schüttelte sich vor Kälte. Bis auf die Unterhosen war er nass geworden. Nur die Anwesenheit von Frau Anni verhinderte einen Schwall an Schimpfwörtern gegen seinen jungen Kollegen, der ihn heute Morgen zu diesem sportlichen Abenteuer überredet hatte. Dankbar nahm er das Handtuch und wischte sich das Wasser aus Gesicht und Nacken. Als ihm der süße Duft von frisch gebackenem Apfelstrudel mit Zimt entgegenschlug, entspannte er sich ein wenig. Spontan griff er beim Hineingehen mit nassen Fingern der Köchin an die Taille und drückte sie sanft an sich. »Mich wundert sehr, dass Sie keinen Ehemann haben, Frau Anni. Bei Ihren Kochkünsten.«

Sie senkte lächelnd die Lider. »Wenn Sie mal eine Stunde Zeit haben, erzähl ich Ihnen, warum ich keinen Ehemann habe.« Ihre hellen Augen glühten im aufzuckenden Licht der Blitze. »Vielleicht bei einem Achterl vom guten Roten aus dem Pfarrkeller?« Ein Donner grollte, der Regen klatschte über die Schindeldächer.

»Sehr gerne. Da freu ich mich jetzt schon drauf.« Er strahlte und senkte verlegen den Blick. »Aber heut bin ich wohl zu müd. Das Radfahren hat mich sehr angestrengt, und erst der Regen. Ich fürcht, mir fallen gleich die Augen zu. Ich wäre Ihnen kein angenehmer Gesprächspartner.«

»Na dann beeil ich mich besser mit dem Abendessen«, lachte sie.

Wenig später hatte er sich trockene Sachen angezogen und saß mit knurrendem Magen neben Frisch in der wohlig warmen Küche neben dem Ofen. Draußen tobte das Gewitter. In einem stillen Moment hörte man ein leises Miauen. Als Pospischil sich suchend umdrehte, starrten ihm große Katzenaugen entgegen.

»Mei, ist die lieb.« Pospischil stand auf, ging zu dem Tier und kraulte es zwischen den Ohren. Die Katze strich schnurrend um seine Beine, bevor sie ihr Köpfchen über die Schale mit dem Fleisch senkte.

»Die ist mir heute zu Beginn des Gewitters völlig verschreckt zugelaufen und hat so unglücklich dreing'schaut, da musste ich ihr etwas von der Leberpastete geben«, sagte die Pfarrersköchin.

»Unsere Anni is so eine gute Seele. Sie hilft, wo immer sie kann.« Lachend kam Hochwürden bei der Tür herein. Die kräftigen Hände an den Hosenträgern, die sich über einen beachtlich gewölbten Leib dehnten. Pospischil sah ihn zum ersten Mal ohne Talar oder Soutane.

»Nicht nur eine gute Seele, auch eine schöne Frau«, setzte er den Worten des Priesters nach.

Frau Anni zwinkerte vergnügt. Frisch sah recht unzufrieden

drein. Er sehnte sich wohl nach seiner lieben Ehefrau in Wien. Da konnte Pospischil im Moment auch nicht helfen.

Nach einer köstlichen Brettljause mit würzigem Speck, einem Glas Wasser und einem großen Stück Apfelstrudel mit Staubzucker und Schlagobers zogen sich Frisch und Pospischil in ihre Schlafkammern zurück.

Gegen acht Uhr abends kam abermals ein kräftiger Wind auf. Im Gemäuer des alten Pfarrhauses krächzte und knackte es. Im Zimmer von Pospischil löste sich die Verankerung eines Fensterflügels und schlug gegen den Rahmen. Pospischil blickte seufzend von der Niederschrift des täglichen Berichts an das Polizeiinstitut auf. Er ging zum Fenster, um den lockeren Flügel zu fixieren, da war ihm, als hörte er zwischen all dem Knarren und Pfeifen des Windes Posaunentöne im Dreivierteltakt, begleitet von weichen Tönen einer Violine oder Geige. War das möglich? Walzermusik in einem Pfarrhaus? Als er kopfschüttelnd zum Tisch zurückgekehrt war, hatten sich sämtliche Geräusche bis auf das Toben des Windes verflüchtigt. Die Musik hatte der Wind wohl aus einem der Landhäuser den Hügel heraufgetragen.

Pospischil grübelte über die weiteren Ermittlungsschritte. Morgen Früh würde er den Frisch zu diesem Grafen von Wolkenstein schicken. Er kratzte sich am kahlen Kopf. Zwar war ihm die desolate Burg des Geschlechts der Wolkensteins in der Steiermark bekannt, aber dort wohnte schon lange keiner mehr. Hatte es die Familie an die Ufer der Donau verschlagen? Na, die Frau Anni wusste sicher, wo man den feinen Herrn Grafen finden konnte, der sich angeblich an die schöne Tochter der Hebamme herangemacht hatte. Er selbst würde endlich die beiden Hebammen, den Schlosswart und den Pferdeburschen in Artstetten aufsuchen. Der morgige Tag musste ergiebiger werden als der heutige. Pospischil seufzte. Was hätte er von Bauernmädchen erwarten sollen, für die eine Einladung zu einem kurzweiligen Nachmittag im herrlichen Schlossgarten von Artstetten weitaus aufregender sein musste als die zur eigenen Hochzeitsfeier? Selbst wenn einer dabei Gewalt angetan worden sein sollte, würde sie die Schmach wohl auf ihr eigenes Verschulden zurückführen und mit allen Mitteln zu verheimlichen suchen. Pospischil stand auf, dehnte seinen Rücken und knipste das Licht aus. Zum Glück legte sich der Wind bald. Das Gewitter kehrte in dieser Nacht nicht mehr nach Artstetten zurück.

KAPITEL 15

Mittwoch, 2. Juni 1909, Artstetten

Leopold Frisch stand vor dem Spiegel und versuchte, das störrische Haar mit Wasser zu bändigen. Die dunklen Wirbel wollten heute so gar nicht gehorchen. Seit dem Aufwachen in dem unbequemen Pfarrhausbett sehnte er sich schmerzhaft nach seiner Rosi in Wien. Das Briefeschreiben lag ihm leider wenig. Die Worte, die seine Gefühle wahrhaft zu beschreiben vermochten, wollten ihm nicht über den Federstiel auf das weiße Papier fließen. Von Minute zu Minute wurde er betrübter, weil er sie vermutlich noch lange nicht würde umarmen können. Nachdem der widerspenstige Schopf halbwegs bezwungen war, schlüpfte er in seine Hose, streifte das Hemd über, steckte den steifen Kragen an und warf sich die Jacke über die Schultern. Seit dem letzten Jahr besuchte Rosi die Handelsschule in Wien. Er bewunderte ihren Fleiß und ihren Wissensdurst. Sie kam ja doch aus sehr einfachen Verhältnissen. Natürlich ließ er sie als moderner und liebender Mann gewähren, doch manchmal wünschte er, sie würde mehr Zeit mit ihm verbringen wollen, anstatt ständig die Nase in Bücher zu stecken. Vielleicht konnte er ihr ein Telegramm senden, doch den Gedanken verwarf er gleich wieder. In einem so kurzen Text fielen ihm die passenden Worte erst recht nicht ein. Ach, könnt er doch wenigstens ihr süßes Stimmchen hören. Räuspernd drehte er sich um und blickte über den Tisch zu dem täglichen Bericht ans Institut. Für die Arbeit kamen ihm die Wörter leicht von der Feder. Er nahm das beschriebene Blatt, faltete es und steckte es in seine

Jacke. Da traf sein Blick das ungemachte Bett. Rasch ordnete er Kissen und Decke zu einem schönen Bild, denn er hatte die Pfarrersköchin im Verdacht, in seinen Sachen zu wühlen. Später wollte er sich genau erinnern, wie er alles zurechtgelegt hatte. Als er die Treppen hinuntereilte, sah er das rötliche Fell einer Katze durch den Flur huschen. Unvermittelt dachte er an die ungewöhnliche Tierliebe seines Chefs. Eine gewisse Schrulligkeit war die Begleiterscheinung des Alters.

»Guten Morgen, Frau Anni.«

»Guten Morgen, Herr Doktor.« Die Pfarrersköchin stand mit dem Rücken zu ihm.

»Der Herr Pfarrer lässt sich heute entschuldigen, Herr Doktor.« Sie wandte sich ihm zu, ein großes Messer lag in ihrer Hand. Er zuckte zurück.

»Er ist sehr früh zum Schloss aufgebrochen, um die Arbeiten beim Bau der Gruft zu kontrollieren.« Ohne mit der Wimper zu zucken drehte sie sich wieder um und schnitt weiter das Brot. »Wissen S', bei der Sprengung sind ein paar Risse in der Kirchenmauer entstanden. Obwohl die Bauarbeiter die Mauern eh abg'stützt haben, wie es Vorschrift is. Der entstandene Schaden soll net schlimm sein, aber eine Seite der Kirchenmauer müssen s' spachteln. Es ist halt dem Herrn Pfarrer seine Verantwortung. Was soll er machen?« Sie zuckte mit den Schultern und legte das Messer zur Seite. Dann stellte sie den Brotkorb auf den Tisch, ohne das Reden zu unterbrechen.

Frisch hatte das Wichtige gehört, alles Weitere interessierte ihn nicht. Stattdessen beäugte er sie kritisch, während er die Stoffserviette an seinen Kragen heftete und den Kaffee aus der Kanne in die Tasse goss. Das Rot ihrer Haare war bestimmt nicht natürlich. Dass sich eine einfache Bedienstete das chemische Färben der Haare leisten konnte? So etwas war teuer, das wusste er von der Rosi, die ihr Haar gerne heller getragen hätte.

Ihm gefiel es so dunkel, wie es war. Höflich lächelte er, als die Pfarrersköchin die Butterdose und die Milch vor ihn hinstellte. Ihre Nähe war ihm heute besonders unangenehm. Es lag wohl an ihrem nicht enden wollenden Gequatsche. Oder an ihrem Geruch. Etwas sehr Süßes, das er nicht leiden konnte. Überhaupt hatten Rothaarige etwas Verschlagenes an sich, fand er. Es hätte ihn nicht gewundert, wenn sie den Schlüssel für die Kellertür in der Sakristei vor der Polizei versteckt hielt. Der Chef schien ihr gegenüber jedoch keinerlei Argwohn zu empfinden. Selten waren sie so unterschiedlicher Meinung. Wenn er darüber nachdachte, war er ernsthaft besorgt um den scharfen Beurteilungssinn seines Vorgesetzten. Seit einiger Zeit wirkte er zerstreut, nicht mehr so konzentriert wie früher. Seine herausragende Beobachtungsgabe schien nachzulassen. Ob das nur am Alter lag?

»Guten Morgen, hoffentlich an einem Tag ohne Sorgen.« Jedenfalls schien er gut gelaunt, im Gegensatz zu ihm. Mit offenem Hemd kam er bei der Tür herein.

»Frau Anni, der Duft Ihrer Küche, einfach herrlich.«

»Das ist der frisch gemahlene Bohnenkaffee«, lachte sie. »Guten Morgen, Herr Geheimagent.«

Pospischil setzte sich ihm gegenüber. Sofort war Frau Anni zur Stelle und goss dem Chef dampfenden Kaffee in die Tasse.

»Sie schau'n so müd aus, nicht gut geschlafen, Kollege?«

»Guten Morgen, Chef«, brummte er. »Tatsächlich bin ich mehrmals aufgeschreckt diese Nacht.«

»Passt Ihnen die Matratze vielleicht nicht?«, fragte Frau Anni, ohne den Blick vom Chef zu lösen.

Er winkte ab. »Nein. Die Matratze ist es nicht. Eher die losen Fensterflügel, die scheppern bei dem Wind.«

»Ja. Ja. Der Wind.« Sie schüttelte den Kopf. »Der Herr Pfarrer lässt sich entschuldigen, Herr Polizeiagent. Er ist sehr früh zum

Schloss, um die Arbeiter beim Bau der Gruft einzuweisen.« Jetzt erzählte sie die ganze Litanei noch einmal. Frisch schwirrten die Worte ihrer piepsenden Stimme um den Schädel.

»Tüchtig, der Herr Pfarrer«, hörte er Pospischil sagen, nachdem sie endlich für einen Moment verstummt war.

»Wie unser Kaiser, der auch schon beim Morgengrauen an seinem Schreibtisch sitzt und arbeitet. Den Fleißigen winkt das Himmelreich, nicht wahr?« Der Chef strahlte und die Pfarrersköchin grinste mit klimpernden Wimpern. War es möglich? Bahnte sich da etwas an zwischen den beiden?

»Haben S' Ihren Bericht von gestern mit, Frisch? Ich würd nachher gerne alles zusammenfassen und zum Postamt nach Pöchlarn bringen. Der Oberinspektor sitzt bestimmt schon auf Nadeln. Der würd am liebsten stündlich Nachricht bekommen.«

Kauend zog Frisch den Bogen Papier aus der Jackentasche. »Bitteschön.«

»Nachher geht's weiter zum Haus der Hebamme und zum Schlosswart«, sagte der Chef. »Den Pferdeburschen nehmen wir uns auch vor. Jeder Hinweis ist nützlich. Wir müssen effizienter werden, lieber Kollege, uns die Befragungen aufteilen. Es wär mir sehr recht, wenn Sie diesen Grafen von Wolkenstein aufsuchen würden. Je schneller wir die Person gefunden haben, die in der Kirche das Kind vergraben hat, desto weniger Aufsehen erregt die Sache.«

»Wollen Sie uns schon wieder verlassen?« Frau Anni machte ein weinerliches Gesicht.

»Wegen Ihnen täte es mir tatsächlich leid, schon wieder nach Wien zurückzumüssen.« Der Chef zwinkerte der Pfarrersköchin zu.

»Wir werden getrennt die Leute befragen?« Frisch tat, als hätte er die emotionalen Schwingungen zwischen der Frau Anni und seinem Chef nicht bemerkt.

»Sie werden sich doch net fürchten ohne mich alten Herrn? Nach zehn Jahren können S' das doch eh schon besser als ich.«

Frisch verschlug es die Sprache. Da biss Pospischil krachend in ein Buttersemmerl, wischte mit den Fingern über die Serviette, griff nach dem Bericht und überflog den Text. »Sehr ordentlich, Kollege. Insbesondere den Zustand des armen Kindes haben Sie exzellent beschrieben. Das versteht auch ein Nichtakademiker wie ich sofort.«

»Jessas, des Paket!« Der Piepston der Pfarrersköchin fuhr Frisch wie ein Messer durchs Gehör.

»Was für a Paket?« Pospischil blickte auf.

»Der Postbote war heut Früh da. Wegen einer dringenden Depesche aus Wien für den Herrn Polizeiagenten.« Sie stürzte aus der Küche, um wenige Sekunden später mit einem in Packpapier gewickelten Päckchen zurückzukommen.

»Das sind die Bilder vom Fundort des Kindes. Sapperlot, das ging wirklich schnell. Danke, liebe Frau Anni.« Der Chef nahm das Poststück an sich. »Ach, hätten S' vielleicht eine Schere?«

»Aber selbstverständlich.« Sie zog an einer Küchenlade, kramte darin herum und überreichte die Schere, wobei ihre Hände die des Chefs, wie es Frisch vorkam, mit Absicht länger als nötig berührten. Das Packpapier knisterte.

»Was ist in dem Paket, Chef?«

»Ich hab es gleich.« Fahrig öffneten seine Finger ein großes braunes Kuvert. »Bitteschön.« Er legte vier Fotografien auf den Tisch.

Frau Anni senkte den Kopf. »Mei, des arme Hascherl. Als würd es bloß schlafn. Aber wieso hat es so an weißen Belag auf der Haut?«

»Das ist eine Wachsleiche«, erklärte der Chef. »Das tote Kind konnte nicht verwesen, wegen der klimatischen Bedingungen in dem Erdloch und auch weil es in einer geschlossenen Tonschüssel gelegen ist.«

»Na so was.« Sie beugte sich noch tiefer. »Die Tonscherben schauen aus wie von einer modernen Bratschüssel. Ton ist das Beste, um Fleisch schön saftig zu braten.«

»Haben Sie eine solche Tonschüssel in Ihrer Küche? Könnten Sie uns die bitte zeigen?«, fragte Frisch.

»Tät i gern, Herr Doktor. Nur leider is mir die vor wenigen Wochen aus den Händen g'rutscht und am Steinboden in tausend Scherben zerbrochen. Ein Jammer, weil die san recht teuer in der Anschaffung, wissen S'.«

»Aha«, sagte Frisch und warf seinem Vorgesetzten einen scharfen Blick zu. Doch der starrte gerade ungeniert in den Ausschnitt der Frau Anni. Unfassbar! Was war nur los mit dem Chef?

»Sagen Sie, Frau Anni«, fragte er weiter, »wissen Sie etwas über die Familie der Hebamme in Artstetten?«

Sie richtete sich auf. »Ein Handlungsreisender is er gewesen und ein fescher Lackl war er, nach dem sich alle Weiber umdreht habn. Pechschwarzes Haar hat der g'habt. Dicht und glänzend.«

»Wer hat pechschwarzes Haar?« Der Chef hob die Augenbrauen.

»Na, der Herr Buls, Ehegatte beziehungsweise Vater von den beiden Hebammen in der Schlossstraße«, flötete die Pfarrersköchin. »Die Franzi hat sei schenes Haar g'erbt. Der hat ihnen a Geld hinterlassen. Eigentlich müssten de Frauen gar nix mehr arbeiten.«

»Interessant. Fahren Sie fort.« Pospischil lehnte sich mit verschränkten Armen zurück.

Da war wieder sein Chef, wie er ihn kannte. Ein aufmerksamer und gewiefter Zuhörer.

»Den Buls hat ma kaum gekannt im Ort. Immer unterwegs war der. Bis zu dem Unfall in einem östlichen Kronland. Schlesien war es, glaub ich. Das Unglück hat den beiden Frauen ziemlich zug'setzt. Wir haben schon dacht, die kommen gar nicht mehr aus dem Haus heraus. Aber nach etwa vier Monaten hat die Witwe wieder als Hebamme g'arbeitet und die Tochter mitg'nommen. Die will auch Hebamme werden. Allaweil fein herg'richt ist die Witwe. Mit Schmuck an Ohren, Hals und Fingern. Ja. Ja.« Frau Anni seufzte tief, wobei sich ihr Busen auf und ab bewegte. »Zweimal im Jahr fahren die Mutter und die Tochter mit der Bahn nach Wien zum Einkaufen. Die Mutter lasst aber keinen neuen Mann an sich heran. Dabei«, sie neigte den Kopf. »Die Junge, die Franzi, gibt sich bescheiden, kommt in Kleiderschürzen und derben Schuhen daher. Ich glaub aber, die hat's faustdick hinter den Ohren, mehr noch als die Mutter.« Frau Anni schürzte die Lippen. »Den Grafen von Wolkenstein hat sie sich ausg'sucht. Einen Grafen!« Sie verzog den Mund. »Der ist zwar über ihrem Stand, aber ziemlich ohne Mittel. Des feine Geschlecht der von Wolkenstein hat scho bessere Zeiten erlebt.« Ihre Stimme wurde leise. »Hoch verschuldet soll die feine Familie sein und der junge Herr soll eine Cousine aus der Steiermark, eine Baronesse, heiraten müssen. Ob das die schöne Franzi schon weiß?« Sie zuckte mit den Schultern.

»Woher wissen Sie das alles so genau?«, fragte Frisch streng.

»Ich red halt viel mit die Leut.« Sie stemmte die Hände in die Hüften. »Die Franzi glaubt offenbar wirklich, dass der Graf sie heiraten wird.« Anni lachte spitz.

»Täusche ich mich, oder können Sie die Hebamme und ihre Tochter nicht gut leiden?«

»Da täuschen Sie sich, Herr Doktor«, erwiderte sie schnippisch. »Die beiden Damen kommen regelmäßig in die Sonntagsmesse. Nichts habe ich gegen die zwei, gar nichts. Aber wenn mich die Polizei danach fragt, was ich weiß, und weil ich a höfliche Person bin, hab ich halt g'sagt, was ich beobachtet hab.« Sie reckte ihren Busen. »Weil der Polizei muss man helfen, wo man kann, b'sonders, wenn es um die Aufklärung einer so grausigen Tat wie der an einem unschuldigen Kindl geht.«

»Sapperlot.« Pospischil hob die Hände »Jetzt haben S' es ihm aber gegeben, dem jungen Mann mit der scharfen Zunge. Des g'fallt mir an Ihnen! Dass Sie sich kein Blatt vor den Mund nehmen.« Er lachte.

Frisch kniff die Lippen zusammen. Diese Pfarrersköchin hatte dem Chef ordentlich den Kopf verdreht. Am besten hielt er sich zurück, dachte sich seinen Teil, machte ordentlich Notizen und schrieb exakte Berichte an den Herrn Oberinspektor nach Wien. Einer musste ja bei klarem Verstand bleiben.

»Lieber Herr Kollege«, der Chef tupfte mit der Stoffserviette über seine Mundwinkel. »Sind Sie fertig mit dem Frühstück? Können wir losfahren?«

»Losfahren? Wohin?«

»Ja, sapperlot. Sie fahren zum Grafen von Wolkenstein. Haben Sie vorhin nicht aufgepasst?« Er drehte sich zur Seite. »Frau Anni, wo wohnt der Mann genau?«

»Die Familie hat vor Jahren in Maria Taferl ein stattliches Haus gekauft. Direkt neben der Basilika. Des können S' net verfehlen. Nehmen S' die Straße links beim Schloss vorbei, da kommen S' direkt zum gräflichen Anwesen. De Fassad von dem Haus is gelb g'strichen.«

»Haben S' g'hört, lieber Frisch. Und denken S' dran, was ich Ihnen bei'bracht hab. Bleiben Sie immer höflich und lassen Sie die Leute nur reden, wie ihnen der Schnabel gewachsen ist.«

»Selbstverständlich werde ich höflich und korrekt sein und keinesfalls dem Herrn Grafen ins Gesicht sagen, dass wir ihn einer Kindstötung zu verdächtigen beabsichtigen.«

»Dann ist es ja gut.« Pospischil räusperte sich, bevor er sich wieder Frau Anni zuwandte.

Frisch stand auf, bedankte sich kurz angebunden für die Bewirtung und schaute, dass er weiterkam. Fuhr er eben zu diesem verdächtigen Edelmann nach Maria Taferl. Die aufgeteilten Befragungen waren keine so üble Idee vom Chef. So konnte er seine Fähigkeiten zeigen und seine Kompetenz unter Beweis stellen, um bei der Polizei endlich weiterzukommen. Aber um seinen Chef machte er sich ernsthaft Sorgen. So außer Rand und Band wegen eines Frauenzimmers hatte er ihn noch nie erlebt.

KAPITEL 16

Mittwoch, 2. Juni 1909, Maria Taferl

Mit Notizblock und Bleistift ausgestattet startete Frisch wenig später den Opel. Kurz hatte er überlegt, mit dem Rad zu fahren, und es dann doch gelassen. Zu starker Gegenwind. Das gleichmäßige Rattern des Motors beruhigte sein aufgewühltes Gemüt. Die liebliche Landschaft tat ein Übriges, seinen Ärger zu verdrängen. Die warme Luft strich ihm über Stirn und Wangen. Ein Gefühl von Freiheit. Wie die Frau Anni es empfohlen hatte, nahm er die Straße am Ortsende links beim Schloss vorbei Richtung Maria Taferl. Ein herrlicher Fernblick über das Donautal bei strahlendem Himmel bot sich ihm. Schemenhaft sah er den Rauch einer dampfenden Lokomotive von den Gleisen neben dem Fluss aufsteigen. Der Nibelungengau war in der Tat mit einer prachtvollen Landschaft gesegnet. Nicht so gebirgig wie bei ihm zu Hause am Semmering, hier war alles sanfter und milder, sogar das Licht. Die Farben der Äcker und Wiesen wirkten im Sonnenlicht wie von einem Pinsel gemalt. Silbern schlängelte sich der Fluss durch das Tal. Bereits die Römer hatten die Schönheit des Nibelungengaus geschätzt und hier Straßen gebaut, die noch heute von Pilgern bewandert wurden. Manche schafften es bis nach Spanien zum angeblich von allen Sünden befreienden Grab des Apostels Jakobus in Santiago de Compostela. Wie ein Spinnennetz zogen sich die Pilgerwege durch das christliche Österreich. Mit den Händen auf dem Lenkrad, der Wind frischte böig auf, kehrten seine abschweifenden Gedanken zum Grafen Walter von Wolkenstein zurück. Die Ländereien des alten Geschlechts in der Steiermark waren verloren und die Angehörigen eines edlen Adelshauses waren zumeist wenig für die Brotarbeit geeignet. Da ging es rasch bergab mit dem Wohlstand. Es war wohl nur eine Frage der Zeit, erinnerte er sich an das Geschwätz der Frau Anni, wann auch dieses Haus versteigert werden würde. Die Mitgift des Fräulein Baronesse, der Cousine des Grafen, könnte nicht nur das Haus in Maria Taferl retten, es würde dem Geschlecht obendrein Ehre und Würde bewahren.

Nach der Fahrt durch ein kurzes düsteres Waldstück ging es stetig bergab. Die Beschilderung am Ortsanfang von Maria Taferl wies zur berühmten Basilika und somit auch zum gelb gestrichenen Haus der Familie Wolkenstein. Frisch schätzte das Gebäude auf mindestens zehn Zimmer. Dahinter ragten die zwei kräftigen Türme der Basilika in den blauen Himmel. Er parkte den Opel vor dem Anwesen. Drei halbwüchsige Buben kamen über die Straße herbeigerannt und bestaunten das Automobil. »Nicht anfassen!«, mahnte Frisch und ließ die drei dann doch in den gepolsterten Sitzen kurz Platz nehmen. Aber dann jagte er sie fort, bevor sie noch auf die Idee kamen, sein Auto als Spielwiese zu benutzen. Schon sah er aus dem Tor der Familie Wolkenstein eine hagere Gestalt mit kahlem Kopf treten. Zuerst dachte er, den alten Grafen vor sich zu haben, doch dann erkannte er die Livree eines Dieners. Er wollte ihn ansprechen, aber der Hagere eilte mit weit ausholenden Schritten an ihm vorbei, ohne ihn zu beachten.

»Verzeihung!«, rief Frisch irritiert hinterher. »Ist der Graf Walter von Wolkenstein zugegen?«

Der Diener blieb stehen, wandte sich um und musterte ihn aus schmalen dunklen Augen.

»Verzeihung. Ich bin Polizeiagent Doktor Leopold Frisch aus Wien. Ich hätte ein paar Fragen an den Herrn Grafen.«

»Klopfen Sie, die Liesl wird Ihnen öffnen.«

»Das werde ich tun.«

Der Diener schien es eilig zu haben und lief weiter.

Kopfschüttelnd ging Frisch zur breiten Holztür, griff nach dem Ring an dem Löwenkopf und schlug an.

Ein junges Fräulein mit weißem Spitzenhäubchen öffnete.

»Guten Tag. Ich bin Polizeiagent Doktor Leopold Frisch aus Wien«, wiederholte er. »Dürfte ich den Graf Walter von Wolkenstein sprechen?«

Das Dienstmädchen riss die Augen auf. »Polizei aus Wien?« Sie trat zur Seite. »Bittschön, ich bringe Sie in den Empfangsraum. Wenn Sie dort warten würden. Ich sag den Herrschaften sofort Bescheid.«

»Vielen Dank.« Frisch lächelte das hübsche Fräulein an. Sie führte ihn durch einen breiten Flur in ein Zimmer mit geöffneten Fensterläden. Er blickte auf ein dünnbeiniges Tischchen, ein filigranes Polstermöbel und auf Porträts an goldbraun tapezierten Wänden. Die ritterlichen Vorfahren, mutmaßte Frisch. Aus dem Garten hörte man das Gezwitscher der Singvögel.

Kaum war das Dienstmädchen durch die eine Tür verschwunden, tat sich gegenüber eine weitere auf, die den Blick direkt auf eine Wiese mit Rosenbüschen lenkte. Im gleißenden Licht trat ein groß gewachsener Mann mit schlohweißem Haar aus dem Garten ein. Das muss der alte Graf sein, dachte Frisch und neigte das Haupt zum Gruß.

»Grüß Gott. Was für ein Doktor sind Sie, wenn ich fragen darf?«

Frisch starrte auf die Gartenschere in der Hand des Mannes und war sich nicht mehr sicher, ob er den Gärtner oder den Hausherrn vor sich hatte. »Grüß Gott. Ich bin Entomologe und seit Kurzem auch Pathologe. Die Forensik ist mein Spezialgebiet.«

»Ein polizeilicher Insektenkundler mit der forensischen Diagnostik als Mascherl aus der Reichshauptstadt. Wie interessant. Was wollen Sie denn von meinem Sohn?«

»Ähm. Wir führen Befragungen zu einem Vorfall bei der Kirche von Schloss Artstetten durch, Herr Graf, und da Ihr werter Herr Sohn mit dem Thronfolger gut bekannt sein soll … ähm.«

»In der Tat, mein Sohn ist ein leidenschaftlicher Jäger, wie der Franz Ferdinand auch. Geht es um das Kind, das man nach den Sprengungen unterhalb der Kirche gefunden hat?«

»Der Herr sind bereits unterrichtet?«

»Der Tratsch springt wie eine Katze über die Dächer von Haus zu Haus.« Der alte Herr schwenkte die Gartenschere vor seiner Brust hin und her.

»Vater!« Ein junger blond gelockter Mann in hellem Anzug kam durch eine Seitentür. Die beiden sahen einander sehr ähnlich, wie Frisch feststellte.

»Mein Vater ist ein begnadeter Veredler, Herr Doktor Frisch. Die Gattin des Thronfolgers ist eine Rosennärrin. Wenn sie in der warmen Jahreszeit auf dem Schloss verweilt, liefern wir jeden Tag frische Rosen ins Schloss.«

»Ja. Ja. Das Veredeln, das kann ich gut.« Der weißhaarige Herr wandte sich ab. »Nun denn. Ich gehe zurück zu meinen Blumen. Auf Wiedersehen, Herr Doktor aus Wien.« Von Wolkenstein senior winkte und verschwand.

Frisch schickte eine leichte Verbeugung hinterher.

»Wie kann ich der geheimen Polizei aus Wien behilflich sein?« In der Stimme des jungen Herrn vernahm Frisch keine Spur des nasalen Tonfalls, dessen sich der Herr Vater eben bedient hatte. Amikal richtete der Junior das Wort an ihn. Freundlich waren seine ebenmäßigen Gesichtszüge. Der Herr Graf hat es bestimmt leicht bei den Damen, dachte Frisch und antwortete. »Es wurde uns zugetragen, Sie stünden dem Fräulein Buls recht nahe.«

Von Wolkenstein stieß einen Seufzer aus. »Wir dachten, wir könnten es geheim halten.«

Frisch zuckte mit den Schultern.

»Ich weiß, was Sie denken.« Die Lider des jungen Grafen senkten sich. Lange Wimpern beschatteten die Wangen. »Dass ich dem Fräulein Buls das Kind verursacht habe, und weil die Schande nicht öffentlich werden darf, hab ich es erstickt und unterhalb der Schlosskirche verscharrt. Weil unser Stand seine Frucht nicht einfach im Wald vergraben kann wie ein Gewöhnlicher.« Der Graf hob die Brauen.

Frisch schluckte. »Das Kind wurde nicht erstickt, das Genick wurde gebrochen.«

»Mein Gott«, seine Miene verfinsterte sich. »Verzeihen Sie.«

»Herr Graf, wenn Sie irgendetwas wissen, das uns weiterhelfen kann …«

»Keineswegs ist es meine Absicht, das Fräulein Buls zu kompromittieren«, unterbrach er. »Ich liebe die Franzi und würde alles geben für ein gemeinsames Kind. Familiäre Verpflichtungen machen eine Verehelichung aber leider unmöglich.« Seine Schultern sackten ab. »Die Leute im Ort haben Ihnen sicher zugeflüstert, dass ich meine Cousine heiraten muss. Die Zeit ist noch nicht reif für ein freies und glückliches Leben.« Er nahm einen tiefen Atemzug. »Unsereiner wird bestraft mit Defekten der Nachkommenschaft, wenn wir dem Rat unserer Ahnen folgen und unser Blut reinhalten. Auch werden wir bestraft, wenn wir nach unserem Herzen entscheiden. Wir sind weniger frei, als viele denken. Unser Stand ist gezwungen, mit Lügen und Geheimnissen zu jonglieren, um die Ehre der Familie nicht zu besudeln. Am Ende müssen wir alles, was uns je für wenige Augenblicke lang glücklich gemacht hat, bedauernd beichten für den Einzug in das Himmelreich.« Er verzog das Gesicht. »Die Tugendwächter lauern überall, selbst im Wald von Artstetten.«

»Das tut mir leid, Herr Graf.« Frisch machte ein zerknirschtes Gesicht.

»Das Fräulein Buls hat nichts Unrechtes getan, Herr Doktor aus Wien, genauso wenig wie ich oder ein Mitglied meiner Familie. Sie müssen Ihren Bösewicht woanders suchen.«

»Wir ermitteln in alle Richtungen, Herr Graf.«

»Ein Kind vom Fräulein Buls wäre ein Geschenk für mich. Aber ich habe ihre Ehre nicht beschmutzt.«

»Ich verstehe.«

»Wirklich, Herr Doktor? Ich beuge mich den fragwürdigen Zwängen der Gesellschaft, ohne dabei meine innere Überzeugung von einem anderen Leben, einem mit tieferem Sinn, aufzugeben. Dieser Spagat ist ein Opfer an die Ritterlichkeit.«

»Ritterlichkeit?« Frisch runzelte die Stirn. »Sie würden das Fräulein in große Schwierigkeiten bringen, Herr Graf.«

»Sie haben ja recht. Es zerreißt mir das Herz, es raubt mir den Schlaf.« Graf von Wolkenstein neigte den Kopf. »Nein. Jenes Kindlein unter der Schlosskapelle ist nicht von mir. Ich habe es auch weder getötet noch dort vergraben. Und es ist mit Sicherheit auch kein Kind von Franziska Buls.«

»Das hätte ich mir nie erlaubt zu denken, Herr Graf.«

»Nun, ich möchte Sie für meine Unhöflichkeit um Entschuldigung bitten.« Wolkenstein hob lächelnd den Arm. »Setzen wir uns doch. Plaudern wir ein bisserl. Erzählen Sie mir von Wien. Ich war lange nicht dort. Wie geht es unserem geliebten Kaiser?« Mit einem Satz saß er auf dem filigranen Sofa und überschlug die schlanken Beine. Da es sonst keine Sitzgelegenheit gab, blieb Frisch nichts anderes übrig, als dicht neben dem Grafen Platz zu nehmen, was ihm unangenehm war.

Von Wolkenstein hob ein goldfarbenes Glöckchen von dem

Tischchen neben sich und läutete. Zwei Sekunden später öffnete sich die Tapetentür in Richtung Flur und das Stubenmädchen trat ein. »Bringen S' uns eine Karaffe von dem Marillenlikör und zwei Stamperl.«

»Aber ich bin im Dienst«, murmelte Frisch.

»Ein Stamperl dürfen Sie mir nicht abschlagen. Und jetzt erzählen Sie aus Wien.« Der Graf lächelte. »Blühen im Prater noch die Kastanien?«

»Die Kastanienblüte ist schon vorüber, Herr Graf, und von unserem geliebten Monarchen kann ich wenig erzählen, weil der Kaiser in der Hofburg oder im Schloss Schönbrunn von früh bis spät am Schreibtisch sitzt und arbeitet. Das Volk sieht ihn nur mehr bei ganz seltenen Anlässen.« Der Likör wurde serviert. Frisch redete weiter über Wien, schweifte aber bald zu den Unruhen in den Kronländern ab, und als der Graf ihn unterbrach und bat, doch lieber zu Wien zurückzukehren, plauderte Frisch von den aufkommenden Heurigenlokalen mit Schrammelmusik in Hietzing, was dem Grafen gleich besser gefiel. Nach dem zweiten Glas spürte Frisch, wie ihm der Likör zu Kopfe stieg. Er hörte sich selber reden, als säße er neben sich. Ob er denn beim Militär gewesen sei, fragte der feine Herr schließlich, als sähe man es ihm an, dass er sich mit einer schauspielerischen Glanzleistung die Untauglichkeit erschlichen hatte. Mit gelöster Zunge erzählte er ihm die sehr private Geschichte. Der Graf zeigte sich amüsiert und trank erstaunlich viel von dem orangeglänzenden Likör, der bei ihm jede Wirkung zu verfehlen schien. Die seidigen Wangen des Schönlings röteten sich kein bisschen und sein Blick blieb klar. Später servierte das Stubenmädchen auf einem Tablett eine große Kanne Tee, ein Kännchen Obers und Kekse. Dazu zwei Porzellantassen aus der Wiener Augartenmanufaktur mit dem typischen Rosenmotiv. Die Tassen kosten so viel, wie ich in einem Monat verdiene, vermutete Frisch und wunderte sich, da die Familie doch angeblich kurz vor dem Ruin stand, doch er wagte nicht, danach zu fragen. Und schließlich würde der Graf demnächst ja reich heiraten.

Als er später in den Wagen stieg, wurde ihm auf einmal heiß und kalt, was nicht am Wetter lag. Aufs Heftigste ärgerte er sich, den Alkohol nicht abgelehnt zu haben, aber noch mehr ärgerte ihn, dass er kaum brauchbare Informationen erhalten hatte. Oder hatte er bloß nicht richtig hingehört? Was sollte er heute Abend in seinen Bericht schreiben? Frisch schüttelte den Kopf. Während der Fahrt zurück zum Pfarrhaus klammerte er sich krampfhaft an das Lenkrad und grübelte, ob der Chef bei dem Grafen von Wolkenstein mehr Erfolg gehabt hätte als er. Jedenfalls war er nach dem Gespräch von dessen Unschuld überzeugt. Sie mussten eine andere Spur finden. Kurz vor Artstetten fuhr er mit dem Wagen in einen Seitenweg, hielt an, erleichterte seine brennende Blase in einem Gebüsch, holte danach das Notizbuch hervor und schrieb das Gespräch aus der noch frischen Erinnerung nieder. Sein Gehirn war umnebelt, er wusste nicht mehr, wie lange er beim Grafen gesessen war, und vom klebrigen Likör brannte ihm der Gaumen. Unbedingt musste er bei einem Brunnen halten, um viel frisches Wasser zu trinken.

KAPITEL 17

Mittwoch, 2. Juni 1909, Artstetten

Nachdem Kollege Frisch fort war, ließ sich Pospischil Zeit. Er genoss die Gesellschaft von Frau Anni. Nicht sattsehen konnte er sich an dem üppigen Busen über dem geschnürten Mieder und an der Rundung ihrer Hüften. Und wie sie sich bewegte, wie sie duftete. Nie war ihm eine Ehefrau abgegangen, er hatte ja seine Schwester Gerti zum Kochen, zum Putzen und für die Unterhaltung. Selten hatte er das Gefühl, etwas versäumt zu haben. Für die körperlichen Gelüste leistete er sich hin und wieder eine Dame des horizontalen Gewerbes, es gab gar reizvolle Grabennymphen in Wien. Aber selbst dieses Vergnügen gönnte er sich immer seltener. Mit dem Alter beruhigte sich das männliche Gemüt. In jedem Fall achtete er stets auf Sauberkeit und Sicherheit. Nicht, dass ihn die Syphilis vor seiner Zeit dahinraffte. Doch diese Frau Anni, er seufzte, verdrehte ihm im reifen Alter tatsächlich noch einmal den Kopf. Sapperlot! Wie war es möglich?

»Herr Pospischil. Bittschön, verraten S' der Witwe Buls und ihrer Tochter nicht, was ich über sie g'redt hab. Es war net bös g'meint. Wissen S', die zwei sind die besten Hebammen, die man sich nur wünschen kann.«

»Aber wo denken Sie hin. Der Polizei muss man alles sagen. Vor allem das Verborgene. Vor allem das, liebe Frau Anni.« Er zog die Mundwinkel hinauf. »Mir können Sie absolut alles anvertrauen.«

»Da bin i aber froh, lieber Herr Pospischil.« Anni strahlte.

»Wollen S' noch einen Kaffee? Aber dann muss ich rüber in die Kirche. Der Blumenschmuck g'hört erneuert.«

Pospischil griff erschrocken an die kleine silberne Taschenuhr an seiner Weste. »Jessas, so spät is schon. I muss mi sputen. Z'erst zur Post und dann zur Hebamme und zum Schlosswart und zum Pferdeburschen.« Er schob die Fotografien zusammen und steckte sie in die Innentasche seines Gehrocks.

»I schreib Ihnen alle Adressen auf.« Frau Anni zog aus der Kredenzschublade einen Zettel und einen Bleistift. Rasch hatte sie die Notizen zu Papier gebracht. Im Schreiben schien sie geübt.

»Die zwei letzten wohnen net weit voneinander entfernt.« Sie reichte ihm das Geschriebene.

»Dankeschön und nachher trinken wir gemeinsam den Kaffee.« Er lächelte. »Sie kochen ihn vorzüglich. Hab noch keinen besseren in Wien getrunken.«

»Das freut mich, Herr Pospischil. Fahren S' wieder mit dem Rad heute?«

»Ich geh lieber.«

»Na dann, bis später, Herr Geheimagent.«

Mit einem leichten Gefühl von Beschwingtheit ging er in seine Kammer, steckte seine Berichte und die vom Frisch in ein Kuvert, versah es mit der Adresse des Polizeiinstituts in der Wiener Elisabethpromenade und schob es in die Innentasche seines Gehrocks zu der Geldbörse. Die große schwarze Tasche wollte er bei seinem Dienstgang zu Fuß nicht mitschleppen. Schon gar nicht bei den sommerlichen Temperaturen heute.

Als er wenig später die breite Straße abwärts Richtung Donau spazierte, wehte der warme Wind noch immer kräftig. Er begann zu schwitzen. Der verdammte Südwind aus der Sahara, dachte er schnaubend, den haben wir schon lange nicht mehr gehabt. Feiner rötlicher Staub kroch über den weißen Steinsockel einer Einfriedung. Er wischte sich mit seinem Taschentuch über den verschwitzten Nacken und blickte seufzend in den wolkenlosen Himmel. Keine einzige Wolke, kein reinigender Regen in Sicht. Schwer atmend setzte er den Weg fort. Wenigstens ging es bergab.

Nach etwa vierzig Minuten erreichte er das Ufer von Klein-Pöchlarn. Glücklicherweise schien gerade eine Fähre abzulegen. Der Fährmann winkte ihm mit einem dicken Seil in der Hand. Er hatte sich wohl zu beeilen. So gut er es mit seinen kurzen Beinen vermochte, sprang er vom Ufer auf das Schiff, bezahlte die Gebühr und kam erst langsam zu Atem. Die windige Überfahrt währte kurz und schon stand Pospischil wieder dem kauzigen Postbeamten in Pöchlarn gegenüber.

»Wir haben heut Früh einen Boten zum Pfarramt g'schickt. Haben S' des Packerl aus Wien net erhalten?«

»Doch. Doch. Vielen Dank, guter Mann. Das Packerl wurde mir übergeben, den Boten hab ich leider nicht gesehen, konnte ihm den Bericht an meine Dienststelle also nicht gleich mitgeben.« Er griff in die Innentasche des Gehrocks. »Das Schreiben hier ist genauso dringend wie die letzte Sendung.«

»Dringliches kost a Extragebühr. Is wieder a Rücksendung zu erwarten?«

»Nein, nein. Rücksendung erwarte ich keine. Hoffe ich jedenfalls. Und a Quittung fürs Amt bräucht ich auch noch.«

»Die Hoffnung stirbt bekanntlich zuletzt«, raunzte der Postbeamte und knallte einen Stempel über die mithilfe seiner befeuchteten Zunge geklebte Briefmarke mit dem Porträt des Kaisers von Österreich.

Pospischil beeilte sich mit der Bezahlung, um rasch mit der Fähre zurück ans nördliche Ufer zu kommen. Der Weg über die Hauptstraße bergan und dann nach rechts, hatte die Anni gesagt. Dieser warme Wüstenwind! Schweiß tropfte in seinen

Hemdkragen. Als er an dem Schild mit dem Namen Buls ankam, war sein Hemd am Rücken durchnässt. Eigentlich hätte er gerne den Gehrock abgelegt, aber mit dem nassen Hemd vor den Damen? Nein. Seufzend hob er den Blick. Ein schönes sauberes Haus mit einem bezaubernden Garten. Nicht sehr groß, aber für zwei Personen weitaus komfortabler als die meisten Wiener es kannten. Er griff in die Rockinnentasche, zog das zerknüllte Taschentuch heraus, hob den Hut und wischte sich über den Schädel. »Ich werd zu alt für den Außendienst«, murmelte er und griff zu dem Henkel an dem Gartentürl. Quietschend öffnete es sich, da bemerkte er aus den Augenwinkeln eine lange Gestalt in einem frackartigen Gewand. Pospischil drehte den Kopf. Der Mann stand etwa zwanzig Meter von ihm entfernt und führte eine Hand zur Kappe, wohl um ihn zu grüßen. Seltsames Verhalten, dachte er und grüßte mit einem Nicken zurück. Wenn er sich nicht täuschte, trug der Mann die Livree eines Dieners. Was hatte ein Diener hier zu suchen? Er öffnete den Mund, um ihn zu sich zu rufen, da drehte er sich weg und eilte fort. Pospischil zuckte mit den Achseln, passierte das Gartentürl und ging durch den Vorgarten. Von den blühenden Rosenbüschen schlug ihm ein süßer Duft entgegen. Unwillkürlich musste er an den schattigen Wiener Stadtpark mit den zahlreichen von Mai bis August blühenden Rosen denken. Genüsslich sog er den Duft tief ein und klopfte gegen die Tür. Die Frau, die ihm öffnete, trug ein ungewöhnlich elegantes Kleid aus feinem nachtblauem Gewebe und Perlen an den Ohrläppchen. Sie erwiderte seinen überraschten Blick mit einem Lächeln.

»Frau Maria Buls?«, fragte er und zog die Kokarde aus der Innentasche seines Gehrocks.

»Sie sind bestimmt der Polizeiagent aus Wien«, antwortete sie mit weicher Stimme. »Kommen Sie herein. Ich habe Sie schon erwartet.«

»Unser Besuch hat sich wohl rasch herumgesprochen«, erwiderte er trocken, lüftete den Hut und trat ein. Im Flur bemerkte er einen Hauch von scharfem Desinfektionsmittel, wie er es von Arztbesuchen her kannte, doch drinnen in der sehr gemütlichen Wohnküche mit geblümten Gardinen an den Fenstern nahm er einen sehr angenehmen Duft wahr. Es roch nach frisch gebackenem Kuchen. Pospischil schielte auf den Backofen und spürte, wie sich das Wasser in seinem Mund sammelte. Gerade als er ansetzte, den Zweck seines Besuchs zu erklären, betrat das Fräulein Tochter den Raum. Man hatte von ihrer Schönheit erzählt und dabei beileibe nicht übertrieben. Trotz eines schlichten Kleidungsstücks, mehr ein Kittel als ein Kleid, wie es schien, unter dem sie sichtbar kein Korsett trug, sah sie überaus reizvoll aus. Die schlanke, hohe Gestalt, das ebenmäßige Gesicht, die mandelförmigen Augen, die vollen Lippen und der Glanz des schwarzen Haares beeindruckten ihn. Wären da nicht ihre hellen blauen Augen gewesen, hätte man sie für eine Orientalin halten können. Von der Mutter hatte sie wenig Äußerliches, wenngleich auch die eine fesche Person war.

»Was darf ich Ihnen aufwarten, Herr Polizeiagent?«, fragte die Mutter. »Kaffee, Tee, Wasser oder vielleicht etwas Alkoholisches?«

»Vielen Dank, ein Glas Wasser vielleicht«, antwortete er und dachte an seine Reizblase, die ihn nach dem reichlichen Genuss von Kaffee, Tee oder noch schlimmer, Alkohol, an einen stillen Ort zwang.

»Aber setzen Sie sich doch.« Die Witwe stellte ein Glas Wasser auf den Tisch. Vom Kuchen bot sie ihm leider nichts an.

»Nun denn«, fing er an. Der Hut lag auf seinen eng aneinandergepressten Knien. »Gewiss hörten die Damen von dem grausigen Fund nach der Sprengung zur Errichtung der Gruft für die Familie des Thronfolgers.«

Die beiden Frauen nickten verhalten.

»Es ist nun die Aufgabe der geheimen Wiener Staatspolizei herauszufinden, wer dieses Kind dort hingebracht hat.« Die Mienen von Mutter und Tochter blieben regungslos. »Wir gehen in der Sache äußerst diskret und vertrauensvoll vor. Sie verstehen mich?«

Die Frauen blickten starr.

»Die Geburt hat sich nach unseren Schätzungen im späten Winter oder im zeitigen Frühjahr ereignet.«

Nach einem Moment der Stille erhob die Mutter ihre Stimme. »Sie möchten wissen, ob jemand heimlich ein Kind ausgetragen und tot geboren hat?«

»Die Vermutung liegt nahe, Gnädigste. Die Vergrabung unterhalb der Schlosskirche ist ein Rätsel und der Grund unserer Ermittlungen.« Er beugte sich vor, nahm einen Schluck Wasser und räusperte sich. »Leider wissen wir, dass es nicht tot geboren wurde, so wie man anfangs dachte. Es hat gelebt, ein paar Atemzüge lang. Die Sache ist also nicht einfach abzuhaken, schon gar nicht, wenn es sich beim Ort des Verbrechens um ein Schloss des Hauses Habsburg handelt.«

Er drückte den Rücken gegen die Sessellehne, griff in die Rockinnentasche und zog die Bilder heraus. »So sah das arme Kindlein aus, nachdem es die Bauarbeiter gefunden hatten. Die Sprengung hatte zwar die Ummantelung des Gemäuers zerstört, das Tongefäß, in das es gelegt worden war, hat den kleinen Leichnam beschützt. Bitte erschrecken Sie nicht. Der weiße Belag auf der Haut ist eine Ursache von Feuchtigkeit und fehlender Luftzufuhr.« Er breitete die vier Fotografien neben dem Wasserglas aus. Ein Zucken schien durch den Körper der Tochter zu gehen. Schon schöpfte er Hoffnung, doch dann lehnte sie sich zurück, seufzte leise und schüttelte das hübsche Köpfchen.

»Das Kind ist mir unbekannt«, sagte auch die Witwe tonlos. »Armes Wesen. Aber zum Glück sind alle Kinder, die wir in jenem Zeitraum zur Welt gebracht haben, wohlauf.«

»Bitte, schauen Sie genau hin«, insistierte Pospischil. »Die Tonscherben, die Decke, irgendetwas an den Gesichtszügen des Kindes, eine Ähnlichkeit mit jemandem, den Sie kennen.«

Beide Frauen beugten sich vor.

»Wie traurig, aber bedaure«, schloss die Ältere schließlich.

»Wie meine Mutter kann auch ich Ihnen nicht weiterhelfen. Es tut mir leid.«

Enttäuscht steckte Pospischil die Bilder zurück in die Rockinnentasche, nahm den Hut, stand auf, verabschiedete sich und setzte den Weg in der immer stärker herabbrennenden Sonne fort. Die Straße hügelabwärts, dann nach rechts und schon stand er vor dem winzigen Steinhäuschen der Familie des Schlosswarts Anton Walter. Die Ehefrau führte den Polizisten in eine kleine Küche, wo es zwar nicht nach Kuchen, dafür nach Speck und Käse duftete. Pospischil leckte mit der Zunge über seine Lippen. »Ich wollt nicht beim Essen stören.«

»Aber wo.« Die Frau stand vor dem Tisch, als wollte sie die Köstlichkeiten mit ihrer Leibesfülle vor ihm verbergen.

»Das ist der Herr von der Wiener Polizei. Weißt eh, Toni, es is wegen dem armen Kindl, des g'funden haben unterhalb der Kirche des Thronfolgers.« Der Schlosswart war dabei, sein Hemd zuzuknöpfen, und hielt in der Bewegung inne, als Pospischil zur Begrüßung den Hut lüftete.

»Geh her da«, murrte die Ehefrau und griff an die schmale Brust ihres Gatten, korrigierte flink die falsche Reihung der Knöpfe, bevor sie sich umdrehte, das hergerichtete Speckbrot auf dem Tisch in Papier packte und es in einen schwarzen Beutel steckte. Pospischil nutzte die eheliche Fürsorge für einen Rundblick. Es schien hier keine Kinder zu geben, vielleicht waren sie aber auch schon ausgezogen. Er schätzte das Ehepaar auf Mitte fünfzig. Düsternis herrschte in dem schmalen Gebäude aus Stein. Ein schattiger Ort, den er an diesem schwülen Tag durchaus als angenehm empfand. Das Gefühl, dass es nicht passend wäre, hier das Bild von dem toten Kind zu zeigen, hielt seine Hand in letzter Sekunde zurück, die gerade in die Innentasche greifen wollte.

»Ist Ihnen in den letzten Wochen oder Monaten etwas Ungewöhnliches aufgefallen im Schloss oder im Garten, Herr Walter? Jede Kleinigkeit könnte für die Polizei von Belang sein.«

Der Mann stopfte den Saum des Hemdes in die Hose und neigte den Kopf. »Unheimlichkeiten gibt's viele da.«

»Tatsächlich?« Pospischil dehnte seinen Rücken. »Was für Unheimlichkeiten?«

»Über dem Anwesen des Schlosses hängt ein Fluch.«

»Ein Fluch? Auf dem Thronfolger und seiner Familie? Fahren Sie fort.« Er hob eine Augenbraue.

Da zögerte der Schlosswart, seine Miene wurde hart. »Ich sage besser nichts mehr.«

»Mein Mann fühlt sich bedroht.« Frau Walter riss mit resoluter Stimme das Wort an sich.« Einmal ist ein Nachbar mit seinem Hund zum Schloss raufkommen, auf der ersten Stufe der Treppe beim Eingang zum Garten hat der Köter nicht mehr weiterwollen. Der Nachbar hat wild an der Leine reißen müssen. Beim Spuckbrunnen hat das Vieh dann zu jaulen ang'fangen, hat knurrt, sich duckt und dann is es fortg'sprungen, als wär der Leibhaftige hinter ihm her, ja und a anderes Mal, da war die Familie des Thronfolgers im Garten oben beim Schwimmbecken. Die Kinder haben g'spielt, auf einmal ist die kleine Fürstin Sophie wie erstarrt vor meinem Mann stehen blieben. Ganz entgeistert hat das Mädel in Richtung Schloss g'schaut. Als er sie g'fragt hat, was sie denn gar so erschreckt hat, da hat die kleine Fürstin mit vor Angst aufg'rissenen Äuglein g'flüstert, einen Geist hätt sie g'sehen.« Frau Walter schnappte nach Luft. »Böse G'stalten schleichen im Schloss und im Garten herum. Jemand, der sein G'sicht net zeigt.« Sie riss entrüstet die Augen auf. »Würd mi net wundern, wenn die G'schicht mit dem vergrabenen Kind etwas damit zu tun hätt.«

Pospischil wusste nicht recht, was er zu den drastischen Schilderungen der Frau sagen sollte, die Geschichte kam ihm seltsam vor und er wandte sich wieder dem schweigsamen Ehemann zu. »Was sagen Sie dazu, Herr Walter?«

Die Ehefrau hob trotzig das Kinn. »So sag dem Herrn von der Polizei, dass du Angst hast. Es ist ka' Schand, Angst zu haben.«

»Ja, bitteschön, reden Sie mit mir, Herr Walter.«

»Manchmal ist es schon unheimlich beim Schloss oben.« Herr Walter hob die Schultern. »B'sonders im Winter, wenn die Stürme durch die Wälder brausen und die Hoheiten in Wien oder in den Kronländern unterwegs sind. An solchen Tagen wandern Schatten umher. Ich muss ja allaweil schauen, ob alles in Ordnung ist, da gruselt's mi net selten.

»Was sind denn Ihre Aufgaben auf dem Schloss, Herr Walter?«

»Ich kümmere mich um alles Grobe, um den Garten, um die Ordnung im Schloss, um die Sicherheit der kaiserlichen Hoheiten.«

»Kam es schon mal zu einen Einbruch in das Schloss, Herr Walter?«

»Gott bewahre, nein, aber bei meinen Rundgängen ist es oft unheimlich. Wie meine Frau schon g'sagt hat.«

»Haben Sie verdächtige Personen gesehen, können Sie diese beschreiben?«

»Unerklärliches sehe ich manchmal und Geräusche, Schritte und Stimmen hör ich. Als ob aus dem Wald etwas käme, um uns Ahnungslose zu erschrecken.«

»Haben Sie mit jemandem über Ihre Beobachtungen gesprochen? Mit dem Gutsverwalter oder mit dem Kammermeister?«

Der Mann schüttelte den Kopf. »Sie würden mich auslachen.«

»Sagen S' meinem Mann bitte, er mög sich endlich dazu aufraffen, diese Vorfälle zu melden. Am End passiert dem Thronfolger oder seiner Familie was Schlimmes. Ewig würd ma uns Vorwürf machen, weil wir es verhindern hätten können.« Sie zeichnete mit der Hand Kreuze auf Stirn, Mund und Brust. »Was, wenn Spione umherschleichen, Attentäter, die dem künftigen Kaiser etwas antun wollen?«

»Also doch keine Gespenster.« Pospischil verbiss sich ein Schmunzeln.

»Mei Mann nimmt die Sicherheit der künftigen Kaiserfamilie sehr ernst. Da gibt es was zwischen Leben und Tod, des niemand sehen will.«

»Sie meinen das Unerklärliche.«

»Sie machen sich ja auch lustig über uns, wie die anderen!« Sie stemmte die Hände resolut in ihre breiten Hüften.

»Ich nehme Ihre Beobachtungen sehr ernst, Gnädigste«, erwiderte Pospischil beherrscht, »und werde dem nachgehen. Seien Sie unbesorgt.«

Als Nächstes besuchte Pospischil den Pferdeburschen, der bei einem Bauern untergebracht war und bei jeder Arbeit anpacke, die sich ihm böte, wie er sagte. Ein sympathischer junger Mann mit einem blonden Struwwelkopf, der den Schlosswart und seine Gattin als merkwürdig bezeichnete und weder von Schatten noch von anderen Auffälligkeiten berichten konnte.

Auf dem Rückweg wollte Pospischil den Gutsverwalter aufsuchen und zum Schluss ein weiteres Mal den Baron von Wald. Wenn auch diese beiden die mysteriösen Beobachtungen des Schlosswarts belächelten, würde es wenig Sinn haben, die Schattenspur weiterzuverfolgen.

Den Gutsverwalter traf er zum Glück auch zu Hause an. Pospischil trug ihm die Aussagen des Schlosswarts und seiner Ehefrau vor, woraufhin Franz Hahn in ein schallendes Gelächter verfiel. »Man erzählt sich in den Dörfern, die zwei sollen einem okkulten Zirkel angehören. Ich kenn mich da net so aus, hab auch wenig Kontakt mit den Leuten. Die zwa san a bisserl speziell, gehen nie ins Wirtshaus und in der Kirche sieht man sie auch nur zur weihnachtlichen Mette. Die angeblich so seltsamen Geräusche aus dem Wald kommen vermutlich von den jungen Leuten, die sich manchmal in der Abgeschiedenheit treffen, um sich heimlich ein bisserl näherzukommen, Herr Polizeiagent. Des is alles sehr menschlich, wenn man das sagen darf als aufrichtiger Christ. Gibt ja net viel Abwechslung da bei uns am Land. Verstehen S'?« Der Gutsverwalter grinste breit. »Vor Jahren ist der kleine Mann von einem Ackergaul gefallen und hat sich den Kopf g'stoßen. Seither sieht er Gespenster. Das dürfen S' net ernst nehmen, Herr Polizeiagent.« Er hob die Hand an seinen Federhut. »Aber jetzt muss ich weiter, hab zu tun. Habe die Ehre, Herr Polizeiagent!«

Müde machte sich Pospischil schließlich auf den Weg zum Herrenhaus des Barons von Wald. Da erinnerte er sich, dass er noch immer auf die Liste der Jagdgäste wartete.

Das Gartentor zum Herrenhaus stand offen. Pospischil querte den verwilderten Garten und betätigte den Türklopfer. Der Kammermeister öffnete wieder selbst und zeigte sich von dem unangemeldeten Besuch sichtlich gestört. Mit angespannter Miene meinte er, es passe gerade sehr schlecht. Doch Pospischil ließ sich nicht abschütteln und bat eindringlich um ein Wort. Schließlich wurde er achselzuckend vom Baron ins Haus geführt. Er kannte den Kammermeister bislang nur korrekt in Schwarz gekleidet. Heute bemerkte er deutliche Spuren von Nachlässigkeit an seiner Erscheinung. In seinem Gesicht wucherten Bartstoppeln, das Haar war zerzaust, der Kragen stand schief und auf der weißen Hemdbrust sah er einen gelben Fleck, wie von getrocknetem Eidotter. Ein scharfer Geruch hing in der Luft. Pospischil dachte an die Freifrau und da hörte er schon ihr Kreischen.

»Wo bleibst du denn, Adolf? Ich brauch dich!«

»Meine Mutter …«, stammelte der Baron. »Sie kann nichts mehr halten. Sie entschuldigen mich für einen Moment.«

Pospischil hob verwundert die Brauen. »Vielleicht wäre es doch besser, ein anderes Mal vorbeizukommen.«

»Jetzt sind Sie schon da. Warten Sie«, sagte der Baron und verschwand ins Nebenzimmer.

Ratlos blieb Pospischil im Vorraum stehen. Das Raunen nebenan konnte er zwar hören, allerdings kaum verstehen. Ein Scheppern folgte, als ob etwas aneinanderschlüge, dann ein Plätschern, ein knarrendes Geräusch, wie von sich öffnenden Fensterläden. War es möglich, dass der Baron das Malheur der alten Dame eigenhändig mit einem Kübel Wasser und einem Fetzen beseitigte? Pospischil schluckte und wäre gerne gegangen, doch da stand von Wald schon wieder vor ihm. Der Kragen war gerichtet, das störrische Haar geglättet, der gelbe Fleck auf der Brust durch eine schwarze Weste verdeckt. Eine qualmende Zigarre hing zwischen seinen Lippen. »Verzeihen Sie, dass ich Sie warten ließ. Unsere Hausdame musste wegen eines familiären Notfalls fort. Leider akzeptiert meine Frau Mutter keine andere blutfremde Person in ihrem Haus.« Er streckte seinen Rücken. »Was kann ich für die Wiener Polizei tun?«

Pospischil räusperte sich, erzählte stehend von den Beobachtungen des Schlosswarts und fragte geradeheraus. »Halten Sie es für möglich, Herr Baron, dass ein getötetes Neugeborenes mit Absicht vor der Sprengung unter die Schlosskirche gelegt worden war, um dem Thronfolger zu schaden?«

Der Baron runzelte die Stirn. »Setzen Sie sich doch«, sagte er. »Bitte, setzen Sie sich.«

»Ich will … will nicht lange stören«, stotterte Pospischil und dachte an die Freifrau nebenan.

»Bitte, nehmen Sie Platz«, insistierte der Baron mit starrer Miene.

Pospischil sank auf einen der an der Wand stehenden Sessel nieder. Von Wald zog einen weiteren herbei und nahm ihm gegenüber Platz, schlug ein Bein über das andere. Pospischil starrte auf die weißen Gamaschen an den schwarzen Halbschuhen des Barons.

»Verzeihen Sie meine Unhöflichkeit. Einen Kognak oder ein Glas Wein vielleicht?«

»Danke. Gar nichts. Bitte fahren Sie fort.«

»Nun denn.« Herr von Wald nahm einen Zug und blies den Rauch in Kringeln hinauf. »Wissen Sie, meine Mutter will nicht sterben, bevor ich ihr einen Enkel geschenkt habe.« Er lehnte sich zurück, verschränkte die Arme vor der Brust. »Was von unserem Geschlecht nach mir bleibt, ist ein morscher Stammbaum, etwas Grund und Boden, der immer weniger hergibt, sowie ein Herrenhaus, das langsam zerfällt.«

»Warum erzählen Sie mir das, Herr von Wald?« Pospischil rutschte auf dem Sessel hin und her.

Der Baron streckte den Rücken. »Jene Geräusche und Schatten, die der Schlosswart gehört haben will, könnten die Seufzer der Unglücklichen gewesen sein, Herr Geheimagent. Unglückliche wie ich, die ihre Bedürfnisse im Verborgenen auszuleben suchen.« Seine Augen verengten sich. »Verborgen vor den strengen Sittenwächtern. Verstehen Sie, was ich damit ausdrücken möchte?«

Pospischil hüstelte. Der Rauch der Zigarre kratzte in seinem Hals. »Ich bin nicht ganz sicher. Möchten Sie andeuten, dass in den Wäldern rund um das Schloss unmoralische Handlungen vor sich gehen? Das interessiert uns nicht. Aber wenn daraus ein Kind entsteht, das getötet wird, interessiert es uns sehr wohl.«

»Der Baron hob die schweren Lider. »Leidenschaften lassen sich nicht auf Dauer im Zaum halten und der Wald bietet Schutz vor der strengen Moral.« Er klemmte die Zigarre zwischen die Zahnreihen und hob beide Hände. »Haben Sie Verständnis für die Wallungen des jungen Blutes. Ständig mahnt man zur Beherrschung. Aber ist das gesund, frage ich Sie? Ich sage Ihnen, würde man da einmal umrühren, kämen Dinge zutage, die besser im Verborgenen bleiben.«

Pospischil brauchte einen Moment, um sich zu sammeln. »Herr von Wald, raten Sie mir gerade, die Ermittlungen um den Kindesmord einzustellen?«

»Wenn Sie ein Mann von Verstand sind, wissen Sie, was ich meine. Wie heißt es so schön, niemand ist ohne Sünde.« Er neigte den Kopf zur Seite. Die Zigarre landete mit festem Druck in einem goldenen Aschenbecher. Die Glut erlosch. »Es ist doch nur ein unbedeutendes Kind, das kaum einen Atemzug lang gelebt hat.«

Pospischil holte tief Atem. »Das Kind ist im Schloss des künftigen Kaisers von Österreich vergraben worden, Herr Baron. Nicht irgendwo im Wald. Wir haben der Sache nachzugehen.«

Der Kammermeister ließ die Schultern sinken. »Ich hätte Sie anders eingeschätzt. Vielleicht sollte ich mit Ihrem jungen

Kollegen, diesem Doktor Frisch sprechen. Ich denke, er könnte mich eher verstehen.«

Ein Lichtfunke flirrte über den traurigen Blick des Barons.

»Wir sind nicht von der Sittenpolizei«, krächzte Pospischil. »Mein Kollege wird ihnen auch nichts anderes sagen.«

Der Baron fuhr auf. »Ich muss wieder zu meiner Mutter.«

»Herr von Wald, Sie sind mir noch die Liste mit den Namen der adeligen Jagdherrschaften schuldig.«

»Lasse ich Ihnen zukommen«, raunte der Baron und wandte sich ab. »Sie finden den Weg nach draußen? Adieu, Herr Pospischil.«

Nach der unfreundlichen Verabschiedung verharrte Pospischil ratlos einige Minuten draußen auf der Straße. Die Hitze brannte durch den Stoff des Hutes auf seinen Schädel, der warme Wind blies ihm ins Gesicht. Er atmete tief durch, wusste nicht, was er denken sollte. Auf dem Weg zum Pfarrhaus grübelte er weiter über die Worte des Barons nach. Was sollte dieses Bitten um Verständnis für einen Kindesmörder? Was gingen ihn die sexuellen Neigungen dieses Mannes an? Oder wollte er jemanden schützen? Einen seiner frisch geadelten Gäste? Pospischil beschleunigte den Schritt. Als er schnaubend in der Pfarre angekommen war, suchte er nach Frau Anni. Zu gerne hätte er jetzt einen Kaffee mit ihr getrunken. Doch bedauerlicherweise war sie weder in der Küche noch in einem anderen ihm zugänglichen Zimmer anzutreffen. Vermutlich war sie beim Einkauf. Es wären nur ein paar Schritte bis zum Marktplatz, doch er war vom Marsch im flotten Tempo unter der warmen Sonne und vom vielen Nachdenken erschöpft. So schleppte er sich in seine Kammer, legte den Hut ab, streifte die Schuhe ab und ließ sich auf den Sessel vor dem Schreibtisch zum Ausruhen nieder. Seine Gedanken kamen jedoch nicht zur Ruhe. Pospischil spähte zur Uhr an der Wand. Frisch müsste längst vom Besuch beim Grafen von Wolkenstein zurück sein. Er seufzte. Rühren Sie nicht herum, hatte der Baron gesagt. Der Fall entwickelte sich komplizierter als gedacht. Er musste sich mit Frisch beraten. War ihm schon lange nicht mehr passiert, dass er nicht weiterwusste. Seine Lider schlossen sich. Die Atemzüge wurden gleichmäßiger. Da klopfte es gegen die Tür. Pospischil fuhr auf. »Es ist eh offen, Kollege«, rief er, doch es klopfte ein weiteres Mal. »Einen Moment bitte!«

Wenige Augenblicke später stand er in Socken vor der Pfarrersköchin. »Frau Anni! Was für eine Freude.« Er dehnte den Rücken. »Ich hab Sie überall gesucht. Wir wollten einen Kaffee zusammen trinken, sobald ich zurück bin.«

»Lieber Herr Polizeiagent. Als Wiener lieben Sie sicher die Walzermusik. Hätten S' Lust auf ein Tänzchen mit mir? Der Kaffee kann warten.«

Als Pospischil verwundert die Brauen hob, lachte die gute Frau und sagte: »Wissen Sie, der Herr Pfarrer ist nicht nur ein gottesfürchtiger Mann, er ist auch ein Kenner von Musik und wenn er die Bibel studiert, lässt er sich dabei gerne etwas vorspielen. Und wenn kein Orgelspieler verfügbar ist, dient ein Grammofon als Ersatz.« Mit sichtlicher Freude sprach sie weiter. »Wir haben sogar eine Aufnahme vom Johann Strauß.« Ihr Kinn hob sich. »Was sagen Sie dazu, Herr Agent?« Plötzlich wich sie zurück. »O Pardon. Ich stör Sie sicher bei der Arbeit. Schreiben Sie grad an Ihrem täglichen Bericht?«

Er grinste. »Sie stören überhaupt nicht, aber woher wissen S' denn, dass ich den Walzer so schätz, Frau Anni?«

»Ist nicht schwer zu erraten bei einem Herrn mit ausgezeichnetem Geschmack in vielerlei Hinsicht, wie mir scheint.« Ihr Blick glitt zu Boden. »Der Herr Pfarrer ist zu einem Hausbesuch geradelt. Wir wären also ungestört.«

»Wenn dem so ist, nehme ich das Angebot zum Tanz gerne an.«

Galant nahm er den Arm von Frau Anni und verschloss die Tür, da erst bemerkte er, dass er seine Schuhe ausgezogen hatte.

»O Pardon. Ich bitte Sie um einen Moment Geduld, Gnädigste.«

Rasch ging er zurück, schlüpfte in seine Schuhe, strich vor dem Spiegel das zerzauste Resthaar an den Schläfen glatt und schritt wenige Augenblicke später Seite an Seite mit der Pfarrersköchin die hölzerne Treppe abwärts und hinüber zur Kirche. Draußen vor der Eingangstür schnurrte die an das kühlende Gemäuer geschmiegte Katze in der warmen Sonne.

Leopold Frisch parkte das Automobil vor dem Pfarrhaus. Beim Aussteigen brannte nicht nur die Nachmittagssonne stark gegen seinen erhitzten Nacken, es drang Musik an seine Ohren. Wirkte der Alkohol so stark, dass er glaubte, einen Dreivierteltakt zu hören? Doch es war keine Fantasie. Neugierig folgte er den Klängen bis zur Schlosskirche. Er dachte an Proben für die bevorstehende Fronleichnamsprozession und öffnete die schwere Holztür. Doch zu seiner Überraschung fand er das mächtige Kirchenschiff verlassen vor. In hellen Streifen fiel das Licht durch die Glasfenster und warf bizarre Schatten über die Figuren aus Holz und Stein. Der Altar im Hintergrund lag im Dunkeln. Der süße Duft unzähliger Pfingstrosenblüten in goldfarbenen Vasen hing so schwer in seiner Nase, dass Frisch einen Moment die Luft anhalten musste, um nicht einem Schwindel anheimzufallen. Der Donauwalzer endete und begann nach einer kurzen Pause von vorne. Ein helles Lachen gesellte sich zu den Geigen und Bläsern. Die Töne wurden so gewaltig, dass Frisch für einen Moment fürchtete, eine Orgelflöte könne vom Balkon stürzen. Benommen fuhr er herum und starrte auf die verschlossene Tür zur Nebenkammer, der Sakristei. Dem Raum, wo vor Kurzem eine Verbindung zu dem Grab des toten Kindes entdeckt worden war. Vor seinem inneren Auge sah er das Kind vor sich, wie es lebte und sich glücklich an den Busen der Mutter schmiegte. Seine Rosi wäre eine wundervolle Mutter. Ein tiefer Seufzer entkam ihm. Wieder hörte er ein Lachen, dann eine tiefe männliche Stimme. Energisch griff er an den Türknauf, öffnete und sah die Pfarrersköchin im Arm des Polizeiagenten. Die rechte Hand des Chefs lag an ihrer Taille. Flott drehte sich das Paar im Kreis. Erstaunlich, wie sich das lädierte Kreuz vom Chef auf einmal elastisch im Dreivierteltakt streckte. Sein Blick tastete nach der Quelle der Musik und da bemerkte er ein Grammofon auf der an der Wand stehenden Kommode. Aus dem Trichter dröhnte die Musik. Das Gerät musste abgedeckt gewesen sein, als sie hier nach Spuren gesucht hatten. Es wäre ihm aufgefallen. Gewiss fünf Minuten lang stand er starr, bevor er bemerkt wurde.

»Frisch? Sie sind schon zurück?«

Wie glücklich sie ihn beide anlächelten. Er hätte nicht stören dürfen. »Ich … ich wollte berichten«, stammelte er.

»In einer halben Stund gibt's Abendessen!« Frau Anni löste sich lachend aus der Tanzhaltung.

»Lieber Frisch, Sie sollten auch öfters Walzer tanzen! Es entspannt.« Pospischil folgte seinem jungen Kollegen hinaus. »Am besten gehen wir hinauf in meine Kammer.«

Im Zimmer des Chefs setzten sie sich. Kein Wort verlor Frisch über den Tanz in der Sakristei und er hütete sich vor einer unpassenden Bemerkung.

»Fassen wir zusammen.« Pospischil griff in die schwarze Ledertasche und zog einen Packen Papier heraus. »Bericht vom ersten, zweiten und vom dritten Tag.« Seine Finger wühlten in den Unterlagen. »Der Schlosswart äußerte heute einen ersten Verdacht auf ein hinterlistiges Attentat gegen den Thronfolger. Aber der Gutsverwalter und der Baron schließen es aus, der Pferdebursche ebenso. Die halten den Schlosswart für verrückt.« Er senkte das Kinn. »Der Kammermeister versuchte abzuschwächen, in den Wäldern rund um das Schloss würden sich heimlich Verliebte treffen. Seine Erklärung für die Schatten, Schritte und Stimmen, von denen der Schlosswart gesprochen hatte. Schließlich bedrängte er mich, unsere Ermittlungen einzustellen, das Kind sei doch bedeutungslos. Unfassbar.«

Frisch riss die Augen auf. »Aber damit belastet er sich selbst.«

»Je mehr ich darüber nachdenke, desto mehr regt sich in mir der Verdacht, der Herr Baron könnte mit uns Katz und Maus spielen, damit wir die Nachforschungen einstellen oder in andere Richtungen lenken, oder was auch immer. Er sprach davon, selbst durch die Wälder rund ums Schloss zu streifen, um seinen Leidenschaften nachzugehen.«

Frisch nickte, obwohl er im Moment auch keine befriedigende Erklärung für das seltsame Verhalten des Barons hatte.

»Außerdem rückt er nicht und nicht mit den Namen der Geadelten heraus, die an der letzten Paradiesvogeljagd teilgenommen haben.« Pospischil seufzte.

»Sie meinen, Chef, er will jemanden von den Herrschaften schützen?«

»Möglich. Ich werde nicht schlau aus ihm. Sie müssen einmal allein mit dem Baron reden.«

Frisch schnalzte mit der Zunge. »Sie sind der beste Menschenkenner in der ganzen Monarchie. Was soll ich da noch ausrichten?«

»Hören S' auf mir zu schmeicheln. Das kann ich nicht leiden. Erzählen Sie mir lieber, was Sie beim Grafen von Wolkenstein herausgefunden haben.«

Frisch nickte. »Auch nicht viel. Das Gspusi mit dem Fräulein Franziska hat er nicht abgestritten. Gerne würde er sie heiraten, aber die Familie erlaube es nicht, ein Kind hätte er trotzdem gerne von ihr. Ein Freigeist, gefangen in Konventionen, wenn Sie mich fragen. Überhaupt scheint mir die Gesellschaft im Nibelungengau irgendwie verkehrt. Ein gräflicher Diener spaziert am helllichten Tag gemütlich durch die Gassen und der Vater des Grafen veredelt im Garten die Rosen für die Fürstin.«

Pospischil schüttelte den Kopf. »Seltsame Leute. Das ist mir auch schon aufgefallen. Morgen besuchen wir gemeinsam den Gutsverwalter. Vielleicht kann uns der eine Liste mit den Namen der frischgeadelten Paradiesvogeljägern aushändigen, dann fahren wir zu dem Landarzt aus Emmersdorf. Aber mit dem Automobil bittschön, und diese Franziska samt Mutter nehmen wir uns auch noch einmal vor, mein lieber Doktor Frisch. Vielleicht hat sich einfach ein geschwängertes Madel aus der Gegend an einem adeligen Herrn rächen wollen und deshalb das ungewollte Kind beim Schloss der kaiserlichen und königlichen Hoheiten vergraben. Andererseits, selbst wenn – der Bauch der Schwangeren müsste aufgefallen sein.«

»Befragen wir wieder gemeinsam?«

Pospischil schmunzelte, »jetzt gehen wir erst einmal runter in die Küche. Ich hab einen mächtigen Hunger.«

Wenig später servierte Frau Anni Rinderbraten mit Erdäpfelknödeln. Ein Rausch der Sinne, wie Pospischil nach wenigen Bissen feststellte. Genauso flaumig und edel wie bei seiner Schwester Gerti in Wien. Das Lob gab er an die Köchin weiter, den Vergleich mit seiner Schwester besser nicht. Der Herr Pfarrer gesellte sich nach zehn Minuten hinzu, wirkte jedoch fahrig, redete von den gestiegenen Lebensmittelpreisen und von den armen Leuten, die immer ärmer würden, im Gegensatz zum immer stärker aufgeblähten Beamtenstaat, der Kaiser sei einfach zu alt, es gebe keine Reformen. Pospischil hörte gar nicht richtig hin. Das Kätzchen sprang auf die Bank und legte sich schnurrend neben ihn. Gesättigt und zufrieden kraulte er seinen Kopf, und während er hinter vorgehaltener Hand gähnte, dachte er an das schöne weiche Bett oben in der Kammer. »Ich danke für Speis und Trank«, sagte er schließlich und wollte sich zur Nacht verabschieden, da riss Frisch, der die ganze Zeit geschwiegen hatte, die Diskussion mit unerwartet lauter Stimme an sich.

»Herr Pfarrer, erzählen Sie uns doch von den ledigen Frauen im Ort. Ich denke, es ist sehr wahrscheinlich, dass dieses tote Kind aus einer unehelichen Verbindung stammt.« Zwar sprach er zum Pfarrer, doch die ganze Zeit über fixierte er die Pfarrersköchin mit einem Blick, für den ihn Pospischil am liebsten geohrfeigt hätte.

»Die jungen Leute respektieren die Gebote, und wenn doch einmal die Liebe zu ungestüm gewesen sein sollte, dann wird das Aufgebot schon einmal in aller Eile bestellt«, konterte Hochwürden schmatzend, ohne von seinem Braten aufzublicken. »Da sind wir nicht so streng.«

»Es kann doch nicht sein, dass eine Schwangerschaft hier auf dem Land unbemerkt bleibt«, schoss Frisch scharf zurück.

»Was mein Kollege eigentlich wissen möchte«, versuchte Pospischil zu besänftigen. »Hat sich vielleicht eine junge Frau über eine Zeit lang vor der Öffentlichkeit versteckt? Ist eine länger nicht zum Kirchgang erschienen?«

Hochwürden hob den Kopf, schien nachzudenken. »Ich glaub, die kommen alle brav zur heiligen Messe. Nicht wahr, Frau Anni?«

Die Pfarrersköchin nickte. »Ja, alles gottesfürchtige Kirchgänger.«

Pospischil seufzte. »Wir kommen einfach nicht weiter.«

»Gute Nacht!« Frisch stand auf und verließ die Küche. Die Katze hob das Köpfchen und spitzte die Ohren.

»Kein Grund zur Beunruhigung, Kätzchen.« Pospischil streichelte über den Rücken des Tiers. Sofort schlossen sich die Lider der Katze wieder.

»Vielen Dank für das gute Essen und ich möchte mich für das unhöfliche Benehmen meines Assistenten entschuldigen«, murmelte Pospischil, nachdem sein Kollege gegangen war. »Ich weiß nicht, was mit ihm los ist.« Pospischil schickte sich an, seinen Teller in die Abwasch zu stellen, doch Anni hielt ihn zurück. »Ich kann den Ärger Ihres jungen Kollegen verstehen. Da wird ein Kind gefunden und keinem will es gehören. Das geht ans Herz.«

»Ich kann ihn auch gut verstehen«, sagte Hochwürden und stand gähnend auf. »Aber jetzt bin ich müde und ziehe mich in meine Kammer zurück. Schauen wir morgen weiter. Guten Abend.«

»Guten Abend, Hochwürden.« Pospischil stand auf.

»Ich war nie verheiratet«, sagte Frau Anni, als sie alleine waren, »aber verlobt. Möchten Sie meine Geschichte hören, Herr Pospischil?«

»Unbedingt, fahren Sie fort.« Er setzte sich wieder.

Sie atmete tief durch. »Er war ein einfacher Soldat der Reserve und die Liebe meines Lebens. Nach einer Übung ist er nicht mehr zurückgekommen.« Sie senkte den Kopf. »Ich war im vierten Monat, als mich die Nachricht seines Todes erreichte. Ein Unfall irgendwo in der Fremde. Meine Eltern in Melk gingen vor Schand nicht mehr vor die Tür. Wegg'laufen bin ich und aus Verzweiflung wär ich fast in die Donau«, sie seufzte tief, »in letzter Sekunde hat mich der Herr Pfarrer Nemec zu sich g'nommen, ohne viel zu fragen.«

»Frau Anni, das ist ja furchtbar.« Er griff nach ihrer eiskalten Hand.

»Es … es war Winter«, fuhr sie stockend fort, »hab mich schrecklich verkühlt. Wenige Tage später hab ich das Kind verloren. Der Barmherzigkeit von Hochwürden bin ich ewig dankbar und seither kümmere ich mich in der Pfarre um alles und hab mir geschworen«, sie hielt inne und holte Luft, »bis an mein Lebensende der Pfarre zu dienen.«

»Ich verstehe Sie sehr gut und ich sehe auch, wie Sie versöhnt sind mit Ihrem Schicksal. Das ist mehr, als die meisten Menschen je erleben dürfen.«

Sie nickte mit Tränen in den Augen. »Ich hab letztlich auch meinen Eltern verzeihen können. Mutter ist letztes Jahr gestorben, gleich nach dem Vater.«

Er griff nach ihrer Hand. »Ich danke für Ihr Vertrauen und ich werde meinen Kollegen bitten, rücksichtsvoller zu sein.«

»Aber nein.« Sie hielt ihn am Ärmel fest. »Bitte nicht. Nur Ihnen habe ich mich geöffnet. Ihnen und dem Herrn Pfarrer. Weil Sie beide wahre Menschen sind.«

»Ich versichere Ihnen, mein Kollege ist nicht minder ein wahrer Mensch als ich. Es ist die Sehnsucht nach seiner Ehefrau, die ihn quält und ihn momentan zu einem Verhalten hinreißen lässt, das sonst nicht seine Art ist. Wissen S', er glaubt, dass Sie den Schlüssel zu der versteckten Kellertür in der Sakristei vor uns verbergen.«

»Das stimmt ja auch, Herr Pospischil. Gewissermaßen.« Sie sah ihn erschrocken an. »Nach dem tragischen Tod des hochwürdigen Pfarrers Nemec und der Übermalung der Holztür war der Schlüssel zu der Tür eigentlich nutzlos, aber es gibt ihn noch und er hängt im Flur bei den anderen.«

»Sapperlot!« Er runzelte die Stirn, »da hätt ma ja die Tür gar net aufbrechen müssen.«

»Hätten S' mich halt g'fragt danach.« Frau Anni zog ein Schnoferl.

»Ach, Gnädigste. Jetzt bin ich schon so lange im Polizeidienst, und da denk ich nicht an das Naheliegende.«

Sie senkte die Lider. »Ich helfe Ihnen, wo ich nur kann, Herr Geheimagent.«

»Sagen S', wenn der Schlüssel im Flur hängt, haben doch viele die Möglichkeit, ihn an sich zu nehmen.«

»Wie man es nimmt. Wir sind ein offenes Haus.«

»Ach du liebe Güte.«

»Ich hätt ihn besser weggeworfen, nicht wahr?« Sie hob die Brauen.

Er tätschelte ihre Hand. »Sie können wirklich nichts dafür. Wer sollte denn auf so etwas kommen? Ein Kind da unten zu vergraben?«

»Möchten S' a Schnapserl zur Beruhigung?« Ihr Blick wurde wieder weich.

»Aber nur einen einzigen. Ich brauch morgen einen klaren Kopf.«

Wenig später klopfte er an die Tür seines jungen Kollegen im Obergeschoß.

»Lieber Kollege Frisch, ich wollt ihnen vor dem Schlafengehen noch sagen, dass die Gesellschaft der Frau Anni für mich wie die Erinnerung an eine vergangene Jugend ist. Ihre charmante Heiterkeit lässt mich a bisserl wie der Mann fühlen, der ich früher mal gewesen bin.« Er seufzte. »Sie wissen, wie zufrieden ich in Wien mit meiner Schwester bin, und das möchte ich auch gar nicht mehr ändern. Aber wenn Sie in Ihrer Rosi auch nur annähernd das sehen, was ich in Frau Anni in manchen Momenten sehe, dann halten Sie sie fest und lassen S' des Madel nie mehr los. Das wollte ich Ihnen noch sagen vor dem Schlafengehen.«

»Sie haben recht, Chef. Ich sollte Ihrer Menschenkenntnis vertrauen.«

»Das sollten Sie, Kollege. Das sollten Sie.«

»Gute Nacht, Chef.«

»Noch etwas muss ich Ihnen erzählen.« Er stieß einen kehligen Lacher aus.

»Die Umstände, um in den Keller der Sakristei zu gelangen, hätten wir uns sparen können. Der Schlüssel zu der versteckten Tür hängt im Flur des Pfarrhauses. Wir hätten bloß die Frau Anni fragen müssen.«

»Was?« Frisch krauste die Stirn. »Den Schlüssel könnte also irgendwer unbemerkt genommen haben?«

»Genau, das ist das Dilemma. Gute Nacht, lieber Kollege, schlafen Sie gut. Morgen schau ma weiter.«

KAPITEL 18

Mittwoch, 2. Juni 1909, Artstetten

Hermine hatte sich nach dem Abendbrot in die Kammer zurückgezogen. Die mit Mehl und fetter Wurst eingedickte Suppe war ihr nicht gut bekommen. Nun lag sie auf dem Bett in der Kammer und krümmte sich unter Bauchkrämpfen. Mit einem heftigen Rülpser hoffte sie sich Erleichterung zu verschaffen, doch stattdessen stieg eine brennende Säure den Hals hinauf. Hermine beugte sich über die Kante, spie in den Nachttopf und warf sich stöhnend zurück. Mit dem Ärmel reinigte sie sich von den Resten des Erbrochenen an ihren Lippen. Dann starrte sie mit hinter dem Kopf verschränkten Armen an die Decke. Der Geschmack im Mund war grauslich. Ein Stück Brot könnte Linderung verschaffen. Doch in die Küche wollte sie nicht, solange die Brüder dort saßen, so blieb sie liegen, schnalzte mit der Zunge und dachte an die Franzi. Die schöne perfekte Franzi und ihre Mutter. Wie die geschwollen redeten. Gerade so, als ob sie von höherer Geburt wären. Ja, fleißig waren sie in ihrem Gewerbe. Geld hatten sie auch genug. Die Nasen trugen die zwei höher als die Gattin des Thronfolgers. Hermine mahlte mit den Kiefern. Der Graf von Wolkenstein würde die Franzi trotzdem nie zum Weib nehmen. Nie! Nie! Nie! Sie boxte gegen das Laken. Warum hatten es die anderen immer besser als sie? Erneut stieg Säure ihren Hals hinauf und sie spuckte den Schleim in den Nachttopf. Bestimmt war was dran an den Gerüchten über unerlaubte Schwangerschaftsabbrüche in ihrem Haus. Ob sie die zwei anzeigen sollte? Jetzt, wo Polizei aus Wien hier war? Dann kämen s' ins G'fängnis, die schöne Franzi und ihre hochnäsige Frau Mutter. Da würden s' schön schauen, das Protzen würde ihnen vergehen. Hermine drehte sich zur Seite und drückte ihr Gesicht in das Kissen. Vielleicht versagte die Franzi bei ihrem Hebammenexamen, dann dürft sie nie praktizieren. Hermine zog hämisch die Mundwinkel hinauf. Dass sie der Mutter schon jetzt zur Hand ging, war sicher auch net erlaubt. Der Herrgott würde sie bestrafen für ihre Sünden. Bestimmt.

Hermine schwelgte so in ihren Gedanken, dass sie die schweren Schritte auf den Holzdielen erst hörte, als es direkt neben ihr knarrte. Zu spät, um zu fliehen oder sich zu verstecken.

»Mei Schatzi, mei Prinzessin.« Schwielige Hände packten ihre Waden, schoben den Saum des Kleides hinauf und drückten die Beine auseinander. Im nächsten Moment lag das Gewicht des Bruders auf ihr. Hermine hechelte nach Luft.

»Mei Schatzerl.« Nach fettem Essen riechendes Keuchen schlug ihr ins Gesicht. »Bleib still, Schwesterchen.« Das Bett quietschte. Sie schloss die Augen und versteifte sich.

Aus der Küche hörte man das Schlagen der Töpfe und Pfannen. Mutter war beim Abwasch, wollte nicht hören, was in der Kammer nebenan vor sich ging. Ein einziges Mal hatte sie gewagt, über die körperlichen Angriffe der Brüder zu klagen. Mehr hatte sie nicht gebraucht. Das Gezeter der Mutter dröhnte noch in ihrem Ohr. »Ich kann deine Lügen nicht mehr hören. Geh mir aus den Augen und bete ein Vaterunser, damit dir deine Sünden vergeben werden.« Hermine würgte. Der schwere Körper ließ von ihr ab, dicke Finger knöpften die Hose zu. Als er gegangen war, nutzte sie die Gelegenheit, sprang vom Bett und stürmte geduckt nach draußen. Vorbei an der Küche, dem Vater, der Mutter und dem zweiten Bruder, bevor der auch noch zu ihr kam. Draußen peitschte ein warmer Südwind gegen das Fensterglas. Ihre Wangen glühten, ihre Tränen trockneten nicht.

Franziska Buls horchte in die Stille des Hauses. Ein kräftiger Wind rüttelte an den Fensterläden. Nach dem Abendessen mit der Mutter hatte sie sich mit dem Vorwand, Kopfweh zu haben, in ihre Kammer zurückgezogen. Zu aufgeregt war sie, um belanglose Konversation zu führen, zu erregt, um über den ereignislosen Tag zu plaudern. Graf von Wolkenstein erwartete sie abends am heimlichen Plätzchen im Wald hinter dem Schloss. Am Vormittag hatte er den Diener zu ihr geschickt. Hinter einem Gebüsch hatte er gelauert und war auf sie zugeschlichen, gerade, als sie beim Gartentürl mit dem Besen den rötlichen Staub gekehrt hatte, der seltsamerweise überall zu liegen kam. Aussprechen wolle sich der Herr von Wolkenstein bei Einbruch der Dämmerung mit ihr. Geflüstert, nein wie eine Schlange gezischelt hatte der Diener, verschwörerisch war sein Blick hin und her gehetzt. Dabei war um diese Tageszeit eh niemand auf der Straße zu sehen gewesen. Wie ein Befehl hatte die scheinheilige Bitte des Grafen aus dem zischelnden Mund des Dieners geklungen. Dass sie ablehnen könnt, hatte der feine Herr Graf wohl nicht in Betracht gezogen. Sie seufzte. Schließlich hatte sie zugesagt, damit er endlich verschwand, der unangenehme Mensch. Wahrscheinlich wusste es eh schon der halbe Ort. Sie war das Liebchen des schönen Grafen von Wolkenstein. Eine schamhafte Hitze schoss in ihren Nacken. Franziska atmete schwer. Sie war ihm noch immer bös, gleichzeitig wusste sie, dass sie ihn wenig später im Wald mit rasendem Herzen und glühenden Wangen erwarten würde. Sollte man je am Glück umkommen können, ihr könnte es geschehen. Ihr Herzschlag raste, als ob er geradewegs durch die Brust springen wolle. Franziska konnte den Blick nicht von der Wanduhr lösen. Die singende Stimme der Mutter aus der Küche wurde leiser. Welch süße, sehnsuchtsvolle Ungeduld in ihr brodelte. Endlich hörte sie das gewohnte Knacksen über die Treppe, die Mutter war auf dem Weg in die Schlafkammer. Vielleicht würde sie noch ein wenig im Kerzenschein lesen. Das Haus verstummte. Draußen brauste der Wind auf. Als sie im Schein verblassender Sonnenstrahlen den Schlüssel leise im Schloss drehte und die Haustür öffnete, fröstelte es sie. Das warme Lüftchen, das nachmittags in den Büschen des Gartens die Blätter gestreichelt hatte, war zum schneidenden Sturm herangewachsen. Franziska zog die Schultern hoch und den Hut tiefer in die Stirn. Ihr Liebster wartete an jenem Plätzchen des himmlischen Glücks. Keine Zeit für eine Umkehr, keine Zeit, ein wärmendes Tuch zu holen. Kein noch so dramatisches Wetter hätte sie davon abhalten können, der Liebe zu folgen. Forschend blickte sie zum Fenster hinauf. Dunkel lag das Zimmer der Mutter. Sie zitterte und bebte, als sie den verborgenen Pfad hinter dem Haus in Richtung Wald einschlug. Ihre Füße in den flachen Lederschuhen glitten über den Boden. Mit den aufziehenden Wolken schwand das Abendlicht, Dunkelheit griff um sich. Der Wind zerrte an ihrem Hut und an dem Zopf, der straff gebunden bis zur Taille baumelte. Zwischen den Stämmen, unter den dichten Kronen, gähnte ihr eine tobende Schwärze entgegen. Ein Knistern und Knacksen hinter ihr ließ sie herumfahren. Einen Moment lang fühlte sie sich verfolgt und beobachtet. Ein diffuses Gefühl wie seit einigen Tagen schon. Angst packte sie. Doch es war niemand zu sehen. Sie hob die Arme schützend über den Kopf, tastete mit entschlossenen Schritten weiter über das raschelnde Laub. Selbst blind vermochte sie jene Stelle zu finden, allein mit der Sehnsucht ihres Körpers. Alles würde sie ihm verzeihen, bloß keine Abweisung in dieser stürmischen Nacht. Sie sehnte sich nach seinen Berührungen, seinem Atem, seiner Stimme, seiner Stärke, dem bitter männlichen Duft seiner Haut. Der Kummer schien mit einem Schlag vergessen. Wie der Anblick ihres Liebsten Wange an Wange mit der eleganten Baronesse am Kaffeehaustischchen. Franziska presste die Zähne zusammen. Irgendwann würde die Erinnerung an die Schmach verblassen. Sie erschauderte unter einem tiefen Seufzer. Gewiss gab es eine Erklärung, sicher hatte sie nur falsch interpretiert. Er konnte nur eine wahrlich lieben. Seit dem ersten Moment, als sie ihm in die Augen geblickt hatte, wusste sie es. Damals im Garten des Schlosses oben beim Pavillon neben dem Schwimmbecken. Erste trockene Blätter im Wasser. Goldenes Glitzern über den weichen Wellen. Hinter ihr das heitere Kinderlachen der Fürstenschar. Graf von Wolkenstein stand in der Wiese neben dem Mammutbaum und redete mit dem Thronfolger. Wortfetzen trug es an ihr Ohr. Der Schlosswart rief ihr zu, sie solle die Liegestühle für die durchlauchtigsten Hoheiten aus dem Pavillon neben dem Becken holen. Da drehte er seinen Kopf in ihre Richtung, seine hellen Augen weiteten sich, als er sie bemerkte. Wie in Trance wollte sie die verlangten Stühle zu den Herrschaften tragen. Doch der Schlosswart riss ihr die Last aus den Händen. Zu kurz währte der Besuch des Grafen an jenem Sommertag auf Artstetten. Wie sie später in einem vertrauten Moment von Walter erfahren hatte, war der Inhalt des Gesprächs mit dem Erzherzog der Kampf gegen die Holzschädlinge gewesen. Der Graf beschäftigte sich äußerst intensiv mit den Wäldern und allem drum herum, kein Schädling gegen das kaiserliche Holz war vor seiner Hartnäckigkeit sicher. Ein neues Mittel zur Vernichtung der Käfer war besprochen worden. An jenem besonderen Tag im Schlossgarten von Artstetten.

»Walter?« Sie war fast da. Zu früh. Wie immer. Ihr Liebster würde gleich auf seinem schwarzen Hengst den schmalen, sich bergabschlängelnden Weg zwischen den hohen Tannen herabgeritten kommen. In zitternder Erwartung tastete ihr Blick zwischen die wogenden Gipfel. Doch es kam kein Mann hoch zu Ross. Keine Hufschläge, kein Schnauben, kein Beben des Bodens unter ihren Füßen, kein Geruch warmer Pferdeflanken. Stattdessen vernahm sie herbeieilende Schritte. Oder war es nur Einbildung? Franziska verengte die Augen und blinzelte in die Düsternis. Das Geäst knarrte, der Sturm brauste, aus dem Dickicht ringsum stieg ein Knistern und ein Knacksen. Erschrocken wich sie zurück. Etwas bewegte sich auf sie zu, eine Gestalt, die jener von Wolkenstein nicht weniger ähnlich sein hätte können. Sie schloss für einen Moment die Augen, um den trügerischen Schattenbildern zu entfliehen. »Walter?«, rief sie erneut. Es war eine Täuschung. Ihn, nur ihn erwartete sie. Niemand sonst wusste von dem Treffen. Vom ergebenen Diener abgesehen. Eine Verirrung der Sinne trübte ihren Blick in der erregenden Erwartung. Da schwang ein Ast an einem ausholenden Arm geradewegs auf sie zu. Aus der Ferne erklang der heisere Schrei eines Nachtvogels. Der Schmerz zog sie nieder. Der salzige Geschmack von Blut traf ihre Zunge. Doch sie rappelte sich auf und stellte sich.

KAPITEL 19

Donnerstag, 3. Juni 1909, Artstetten

Baron von Wald hatte schlecht geschlafen. Möglicherweise war ihm gestern ein dummer taktischer Fehler unterlaufen. Dabei hatte er sich eine so schöne Geschichte für den alten Agenten aus Wien ausgedacht. Damit endlich die verdammte Schnüffelei aufhörte. Doch in seiner Ungeschicklichkeit hatte er sich vermutlich nur selbst verdächtig gemacht, ohne sein Ziel erreicht zu haben. Verdammt noch einmal, er brauchte Ruhe, um seinen Geschäften weiter nachgehen zu können. Seine Kiefer mahlten. Zugegeben, der Ort der Bestattung war außergewöhnlich. Er konnte es sich auch nicht erklären, wie jemand auf die Idee kommen konnte, einen ungewollten Säugling ausgerechnet im Park des Habsburger-Schlosses zu verscharren. In den Wäldern war doch Platz genug. Viele ungewünschte Kinder wurden einfach irgendwo vergraben. Niemanden kümmerte das. Selbst die Kirche nicht, waren es doch Ungetaufte. Das Herumschnüffeln der Geheimpolizei in seinem Revier konnte er jedenfalls nicht gebrauchen. Es fehlte noch, dass seine heimlichen Geschäftsbeziehungen dabei aufgedeckt wurden. Erst recht, nachdem der Freudenthal ihn hier besucht hatte.

Er könnte alles verlieren. Von Wald stampfte zornig auf. Und dann noch das Misstrauen des Hausverwalters im Genick, die beleidigende Kontrolle seiner Einträge in den Büchern. Er war nicht dumm. Der Hahn hatte ihn im Visier. Da fiel ihm ein, dass die geheime Polizei auf die Namen der Jagdgäste aus dem letzten Jahr wartete. Achselzuckend griff er zu einem Blatt

Papier. Wenn er sich weiterhin weigerte, machte er sich erst recht verdächtig.

»Adolf, komm her. Ich brauch deine Hilfe!«

Seufzend legte er die Feder zur Seite und ging zu seiner Mutter in den Salon.

KAPITEL 20

Donnerstag, 3. Juni 1909, Artstetten

»Scho wieder Post für die Wiener Polizei.« Frau Anni übergab Frisch zwei unterschiedlich große Kuverts. Frisch beugte sich vor, nahm das Brotmesser und öffnete die Umschläge mit einem Ruck. Im kleineren Umschlag lag ein einzelnes Blatt, offensichtlich die Namensliste der Frischgeadelten, die an der Paradiesvogeljagd im letzten Jahr teilgenommen hatten. An das Ende des Blattes hatte der Baron tatsächlich einen Klecks Wachs mit dem Siegel seiner Familie gedrückt. Die Namen der üblichen Jagdgäste des Thronfolgers konnte er jedoch dem Schreiben nicht entnehmen. Frisch seufzte und schob das Papier zurück. Dem größeren Kuvert entnahm er ein Telegramm, dessen Botschaft er rasch überflog. Der Chef wurde umgehend in das Wiener Polizeiinstitut beordert.

Was das wohl zu bedeuten hatte, fragte sich Frisch. Als er aufblickte, stand Pospischil in Hosen, Hemd und mit vom Kopf abstehenden Haarsträhnen vor ihm.

»Sapperlot, wir haben verschlafen, Kollege.«

»Wir müssen nach Wien, Chef.«

Pospischil kratzte sich am Kopf. »Was ist mit Wien?«

»Hier, eine Depesche, ein Telegramm vom Polizeiinstitut.« Frisch schob die Post über den Tisch. »Und ein Schreiben vom Baron von Wald. Endlich hat er die Liste mit den Frischgeadelten geliefert. Die anderen Jagdgäste hat er allerdings vergessen.«

»Na so was.« Pospischil sank auf den Sessel. »Die Frischgeadelten sind eh wichtiger.« Er griff nach einem leeren Wasserglas. »Ich hab einen Brand, könnt eine ganze Regentonne austrinken.« Aus dem Krug goss er klares Wasser und labte sich mit großen Schlucken. »Wenigstens sparen wir uns einen weiteren Besuch beim Verwalter.«

»Guten Morgen, meine Herren. Gut geschlafen?« Frau Anni lachte. »Der Kaffee ist a bisserl abgekühlt. Soll ich frischen kochen?«

»Nicht notwendig, danke, Frau Anni«, sagte Frisch. »Und verzeihen Sie bitte meine gestrige Unfreundlichkeit. Ich hatte einen schlechten Tag.«

»Guten Morgen, liebe Frau Anni. Entschuldigung. Wir haben verschlafen.« Der Chef hüstelte.

Die Pfarrersköchin stellte die Kaffeekanne auf den Tisch und wandte sich mit einem gemurmelten »schon gut« ab.

»Wenn wir uns beeilen, sind wir zu Mittag in Wien.« Frisch freute sich.

»Ich, Kollege, muss nach Wien. Sie bleiben da.« Pospischil faltete das Telegramm, nachdem er es gelesen hatte, und stand auf.

Frisch fühlte einen Knoten im Hals. Die Hoffnung, noch heute seine Rosi in die Arme zu schließen, war dahin.

»Wann fährt der nächste Zug in die Reichshauptstadt, Frau Anni?«, fragte der Chef.

»Wenn ich mich nicht irre, fährt in einer knappen Stunde von Pöchlarn ein Zug«, ertönte die tiefe Stimme von Pfarrer Dorn. In schwarzer Soutane mit weißem Kragen füllte seine breite Gestalt die offene Tür. »Sie frühstücken aber spät, meine Herren«, setzte er nach.

»Es ist unverzeihlich, Hochwürden, ich weiß, und dabei haben wir so viel zu tun. Ich muss sofort nach Wien.«

»Sie verlassen uns?« Die Pfarrersköchin fuhr herum.

»Ich komme wieder. Es dauert bestimmt nicht lange.« Pospischil lächelte.

»Warten Sie, ohne Essen lass ich Sie net gehen.« Mit flinken Händen stellte sie einen Teller mit einem aufgeschnittenen und mit Erdbeermarmelade gefüllten Gebäck auf den Tisch. »So setzen Sie sich halt noch einmal nieder. Es ist ja no a bisserl Zeit, bis der Zug fährt.«

»Sie haben recht. Danke, Gnädigste.« Pospischil schlürfte den Kaffee und stopfte das Kipferl in den Mund. »Aber jetzt muss ich wirklich. Frisch, Sie vergessen nicht auf den Baron von Wald, gell? Sie müssen mit dem reden.« Er war schon bei der Tür hinaus, da drehte er sich noch einmal um. »Und bittschön, immer höflich bleiben.«

Frisch verkniff sich die Erwiderung, die ihm auf der Zunge lag.

»In fünfzehn Minuten bin ich vor der Tür. Kommen S', starten Sie Ihr Automobil.«

Frisch seufzte. »Bin schon auf dem Weg.«

Wenig später chauffierte Frisch seinen Vorgesetzten bis Klein-Pöchlarn an der Donau. Frau Anni hatte ihm den Fahrplan der Fähre gegeben. Zum Glück kam sie pünktlich. Frisch begleitete Pospischil auf dem eisernen Boot bis zum Bahnhof von Pöchlarn. Mit hastigen Schritten trug er auch noch die schwarze Ledertasche bis zum Schalter in dem einstöckigen Gebäude. Die Fahrkarte war rasch gekauft und die Quittung für das Institut entgegengenommen. Nach einer kurzen Orientierung auf dem Bahnsteig hörte man das Schnauben und Rattern der herannahenden Lokomotive. Die Luft war erfüllt von einem Gemisch aus Rauch, Dampf und heißem Öl. Frisch half Pospischil beim Einsteigen über die wackelige Eisentreppe.

»Danke, Doktor Frisch. Habe ich Ihnen schon gesagt, wie froh ich bin, dass ich Sie hab?«

Frisch lächelte. »Ich weiß es zu schätzen, Chef.«

Pospischil griff mit der Hand an seinen Hut. »Servus und morgen sehen wir uns wieder. Ich lass Ihnen ein Telegramm zukommen, sobald ich weiß, mit welchem Zug ich zurückkomme.«

»In Ordnung, Chef. Ich hole Sie wieder vom Bahnhof ab.«

Wenig später setzte sich die dampfende Lok ruckend in Bewegung. Pospischil fand einen bequemen Platz am Fenster eines leeren Abteils. Nachdem er die Tasche über dem Sitz verstaut hatte, genoss er die Aussicht in die liebliche Landschaft des Nibelungengaus. Sanfte Berge, die Gemäuer verlassener Burgen an felsigen Höhen, Weinreben in sattem Grün auf hängenden Terrassen, Bauernhäuser mit mächtigen Dächern, dazwischen immer wieder emporragende Kirchtürme. Kurz vor Melk sah er in der Ferne Staubwolken über einer Baustelle. Ah, dachte er, die Bahnverbindung durch die Wachau bis Krems. Die Fertigstellung der Trasse war für Ende des Jahres geplant, wusste er aus der Zeitung. Pospischil dachte an die kleine Figur aus Stein, die im letzten Sommer bei Willendorf auf der Schaufel eines Arbeiters gelandet war. Ein den Grabungen beiwohnender Wissenschaftler hatte den Wert der Figur sofort erkannt. Der Dame wurde ein steinzeitliches Alter zugeschrieben. Ein Glück, dass der Direktor der prähistorischen Sammlung des Wiener Hofmuseums solche Entdeckungen im Land unterhalb der Enns vorausgesehen hatte, sinnierte Pospischil mit müden Lidern. So war eine Delegation angereist, um die Grabungen für die Bahngleise und Bahnhäuschen entlang der Donau zu beobachten. Pospischil grinste beim Gedanken an die Abbildung der riesigen hängenden Brüste in der *Wiener Zeitung*, doch dann verfinsterte sich seine Miene. Denn gleichzeitig tauchte das mit Wachs überzogene Gesicht des toten Säuglings in Artstetten vor seinen Augen auf. Das Kind war keine Figur aus Stein, es hatte gelebt und geatmet. Pospischil presste die Kiefer aufeinander und lehnte seinen Hinterkopf mit einem Seufzer gegen die Rückenlehne. Dann musste er wohl kurz eingenickt sein, denn irgendwann in einer der nächsten Stationen schreckte er auf, als einige Passagiere zustiegen und in seinem Abteil der Platz eng wurde. Reserviert richtete er den Blick aus dem Fenster. Das Rumoren störte seine Ruhe. Erst als eine Gruppe von Uniformierten an der schnaufenden Lok vorbeiritt, schenkte er den Mitreisenden Aufmerksamkeit. Ein schräg vor ihm sitzender älterer Herr, der sich bemüßigt sah, eine jüngere Dame mit auffallendem Hut dicht neben ihm über das militärische Spektakel aufzuklären.

»Das ist das vierundachtzigste Infanterieregiment. Die reiten nach einer vierwöchigen Lagerperiode in Bruck wieder nach Krems zurück. Das stand heut im Kremser Regionalblatt«, sprach er in nasalem Tonfall. »Der Kaiser Allerhöchstselbst hat sich zur abschließenden Inspizierung bei der Kaserne angekündigt. Der Monarch wird eine Gefechtsübung vornehmen, bei der ein bosnisches Jägerbataillon gegen die vier Bataillone des vierundachtzigsten Regiments manövrieren soll. Vermutlich erwarten die Offiziere gerade die Ankunft des Jägerbataillons aus Bosnien.«

»Danke herzlichst für die Information«, sagte Pospischil und nickte dem Herrn freundlich zu.

Die Dame neben ihm griff mit der behandschuhten Hand an ihren Mund und rief spitz: »O der Kaiser Allerhöchstselbst! Wo?«

Pospischil musterte unauffällig die Strohblumen auf dem Hut des Fräuleins, bevor er sich wieder dem Regiment draußen auf dem Feld widmete. Neugierig starrten nun auch die anderen beiden mitreisenden Männer im Abteil zum Zugfenster hinaus, wo der voranreitende Stabsoffizier gerade den Arm zum Befehl des Stillstehens hob. Vom alten Kaiser jedoch keine Spur. Leider setzte sich der Zug in Bewegung, so verschwand das farbige Bild der blauen Uniformen auf braun glänzenden Pferderücken rasch aus dem Blickfeld.

»So fesch sind unsere Soldaten in den blauen Röcken mit den goldfarbenen Knöpfen, und erst die Helme und die Säbel«, schwärmte die junge Dame, wobei sich ihr langer Hals dem Spektakel hinterherreckte. »Jö, gar so prächtige Uniformen.«

Pospischil lächelte milde. Der ältere Herr erklärte daraufhin der Dame in ausschweifender Rede die Bedeutung der Adjustierungs- und Ausrüstungsstücke der österreich-ungarischen Infanterie, worauf diese bald mit Gähnen hinter vorgehaltener Hand ihre Ermüdung zeigte.

Nach St. Pölten übermannte Pospischil erneut der Schlaf. Er lehnte den Kopf gegen die Stütze und döste mit dem gleichmäßigen Ruckeln des Waggons wieder ein. Bald hörte er das Gerede im Abteil nur mehr dumpf, irgendwann weckte ihn ein Schaffner in Uniform, um seine Fahrkarte zu kontrollieren, kurz darauf sah er wieder ein wenig zum Fenster hinaus, bis er erneut einnickte. Als er durch das laute Pfeifen der Lokomotive aus dem Halbschlaf erwachte, fühlte er sich nicht nur angenehm erfrischt, zudem stellte er fest, dass es nicht mehr weit bis zum Westbahnhof war. Pospischil stand auf und zog seine Tasche mit dem Hut darauf aus der Ablage. Dann strich er über sein schütteres Haar, setzte den Hut auf, rückte die verrutschte Brille zurecht und dehnte sich ächzend. Dem Rücken hatte das lange Sitzen gar nicht gutgetan. Der ältere Herr war mit der hübsch behüteten Dame bereits hinaus auf den Gang getreten. Nach dem Aussteigen verlor er die beiden sofort aus den Augen. Kurz grübelte er, ob es sich um Vater und Tochter handeln könnte oder doch, wie es sein anfänglicher Verdacht war, um ein amouröses Pärchen. Mit einem kurzen Lächeln erinnerte er sich an seine eigenen, immer schwächer werdenden körperlichen Bedürfnisse, bevor er sich wieder voll auf den Auftrag konzentrierte. So rasch wie möglich musste er mit dem Oberinspektor diese angeblich so dringende und delikate Angelegenheit klären, die offenbar nicht einmal mittels Telegramm zu kommunizieren war. Er wollte zurück nach Artstetten, zu Frau Anni und ihrer hervorragenden Küche. Obwohl, auf die Gerti, seine Schwester, freute er sich auch.

KAPITEL 21

Donnerstag, 3. Juni 1909, Artstetten

Nachdem Frisch seinem Chef am Bahnhof von Pöchlarn nachgewunken hatte, nahm er die Fähre und fuhr mit dem Wagen zurück zum Pfarrhaus. Für einen Besuch beim Baron schien es ihm zu früh. So ging er auf sein Zimmer, ordnete Notizen und schließlich legte er sich rücklings auf das Bett. Er brauchte jetzt ein paar Minuten zum Nachdenken, bevor er sich den weiteren Ermittlungen widmen würde. Überlegend, was Pospischil gemeint hatte, als er ihn bat, den Baron aus der eitlen Reserve zu locken, döste er ein. Nach wenigen Minuten weckten ihn Geräusche. Schlaftrunken fuhr er auf und lauschte einem Hämmern und Klopfen. Die Bauarbeiten für die Gruft des Thronfolgers, vermutete er. Seufzend erhob er sich und verließ das Pfarrhaus Richtung Schlosskirche. Tatsächlich traf er auf den Baumeister und seine Helfer, die Ziegel für das Gewölbe der Gruft stapelten. Frisch blieb stehen und grüßte, als die Männer die Arbeit unterbrechen wollten, deutete er mit der Hand, sie sollten weitermachen. Er wollte beobachten, nicht reden. Ein menschliches Wesen, verletzlich und hilflos, war hier umgekommen. Ein gemeinsames Kind würde seine Liebe zu Rosi krönen, kam ihm in den Sinn. Sie würden es mit Liebe überschütten und dennoch konsequent sein, wenn es darum ging, Werte zu vermitteln, auch wenn die seinen vermutlich nicht gänzlich mit denen von Rosi übereinstimmten. Sie war ehrgeizig wie ein Mann, wollte einem Beruf nachgehen, selbständig sein. Manchmal wurde ihm angst und bang ob ihres

Ehrgeizes. In der politischen Gesinnung waren sie sich ähnlicher. Ja, sie würden einem Kind ein Leben in einer glücklichen Familie bieten können. Mit einem tiefen Atemzug dachte er an die Semmeringer Idylle seiner Mutter und verglich seine Kindheit mit dem groben Elternhaus von Rosi. Ihr hatte es an mütterlicher Zärtlichkeit gefehlt. Auch zum leiblichen Vater, den Pfarrer von Groissenbrunn, hatte sie keinen Kontakt mehr, seit sie vor zehn Jahren von dem heimlichen Verhältnis der Mutter mit dem Geistlichen erfahren hatte. Der Ehemann und Stiefvater hatte sich daraufhin erhängt. Vielleicht war die verworrene und beschämende Familiengeschichte die Ursache für ihr starkes Bedürfnis nach Selbständigkeit. Frisch hustete, als der Staub der Baustelle zu ihm herüberwehte. Sie tat weh, die Sehnsucht in seiner Brust. Er wollte nach Hause, nach Wien, zu seiner Rosi und sie fest in die Arme schließen. Ja, er wollte immer für sie da sein und sie beschützen vor dem Bösen in der Welt.

Eine Stunde später stand er vor dem Herrenhaus in der Schlossstraße. Sein Blick streifte über die an vielen Stellen abblätternde gelbe Fassadenfarbe des gewiss über zweihundert Quadratmeter geräumigen Gebäudes. Der selbstgefällige Kammermeister konnte in diesem brüchigen Palast mit seiner Mutter bestimmt in jedem Raum Walzer tanzen, während in Wien Eltern mit oft bis zu fünf Kindern in winzigen Wohnungen ihr Auskommen finden mussten. Er hob die Hand zum Türklopfer, einem Löwenkopf aus Eisen, und zuckte gleich zurück, denn die schwere Holztür öffnete sich umgehend. Als hätte jemand mit der Hand am Türknauf gelauert. Das Gesicht einer älteren Frau erschien. Eine weiße Haube drückte ihr graues Haar nieder. Auch sie zuckte vor ihm zurück, offenbar gleichermaßen überrascht.

»Pardon, liebe Frau«, sagte er, »ich bin von der Wiener Geheimpolizei und möchte Herrn Baron von Wald sprechen.«

»Entschuldigen S', der Herr.« Ihre Miene erhellte sich. »Ich bin vor wenigen Minuten mit dem Zug aus Melk kommen, bin no ganz durcheinander. Wissen S', i war bei meiner Familie a paar Tag. Und jetzt geht da alles drunter und drüber.« Sie stieß einen Seufzer aus. »Kommen S', die Herrschaft sitzt beim Mittagessen.« Sie winkte ihm, weil er keine Anstalten machte, ihr zu folgen. »Kommen S' bitte weiter. Ich bring Sie in ein Zimmer, wo Sie warten können, bis die Gnädigsten fertig gegessen haben, oder wollen S' lieber im Garten unter den Rosen warten?« Mit dem gestreckten Arm deutete sie über das kurz geschnittene Gras einer Wiese bis zu einer auf einer leichten Anhöhe thronenden Laube aus blühenden weißen Rosen. Zwei filigrane Sessel aus Metall und ein Tischchen glänzten golden im milden Sonnenschein.

»O, unter den Rosen, das wäre wunderbar an einem Tag wie heute.« Frisch lächelte. »Ich warte gerne draußen, gute Frau.«

»Ich sag dem Herrn Baron Bescheid.« Die Dienstmagd schloss mit einem Lächeln die Tür.

Frisch setzte sich auf einen der Sessel, überschlug ein Bein, verschränkte die Arme, ließ das Kinn gegen die Brust sinken, schloss die Augen und lauschte dem Gesang der Vögel, dem Rascheln der Blätter in den umliegenden Baumkronen und dem Ruf eines Kuckucks aus den Wäldern. Da kühlte plötzlich ein Schatten seine von der Sonnenwärme liebkosten Wangen. Frisch hob den Kopf. Baron von Wald stand in schwarzer Montur vor ihm.

»Grüß Sie Gott, Herr Doktor. Hat Ihr Vorgesetzter tatsächlich ausgerichtet, was ich ihm angeraten hab?« Der Baron ließ sich neben ihm nieder.

»Wie bitte?«, fragte Frisch.

»Na, den Rat, mir seinen jungen und aufgeschlossenen Kollegen zu schicken. Nach dem Gespräch hab ich mir gedacht, der Herr Agent beherrsche den Konjunktiv vielleicht nicht ausreichend. Wissen Sie, was es heißt, ein Bild mit Worten zu malen?«

Frisch zog die Stirn in Falten.

Der Kammermeister winkte ab. »Sicher wissen Sie das, weil Sie ein gelehrter Mann sind. Ein Konjunktiv beschreibt das Mögliche, das Begehrliche, er beschreibt nicht die Tatsache. Nicht von mir selbst hab ich zu Ihrem Kollegen gesprochen, sondern von den armen Sündern im Allgemeinen.«

»Baron von Wald«, erwiderte Frisch, durch die hochmütigen Worte des Kammermeisters gegen seinen Vorgesetzten gereizt, »ein Kind wurde getötet, das ist kein Kavaliersdelikt, wenn Sie das andeuten möchten. Mit Konjunktiv oder Indikativ. Es geht um Mord.«

»Gewiss. Da gebe ich Ihnen recht.« Der Baron verzog keine Miene. In süffisantem Tonfall fuhr er fort. »Töten ist immer unwürdig. Doch liegt eine gewisse Differenz zwischen einem ausgewachsenen arbeitsfähigen Menschen und einem gerade erst geborenen.«

»Das Strafrecht unterscheidet nicht, Baron.«

Herr von Wald seufzte. »Ich sehe, wir zwei kommen auch nicht weiter.« Er beugte sich vor. »Sagen S' mir, wie viel verdienen S' an der Seite dieses Herrn Pospischil? Sind Sie sein Assistent oder gar noch in Ausbildung?« Sein Mund verzog sich zu einem Grinsen. »Mit Ihrer Bildung, mit Verlaub, da hätten Sie andere Möglichkeiten.«

»Wie bitte?«

Der Baron hob das Kinn. »Bei uns in Artstetten, auf dem Schloss des künftigen Kaisers. Bedenken Sie, wie wichtig dieser Standort erst sein wird, wenn der alte Kaiseronkel nicht mehr ist.«

»Wollen Sie mich beeinflussen, gar bestechen, Herr Baron?« Frisch presste seinen Rücken gegen die harte Eisenlehne des zunehmend unbequem werdenden Gartensessels.

»Beamter können S' auch außerhalb der Polizei werden, als Hofberater Seiner Kaiserlichen Majestät.« Walds Augen verengten sich und funkelten im Sonnenlicht gelblich. »Besser entlohnt würden Sie am Hof des neuen Kaisers allemal. Sind Sie schon verheiratet? Möchten Sie eine Familie gründen?«, wisperte er schmallippig. »Hier bei uns hätten es Ihre Kinder und auch die Frau Gemahlin weitaus angenehmer als in der lauten und stinkenden Stadt.« Er blies ihm grauen Rauch ins Gesicht.

Frisch verschlug es die Sprache, Schweiß trat auf seine Stirn. Er wich zurück, wollte erwidern, dass der Herr Baron sich nicht weiter bemühen solle, weil er geradlinig und unbestechlich sei, doch seine Stimme versagte. Plötzlich fuhr ein schriller Schrei durch die Rosenbüsche. Frisch und den Kammermeister riss es von den Sesseln.

KAPITEL 22

Donnerstag, 3. Juni 1909, Wien

Unverzüglich nach dem Verlassen des Bahnhofsgebäudes durch das von steinernen Säulen gesäumte Ausgangstor stieg Pospischil in einen der auf ankommende Reisende wartenden Fiaker. In der Berggasse 41 bezahlte er die Gebühr und ließ sich eine Quittung geben. Das Polizeiagenteninstitut lag im milden Sonnenschein des Nachmittags, als er eintrat und in den ersten Stock hinaufging. Dabei bemerkte er, wie sich durch die Bewegung die Steife in seinem Rücken nach dem langen Sitzen langsam lockerte. Dafür begann er zu schwitzen. Mit seinem Taschentuch wischte er über Stirn und Nacken, bevor er an die Tür des Vorzimmers des Oberinspektors klopfte. Die junge blondgewellte Dame hinter dem schmalen Schreibtisch war informiert und geleitete ihn weiter zu ihrem Vorgesetzten, der ihn uniformiert und mit sichtbarer Erregung begrüßte. Die rechte Hand zwirbelte am Schnauzbart, einzelne Haare standen waagrecht von der Wange ab. Ein Zeichen besonderer Angespanntheit, wusste Pospischil und war auf der Hut.

»Guten Tag, Herr Oberinspektor. Was gibt es Dringendes, das nicht warten konnte?« Pospischil entblößte sein Haupt und sank mit leichtem Keuchen auf den gepolsterten Sessel vor dem Schreibtisch nieder.

»Berichten Sie die Ermittlungsergebnisse«, kam es forsch aus dem Mund des Oberinspektors.

Nach ein paar Schlückchen aus einem Glas Wasser, das

freundlicherweise bereitstand, erzählte er ruhig und mit einer gewissen Breite über die Vorkommnisse in Artstetten.

»Da höre ich keine Ergebnisse heraus«, drängelte der Oberinspektor. »War es nun ein hinterlistiger Angriff gegen unsere Monarchie oder nicht?«

»Pardon, aber welcher ist nun der dringende Anlass meiner Zurückbeorderung nach Wien?«, insistierte Pospischil. »Die Recherchen vor Ort bedürfen noch ein wenig Zeit. So schnell geht das nicht.«

»Pospischil, wir haben diese Zeit nicht.« Das Barthaar drehte sich durch seine zwirbelnden Finger. »Ich muss Sie über einen unangenehmen Vorfall unterrichten.«

Pospischil horchte auf.

»Es betrifft den Baron Adolf von Wald«, presste der Oberinspektor mit einem Seufzer hervor, »den Kammermeister des Erzherzogs. Wie Sie vermutlich wissen, ist die Familie von Wald in Artstetten alteingesessen, angeblich schon mit dem Vater des Thronfolgers eng verbandelt gewesen. Tradition und Heimatboden. Sie verstehen?«

Er nickte.

»Dieser Baron von Wald genießt das Vertrauen des Erzherzogs«, fuhr der Oberinspektor fort. »Nun ist aber eine Anzeige eines gewissen Freiherrn von Freudenthal bei der Wiener Sicherheitswache eingegangen.« Seine nervöse Hand zwirbelte und zwirbelte. »Es kommt noch schlimmer. Der Mann hat sich unmittelbar nach der Anzeigenerstattung in seiner Wohnung erhängt. Der tragische Suizid steht vermutlich im direkten Zusammenhang mit dem Mord von Unbekannt an seinem Sohn, der sich vorgestern in Währing ereignet hat. Nun, der Mann kann zu seiner Anzeige gegen Baron von Wald also nicht mehr befragt werden. Sehr unangenehme Sache. Der Militäradjutant und mit ihm die gesamte Sicherheitsabteilung ist voller Sorge. Wie es scheint, läuft alles in Ihrem Artstetten zusammen.«

»In meinem Artstetten?« Pospischil protestierte. »Worum geht es denn in der Anzeige?«

Der Oberinspektor ließ die Schultern sinken und beugte sich zu seinem Mitarbeiter vor. Endlich lösten sich seine Finger von dem malträtierten Schnauzbart. »Passen S' auf, hören S' genau zu.« Er verfiel in einen Flüsterton, als hätten die Wände Ohren. Pospischil hatte Mühe, ihn zu verstehen.

»Der Kammermeister Seiner Hoheit, des Thronfolgers, wird der Erpressung und des Betrugs beschuldigt. Da, lesen S'.« Der Oberinspektor reichte ihm ein Blatt Papier.

Pospischil griff zu, rückte die verrutschte Brille zurecht und überflog den Text. »Sapperlot. So etwas hätte ich in der Tat nicht erwartet.«

»Dieser Baron Adolf von Wald ist sozusagen der Schatten des Thronfolgers während seiner Aufenthalte im Schloss Artstetten«, fuhr der Oberinspektor fort. »Wir können den Mann nicht einfach in Gewahrsam nehmen ohne stichhaltige Beweise für seine Schuld. Wir müssen zuerst der Sache auf den Grund gehen. Aber diskret, äußerst diskret. Da vertrau ich ganz auf Ihre Erfahrung.«

»Wollen Sie mir vorschlagen, die Anzeige durch diesen Freiherrn unter den Teppich zu kehren, Herr Oberinspektor?«, unterbrach Pospischil. »Das ist nicht recht.«

»Wir kehren gar nichts unter dem Teppich«, donnerte es zurück. »Nehmen Sie Haltung an.« Er klopfte mit der Faust auf den Tisch. »Jeder Anzeige muss selbstverständlich nachgegangen werden. In diesem Fall noch einen Hauch diskreter als sonst. Sie sind der Spezialist für derartige Fälle, verdammt noch einmal. Muss ich einem Mann mit Ihrer Erfahrung tatsächlich das Prozedere erklären?«

Pospischil straffte den Oberkörper. »Darf ich den feinen Herrn Baron also zu der peinlichen Anzeige befragen oder nicht?«

»Wollen Sie mich reizen?« Der Oberinspektor krauste die Stirn.

Pospischil hob abwehrend die Hände. »Keineswegs. Verzeihen Sie. Bitten fahren Sie fort.«

»Warum, glauben Sie, habe ich Sie unverzüglich nach Wien beordert? Meine Menschenkenntnis sagt mir, bei dem Baron ist nicht alles sauber, der könnte das vielleicht schon einmal gemacht haben. Finden Sie heraus, ob diese kriminelle Handlung stattgefunden hat, und vor allem, finden Sie heraus, ob es ein Einzelfall ist. Diese seltsamen Jagdgesellschaften im Park des Schlosses, die der Freiherr in seiner Anzeige beschreibt, sollen seit Jahren stattfinden. Weiters gibt er an, dass es sich bei den Herrschaften allesamt um hohe Beamte aus den Ministerien in Wien handelte. Vor Kurzem pensionierte Beamte. Vermutlich eine Art von Vorauswahl durch den Kammermeister für einen Beraterstab des künftigen Kaisers. Wir wissen nicht, ob es dazu Absprachen mit Franz Ferdinand gegeben hat.« Der Oberinspektor zupfte am Kragen seiner Uniform. »Mit seinem Adjutanten der Militärkanzlei im Belvedere haben wir schon Rücksprache gehalten. Der weiß von nichts.« Der Oberinspektor schnappte nach Luft. »Pospischil, die Sache ist ernst. Wenn der Baron nicht ganz eigenmächtig gehandelt hat, die mutmaßlichen Erpressungen sozusagen unter den duldenden Augen des Erzherzogs geschehen wäre, wäre Feuer am Dach. Und wenn der Kaiser erfährt, dass ein Vertrauter seines Neffen in dessen Garten kriminelle Handlungen provoziert hat, gibt es eine Staatskrise. Als hätte unser Monarch nicht schon genug Kummer mit der Familie.«

»Und wenn der Kammermeister von Artstetten bei der Vorauswahl im Auftrag des Kaisers handelt?«, dachte Pospischil laut nach. »Vielleicht sucht unser Monarch nach heimlichen Beobachtern für seinen Nachfolger.«

»Was? Der Baron von Wald als Spion für den Kaiser? Undenkbar!« Der Oberinspektor schüttelte den Kopf, doch Pospischil sah ihm an, dass er über das Gesagte nachdachte. War es wirklich völlig von der Hand zu weisen? Die Konkurrenz zwischen Onkel und Neffe war kein großes Geheimnis.

»Wir sind am Recherchieren, der Doktor Frisch und ich. Wir werden die Wahrheit herausfinden, Herr Oberinspektor.«

»Das höre ich gern. Schauen Sie sich in Wien bei den Neugeadelten um. Finden Sie heraus, wer noch nach Artstetten zu diesen Lustjagden eingeladen worden ist. Versichern Sie den Herrschaften dabei aber absolute Diskretion.«

»Keiner braucht sich vor einer polizeilichen Anzeige fürchten, verstehe ich Sie richtig, Herr Oberinspektor?«

»Sie verstehen mich richtig. Sollte sich die Schuld des Baron von Wald herausstellen, werden wir die Fakten dem Polizeipräsidenten vorlegen. Vermutlich würde dann die Staatsanwaltschaft gemeinsam mit der Militärkanzlei des Thronfolgers entscheiden, wie weiter vorzugehen ist, ohne dass die Ehre des Hauses Habsburg auch nur im Ansatz besudelt wird. Die freie Presse haben wir im Griff und die lokalen Blätter werden sich hüten, aus Artstetten zu berichten. Die Keule des Ausnahmegesetzes ist seit dem Fall Victor Adler gewiss noch in Erinnerung. Niemand wird die Einstellung eines Schundblatts wegen Volksverhetzung riskieren wollen. Die Sicherheit der kaiserlichen Familie hat wie immer oberste Priorität. Finden Sie heraus, wer in Artstetten unser Feind ist. Nur was man kennt, lässt sich besiegen.«

»Wenn ich mir eine erste Beurteilung der Lage in Artstetten erlauben dürfte, Herr Oberinspektor, so würde ich meinen, die

Monarchie ist im Nibelungengau noch ungefährdet. Viel mehr als anderswo im Reich. Bislang ist mir dort keinerlei Missgunst gegen das Kaiserhaus untergekommen.«

»Ja, aber das tote Kind unter dem Schloss ist real, oder nicht? Meinen Sie, es gibt da einen Zusammenhang mit der Affäre Wald?«

Pospischil hob das Kinn. »Dieser Fall gibt uns in der Tat große Rätsel auf. Ich denke jedoch, das Motiv liegt ganz woanders. Im Kleingeistigen sozusagen.«

»Kleingeistig. So, so. Na ja, das wäre eine akzeptable Erklärung. Aber es muss einen Grund für die Wahl des sehr speziellen Bestattungsortes gegeben haben. Das passt alles nicht zusammen.«

»Wir werden den Zusammenhang herausfinden, Herr Oberinspektor.«

»Ich bitte darum. Wenn möglich, bevor Seine Kaiserliche Hoheit, der Thronfolger in sein Sommerschloss zurückkehrt. Das soll bald geschehen, wie mir zugetragen wurde. Der Erzherzog wolle den Fortschritt der Grufterrichtung in etwa acht Wochen inspizieren. Das wissen wir aus seiner Militärkanzlei. Also, es pressiert. Haben wir uns verstanden, Pospischil?«

»Jawohl, Herr Oberinspektor.« Pospischil zog den Kopf ein. »Da ist aber noch etwas.«

»Was denn noch?«

»Mit Verlaub, finden Sie nicht auch, dass der Doktor Frisch, wo er nun zwei akademische Abschlüsse in der Tasche hat, eine Beförderung verdienen würde? Ich dachte dabei an meine Position, da ich doch bald in den Ruhestand …«

»Papperlapapp.« Der Oberinspektor richtete sich auf. »Von Ruhestand möchte ich nichts hören. Ein paar Jährchen will ich Sie noch behalten. Verstanden?« Ein verschmitztes Lächeln huschte über sein Gesicht. »Allerdings gebe ich Ihnen recht,

Entomologie und Pathologie ist eine hochinteressante Kombination. Sie erinnern sich sicher noch, wie ich anfangs gegen die Einstellung dieses Jungakademikers an unserem Institut gewesen bin. Aber er hat sich bewährt, wirklich fleißig, der Doktor Frisch, und gar net so theoretisch und unpraktisch wie befürchtet. Tatsächlich hab ich mir vor Kurzem Gedanken zu seiner Zukunft bei uns gemacht. Ein kluger Kopf wie er könnte eine eigene Abteilung zur Erforschung von unnatürlichen Todesfällen etablieren. Aber, sagen Sie dem Kollegen einstweilen noch nichts. Ich bitte Sie.«

»Selbstverständlich, Herr Oberinspektor.«

»Sehr gut. Sind wir jetzt durch?«

»Ähm. Da wäre noch etwas.«

»Was denn noch?« Die Wangen des Vorgesetzten färbten sich dunkel. »Die Zeit drängt.«

»Wie gehen wir vor, wenn der Baron von Wald unser Kindesmörder ist?«

»Um Gottes willen! Wie kommen S' denn auf so was?« Der Oberinspektor griff wieder in seinen Schnauzbart.

»Herr von Wald hat mir gegenüber verdächtige Andeutungen gemacht.«

»Was für verdächtige Andeutungen?«

»Er sprach von seinen harmlosen, dennoch unmoralischen Handlungen und drängte uns massiv, die Ermittlungen einzustellen.«

»Was sagen Sie?« Der gedrahtete Schnauzer des Vorgesetzten zuckte. »Ein k. u. k. Kammermeister mit schlechter Moral und vielleicht auch noch ein gesuchter Kindsmörder?« Seine Augen schienen aus den Höhlen zu treten. »Sind Sie wahnsinnig?«

Pospischil zuckte zurück. »Nicht ich, bittschön. Der Herr Baron. Mit Verlaub.« Abwehrend hob er beide Hände. »Ich bin nur der Bote.«

»Wollen Sie damit andeuten, unser verehrter Thronfolger schenkt einem Sittenverbrecher und Mörder sein Vertrauen? Man würde den Erzherzog der mangelnden Menschenkenntnis und schwachen Führungskompetenz beschuldigen! Hat unser Thronfolger es nicht eh schon schwer genug neben dem Kaiser? Bestimmt haben Sie da etwas falsch verstanden. So etwas ist unvorstellbar.«

»Was soll i machen, wenn mir der Mann ungefragt so was erzählt. Ich hab es bestimmt nicht erfunden.«

»Vergessen S' das auf der Stelle.« Seine Faust schlug auf den Schreibtisch. »Sie haben da etwas falsch verstanden.«

»Zu Befehl, Herr Oberinspektor. Schon vergessen.«

»Die Staatsfeinde werden immer erfinderischer in der Untergrabung der Moral unseres Volkes. Kein Tag vergeht, an dem die Sicherheitswache nicht irgendwo grauenhafte Propagandablätter konfisziert«, lamentierte der Oberinspektor. »Wo Hass gesät wird, gibt es bald Krieg. Unsere Aufgabe ist es, solche Entwicklungen rechtzeitig aufzuspüren und eine weitere Untergrabung der Sicherheit zu verhindern. Machen Sie sich an die Arbeit und zeigen Sie Ihrem jungen Kollegen, wie man eine Ermittlung ordentlich und in diesem Fall auch äußerst diskret zu Ende bringt.«

Die Unterredung war zu Ende. Pospischil grüßte zackig und ging. Doch vor dem Besuch der in Wien wohnhaften Frischgeadelten würde er sich ausruhen müssen. Nicht nur die Müdigkeit nagte, auch der Hunger. Mit leerem Magen konnte er sich nicht konzentrieren. Obwohl die kurze Strecke auch zu Fuß bewältigbar gewesen wäre, stieg er bei der Rossau in eine Droschke und ließ sich in die Lange Gasse in der Josefstadt kutschieren, wo ihn seine Schwester Gerti herzlich in der gemeinsamen Wohnung empfing.

»Ist des a Freud.« Ihre starken Arme drückten ihn an ihre Brust. Er atmete den vertrauten Duft nach Seife und das zart nach Lavendel riechenden Eau de Cologne hinter ihren Ohren ein.

»Komm rein, ich hab was Gutes auf dem Herd stehen.« Bei diesen Worten ging ihm das Herz auf. Er hob lachend die Nase und schnupperte in die Stube. »Gulasch?«, fragte er freudig.

»Erdäpfelgulasch mit Debrecziner, Hansi.«

»Die scharfen ungarischen?«, strahlte er.

»Genau die. Knackfrisch vom Markt.«

Er küsste Gerti auf beide Wangen. »I bin so müd von der Bahnreise und die Unterredung im Institut hat mi ang'strengt. I leg mi nach dem Essen a Stund nieder, wenn's dir recht is. Dann muss ich wieder los und arbeiten.« Er löste sich aus der Umarmung. »Wo ist denn die Labrador?«

»Deine Hündin hab ich leider in die Schlafkammer sperren müssen. Weißt, wie die unfolgsam reagiert, wenn du net da bist. Auf mich hört sie leider no immer net.«

»Aber geh, Gerti. Wie oft hab ich dir schon g'sagt, du musst wie ein General mit einem Hund reden. Befehle musst geben, net immer herzig herumpalavern wie mit an Säugling.«

Mit einem Seufzer legte er Hut und Gehrock an der Garderobe ab und ging durch die kleine Wohnküche bis zur Schlafkammer. Schon hörte er leises Winseln. Als er öffnete, kam ihm Labrador schwanzwedelnd und sichtlich erfreut entgegen. Er tätschelte ihren Kopf und die Flanken. »Du bist jetzt brav bei Fuß«, sagte er und konnte sich der aufsteigenden Tränen der Wiedersehensfreude nicht erwehren. »Und hör auf die Gerti. Sie ist eine gute Seele. Du musst Geduld mit ihr haben.«

Als er mit der Hündin in die Wohnküche zurückkehrte, ließ er sich auf der Holzbank nieder. Labrador legte sich zu seinen Füßen, den Kopf auf die Pfoten gebettet.

Gerti würdigte die Hündin keines Blickes und rührte in dem Topf aus hellem Email, den er ihr letztes Jahr zu Weihnachten geschenkt hatte. Seither verwendete sie das edle Geschirr beinahe täglich.

»Erzähl mir von Artstetten. Ist es wirklich so schön wie auf den Bildern in der Zeitung?«

»Ach, Gerti, ich würde dich so gerne dorthin mitnehmen. Artstetten würde dir gefallen. Die Anlage ist ein Kunstwerk. Nicht nur das schöne Schloss mit seinen Zwiebeltürmen würde dich begeistern, auch der Park mit den alten Kastanien, den Pfingstrosen und dem Gartenteich. Dort könnt ma stundenlang flanieren und die Natur beobachten. Sogar ein Becken gibt es im Freien zum Baden und einen Pavillon. Dort hängen unzählige ausgestopfte Tierköpfe mit Geweihen und Liegemöbel zum Ausruhen stehen herum. Leider nur für die kaiserliche Familie. Unsereiner muss sich mit hundert anderen die öffentlichen Parkanlagen teilen.«

»O ja, das Schloss soll auf einem Hügel weithin sichtbar stehen, mit viel Wald herum und einen Katzensprung zur Donau runter. Ach, wo du mit deinem Dienst überall herumkommst, Hansi! A bisserl beneid i di drum.«

»Beneid mich lieber nicht, Gerti. Das, was ich dort zu sehen bekommen hab, unter der Schlosskirche in einem Erdloch, das erzähl ich dir lieber nicht.«

»Ich weiß eh. Um die Verbrechen und Morde mit all dem Dreck, in dem du herumstochern musst, beneid ich dich kein bisserl.«

»Bald geh ich in Pension. Dann will ich von Verbrechen und Mord nichts mehr wissen. Da freu ich mich drauf. Wir werden ins Marchfeld ziehen, Gemüse und Tiere züchten.«

»Na ja. Sag, Hansi, hast in der Stadt die vielen roten Rosen g'seh'n?«

»Rosen?«, fragte er gähnend. »Na. Gibt's leicht scho wieder a Feier für den Kaiser?«

»Aber, Hansi. Es is bald Fronleichnam. Der Bürgermeister hat die ganze Stadt schmücken lassen. Höchstpersönlich wird der Lueger den Fronleichnamsumzug in Wien anführen. Ich will mir das anschauen. Wär schön, wenn du mich begleiten könntest.«

»Ich fürcht, es wird sich net ausgeh'n. Dabei hätt ich sie gern g'sehn, die hübschen Maderln in ihren weißen Kleidern und mit den Kränzen auf den Kopferln und die braven Buben in den dunklen Kommunionsanzügen«, raunte Pospischil schläfrig, »lachende und glückliche Gesichter. Des würd mir gefallen.«

»Heut is in der *Kronen Zeitung* g'standen, dass bei de Preußen a Zeppelin in an Birnbaum hängen blieben is«, hörte er die helle Stimme seiner Schwester wie aus weiter Ferne. »Zum Glück hat es nur Leichtverletzte geben, kane Toten. Sag, reicht es net, dass die Automobile die Straßen unsicher machen, müssen jetzt a no die Zeppeline in der Luft herumschwirren? Die Welt wird immer verrückter. Bald werden s' bis zum Mond fliegen. Was sagst du dazu, Hansi?« Die Teller und die Gläser schepperten, als Gerti den Emailtopf mit einem Schöpfer für das Gulasch mit den klein geschnittenen Debreczinern in die Mitte des Tisches stellte. Dann holte sie eine Flasche Bier, öffnete sie und schenkte das helle Bräu in zwei hohe Gläser. Der Schaum knisterte. »Net einschlafen, Hansi. Des Essen is fertig.«

Durch ihre laute Stimme aus dem Dämmerschlaf gerissen, hob er sein abgesunkenes Kinn. »Ich steig sicher nie in so a Luftschiff, aber ich wette, der Doktor Frisch wird sich nicht abhalten lassen. Der is so was von fortschrittssüchtig. Alles Neue muss der ausprobieren, und sei es no so g'fährlich.«

Gerti lachte. »Lass es dir schmecken, Hansi.«

»Hm, wie das duftet.« Pospischil griff zu Löffel und der Semmel, die ihm Gerti im Brotkörbchen reichte.

Während des Essens und erst recht, als er den letzten Bissen hinuntergeschluckt hatte, drückte ihn erneut die Müdigkeit nieder.

»Geh, Hansi, leg di hin, du schlafst ja scho im Sitzen ein.«

Das Letzte, das er spürte, waren die sanften Hände seiner Schwester am Hinterkopf, als sie ihm ein weiches Kissen in den Nacken drückte.

»Hansi, ich würd mir gern die Internationale Kunstschau in dem Hoffmann-Pavillon beim Schwarzenbergplatz anschauen. Der Herr Klimt stellt aus und ein junges Talent, Schiele, heißt der, glaub ich, und viele andere. Mei Freundin, die Ilse, hat die Bilder schon g'sehn und is begeistert. Geh Hansi, bitte gehst mit mir dorthin?«

»Schau ma mal«, brummte er und schlief ein.

KAPITEL 23

Donnerstag, 3. Juni 1909, Artstetten

Doktor Frisch und Baron von Wald standen auf der Straße und starrten der Hebamme, die mit weit geöffneten Armen auf sie zukam, entgeistert entgegen. »Zu Hilfe! Zu Hilfe!«

»Was ist denn los?«, rief Baron von Wald.

»Mein Kind! Mein armes Kind!«

»Was ist mit Ihrer Tochter, Frau Buls?«, fragte Frisch.

Außer Atem blieb sie vor den Männern stehen. »Der Graf Wolkenstein hat sie im Wald gefunden. Jetzt liegt sie bei mir im Zimmer. Sie rührt sich net und am Kopf … am Kopf hat sie a klaffende Wunde. So viel Blut. Überall auf dem Kleid! So viel Blut! Sie braucht einen Arzt! Nur ein Arzt kann ihr noch helfen!« Ihre Schultern bebten unter den Schluchzern. »Zu Hilfe. Bitte kommen Sie rasch!«

»Wo ist der Graf jetzt? Kann der nicht den Doktor Koch holen?«, fragte Baron von Wald.

Frau Buls schnappte nach Luft. »Weggeritten! Der Graf hat gesagt, er holt einen Freund der Familie, einen Mediziner aus Krems, der zufällig grad beim alten Herrn Grafen auf Besuch ist. Doktor Koch zu holen, dauert zu lange. Bitte helfen Sie. Bitte, bitte, Herr Doktor. Sie sind doch auch ein studierter Doktor!«

»Ich komme ja. Bitte beruhigen Sie sich.« Frisch löste sich aus ihrer Umklammerung. »Bringen Sie mich zu ihr.«

Die Frau stand offenbar unter Schock. Sie zog ihn mit sich. Baron von Wald hingegen wich schweigend zurück in sein Haus.

»Gnädigste, ich bin ein Doktor der Entomologie und neuerdings auch der Pathologie«, erklärte Frisch im Laufen. »

»Was ist ein Entomologe?«, fragte sie keuchend.

»Ich kenne mich mit Insekten gut aus.«

»Mit Insekten? Ist das Ihr Ernst?«

»Keine Sorge, die Grundlagen der Medizin habe ich als Pathologe erlernt.«

»Oje! Oje!«, jammerte sie mit glühenden Wangen.

»Eine Wunde kann ich behandeln und eine Blutung zum Stillstand bringen.« Frisch blieb an dem Gartentor stehen. »Aber es ist gut, wenn der Graf einen Allgemeinmediziner zu Hilfe holt.«

»Wunden versorgen und Blutungen stillen kann ich als Hebamme auch«, kreischte sie außer Atem, »aber die Franzi braucht jetzt einen studierten Arzt. Verstehen Sie, einen Mann mit einem Universitätsabschluss in Medizin.«

Er sah sie an und las in ihrem Blick Verwirrtheit. Es ließ ihn das Schlimmste befürchten.

Beim Eintreten in das Haus schlug ihm der metallische Geruch entgegen. Gründlich wusch er in der Küche die Hände mit Seife, bevor er an die Leblose herantrat. Die roten Flecken an ihrer Haut sahen eingetrocknet aus. Als er das schwarze Haar vorsichtig zur Seite schob, sah er eine klaffende Öffnung mit verkrustetem Blut. Offensichtlich hatte die Mutter die Wunde versorgt. Außerdem schien der Schädelknochen leicht eingedrückt, vermutlich gebrochen. Ein sehr heftiger Schlag musste sie niedergestreckt haben, ein Sturz gegen einen scharfkantigen Stein wäre auch möglich. Ihre Glieder zeigten eine deutliche Steife.

»Wo hat der Graf Ihre Tochter gefunden?«

»Können Sie ihr helfen? Können Sie ihr helfen, Herr Doktor?«

»Es tut mir leid. Sie ist seit Stunden tot.«

»Mein Gott!« Ihr Schluchzen ging in leises Wimmern über.

»Wo hat der Graf Ihre Tochter gefunden, Frau Buls?«

»Nicht weit von hier«, antwortete sie leise. »Im Wald hinter dem Schloss. Der Graf hat mir gestanden, dass er sich gestern Abend heimlich mit ihr treffen wollte. Die zwei Dummerchen. Dachten, ich wüsste es nicht.« Sie seufzte. »Als sie an der vereinbarten Stelle nicht erschienen war, dachte er, sie wolle nicht mehr mit ihm reden, und ist zurückgeritten. Heute Morgen, so der Graf, habe es ihm keine Ruhe gelassen und er ist noch einmal hingeritten.« Ihre Stimme versagte. »Ich hätte besser auf sie achtgeben müssen«, jammerte sie. »Die beiden haben nichts Unrechtes getan. Meine Güte, gemocht haben sie sich halt. Franzi wollte eine Hebamme werden. Den Frauen bei den Geburten helfen, das wollte sie, und immer bei mir bleiben. Ja, das wollte sie. Sie war ein gutes Kind.«

Frisch nahm ihre Hand und sie lehnte ihren Kopf an seine Schulter. So saßen sie eine Weile neben der Toten.

Nach einigen Minuten erklang das Wiehern eines Pferdes. Kurz darauf näherten sich hastige Schritte und schon standen zwei Männer in der offenen Tür.

»Das ist Doktor Weinstein«, rief Graf von Wolkenstein mit bleicher Miene. Der Arzt kniete sich vor der Leblosen nieder. Seine Hände tasteten über den kalten Hals der Toten. »Es tut mir leid«, sagte er. »Es ist zu spät.«

Der Graf sank auf die Knie, nahm die Hände der Toten und küsste die bleichen Wangen. Sein leises Wehklagen gesellte sich zu dem der Mutter. Der edle Herr von Wolkenstein musste die junge Frau sehr gern gehabt haben. Frisch schluckte.

»Die Verletzung sieht mir nicht nach einem einfachen Sturz aus«, bestätigte Doktor Weinstein. »Ich werde die Gendarmerie verständigen. Fremdeinwirkung ist nicht auszuschließen.«

Die Mutter stieß einen spitzen Schrei aus. »Was sagen Sie? Es hat sie jemand umgebracht?«

»Vorerst nur eine Vermutung, ein Verdacht. Mit Bestimmtheit kann das nur der Rechtsmediziner feststellen.« Der Arzt drehte sich Frisch zu. »Darf ich fragen, wer Sie sind?«

Frisch er erhob sich. »Mein Name ist Doktor Leopold Frisch. Ich bin im Auftrag des Wiener Agenteninstituts in Artstetten und Frau Buls hat mich um Hilfe gebeten. Selbstverständlich stehe ich zu Ihrer Verfügung und helfe, wo ich kann.«

»Nun denn. Wiener Amtshilfe kann nicht schaden.« Der Arzt zog die buschigen Augenbrauen hinauf. »Das k. k. Gendarmeriekommando Persenbeug ist in diesem Fall die zuständige Behörde. Wenn der Graf so gütig wäre, mich auf seinem schnellen Pferd dorthinzubringen, werde ich gerne Ihre Bereitschaft zur Assistenz ausrichten. So, wie ich diesen Fall auf den ersten Blick beurteile, wird eine Kommission entsandt werden, um die Sache zu untersuchen.«

Doktor Weinstein hob die Hand an den schwarzen Hut, nickte der Mutter und Frisch zu und eilte mit dem Grafen hinaus.

»Wir werden bei Ihrer Tochter wachen, bis die Gendarmerie kommt.« Frisch bat die verzweifelte Mutter um ein Glas Wasser, um sie aus dem Zimmer zu locken. Er wollte ein paar Minuten mit der Toten alleine sein, um sie ungestört in Augenschein zu nehmen.

»Mögen Sie vielleicht schwarzen Tee, Herr Doktor Frisch?«

»Ich mag Tee sehr gerne. Am liebsten mit ein paar Tropfen Milch, so, wie ihn die Engländer trinken. Das mildert die Bitterkeit.«

»Dann gehe ich jetzt Wasser aufsetzen.«

»Bitte, tun Sie das. Ich bleibe bei Ihrer Tochter.«

Die Hebamme richtete sich auf, strich mehrmals mit den Händen über den Stoff des Kleides, so, als ob sie Falten glattbügeln wollte, obwohl der dunkelrote Stoff an ihren Hüften ordentlich aussah. Bereits bei der Tür, drehte sie sich noch einmal um. »Wissen Sie, die Frauen in meiner Familie beherrschen seit vielen Generationen das Handwerk der Hebamme. Frauen wie uns hat man über Jahrhunderte beschimpft und gejagt. Meinem Mann hat meine Stärke gefallen. Die Franziska hatte auch diese Kraft. Sie wäre eine außergewöhnliche Hebamme geworden.« Sie seufzte und ging.

Nun war er allein mit der toten jungen Frau. Das schwarze Haar von fester Struktur fiel zu einem Zopf gebunden in weichen Wellen über die Schulter. Selbst im Tod war ihr bleiches Antlitz auf dem weißen Kissen schön. Da fiel ihm ein, dass ein Fräulein selten ohne Hut aus dem Haus ging. Suchend sah er sich um. Weder einen Hut noch eine Tasche oder einen Beutel sah er. Ein Fräulein ging auch nie ohne Täschchen zu einem Rendezvous. Das wusste er von seiner Rosi. Vermutlich lagen die Sachen noch im Wald. Oder jemand hatte sie bestohlen. Er sollte zu jener Stelle, wo man sie gefunden hatte, bevor die Gendarmen aus Persenbeug alles niedertrampelten und Beweisstücke mitnahmen. Frisch griff nach der linken kalten Hand der Toten und betrachtete ihre sauber gefeilten Fingernägel. Als er die rechte, zur Faust geformte Hand nach Spuren untersuchte, stutzte er. Unter den Nägeln klebte eingetrocknetes Blut und auf dem Mittelfinger mehrere wollene Fasern. Er rückte näher, doch deren Farbe war nicht zu erkennen unter dem Blut. Frisch zog sein Taschentuch aus der Hosentasche, zog an einer der Fasern, umhüllte sie sorgfältig mit dem Tuch, faltete es und steckte es zurück. Dann griff er an den Saum des Kleides und schob den Stoff hinauf. Keinerlei Verletzung an den bestrumpften Beinen oder im Schritt. Die Unterwäsche wirkte sauber. Ihre Scham war offenbar unberührt. Es schien sich niemand an ihr vergangen zu haben. Sachte zog er den Saum wieder hinab bis zu den zarten Knöcheln und den kleinen Füßen in den derben Lederschuhen. War es doch ein Dieb, der sie niedergestreckt hatte? Sein Blick wanderte über das schlichte braune Kleid, seine Finger tasteten in die beiden kleinen Taschen an ihren Hüften. Da war nichts, nicht einmal ein Taschentuch. Nein, sie hatte gewiss nichts Wertvolles bei sich gehabt. Keinen Schmuck, weder Kettchen noch Ringe. An ihren Ohrläppchen sah er keine gestochenen Löcher. Wurden nicht allen kleinen Mädchen Löcher für Ohrschmuck gestochen? Die Worte des Kammermeisters von Wald kamen ihm in den Sinn: Sie ist die Schönste von allen, aber auch die Stolzeste. Der Baron hatte recht. Sie brauchte weder edle Kleider noch Gold oder Silber, überhaupt keinen Firlefanz, mit dem sich andere Frauen dekorierten, ohne jemals einen Zauber zu erreichen, den diese junge Frau im Tod noch ausstrahlte. Gerade wegen ihrer besonderen Anmut konnte sie aber auch Neider oder gar Feinde gehabt haben. Aus der Küche hörte er das leise Pfeifen eines Wasserkessels. Schnell überprüfte er den ordentlichen Sitz des mit Blut beschmutzten Kleides, bevor die Mutter zurückkehrte.

KAPITEL 24

Donnerstag, 3. Juni 1909, Wien

Johann Pospischil stand in der Wollzeile vor dem Haus Nummer 15 und dachte an das erste Wiener Dampfbad, von den Wienern liebevoll Schwitzkasten genannt, das hier ganz in der Nähe gewesen war. Er hatte es ab und zu besucht, bevor es 1898 geschlossen und kurz darauf niedergerissen worden war. Skeptisch blickte er über die Säulenverzierungen und Balkone der neuen Fassade. Nach der Liste des Barons wohnte hier Albert Freiherr von Hinkelstein, ein ehemaliger Rechtsanwalt im höheren Dienst des k. u. k. Kriegsministeriums. Pospischil ging durch das Tor neben dem Gasthaus, wollte über die Treppe in den zweiten Stock, da schob sich eine dunkle Uniform vor die Aufzugstür. »Wo möchten der Herr hin, bitteschön?«

»Zum Freiherrn von Hinkelstein.«

»Fünfzig Heller und i bring sie in wenigen Sekunden rauf.«

»Ja, wenn mir der Herr eine Quittung für das Amt ausstellen könnte«, grinste Pospischil.

»Na, des kann i net«, kam es grantelnd retour. »Ich bin ja net von der Post.«

Pospischil zuckte mit den Schultern und steuerte auf die Treppe zu. Oben angekommen, atmete er tief durch, bevor er den Türklopfer aus Messing neben dem glänzenden Schild mit dem adeligen Namen betätigte. Vielleicht sollte er sich in der Lange Gasse auch so einen Türklopfer anschaffen. Das machte was her. Auch ohne Adelstitel. Gerti würde ein solches Entrée sicher gefallen. Die Tür öffnete sich knarzend. Das faltige Gesicht eines Mannes erschien. Pospischil grüßte mit Vorzeigen der Kokarde und fragte nach dem Freiherrn. Der Diener bat zu warten und ging. Nach wenigen Augenblicken kehrte er zurück. »Bitte folgen Sie mir.« Pospischil wurde durch einen breiten, dunkelrot tapezierten Flur bis zu einem Salon geführt, wo ein grauhaariger Herr in einem Buch lesend am Fenster saß. Mit einer Geste zu einem dunkelbraunen Ledersofa deutete er ihm stumm, Platz zu nehmen. Kaum hatte es sich Pospischil inmitten orientalisch gemusterter Seidenkissen bequem gemacht, wurde von dem Diener ein Tablett mit zwei kleinen geschliffenen Gläsern und eine Karaffe mit einem golden schimmernden Getränk serviert.

Herr von Hinkelstein schloss das Buch und setzte sich zu Pospischil. »Trinken Sie mit mir einen Marillenlikör?«

Er lehnte dankend ab und deutete einen Skandal im Zusammenhang mit den Jagdgesellschaften im Garten des Sommerschlosses seiner Exzellenz, des Thronfolgers in Artstetten an, um dessen lückenlose Aufklärung er bemüht sei. Dabei ließ er nicht unerwähnt, dass der Kammermeister des Thronfolgers, Baron von Wald, in Verdacht stand, den Ruf des Hauses Habsburg ernsthaft in Gefahr gebracht zu haben. Zuletzt versicherte er dem Herrn von Hinkelstein Diskretion und Vertraulichkeit über alles, was er ihm über die Jagdgesellschaft in Artstetten berichten würde.

Freiherr Albert von Hinkelstein wiegte langsam den Kopf hin und her. Er schien nachzudenken und zeigte dabei demonstrativ die Gelassenheit des Adels, als wäre sie ihm in die Wiege gelegt und nicht erst seit Kurzem via Bescheid durch den Kaiser verliehen worden.

»Ich persönlich kann nichts Negatives über jene Gartenjagd berichten«, sprach er schließlich in nasalem Ton. »Es ist jetzt schon zwei Jahre her, dass ich in Artstetten gewesen bin. Neben drei weiteren Herrschaften wurde ich mit der Aussicht auf eine interessante Tätigkeit am künftigen Kaiserhof eingeladen. Zugegeben, es verlief eine Spur anders, als ich es erwartet hätte. Anstatt Füchse jagten wir Jungfern, die man Paradiesvögel nannte. Sie waren etwa so alt wie meine beiden Töchter und zeigten sich in einer lächerlichen Kostümierung mit einer Freizügigkeit, über die ich mich schon ein bisserl gewundert hab. Aber, verstehen Sie mich nicht falsch, dieser Nachmittag in dem zauberhaften Garten verlief für mich persönlich harmlos und charmant vergnüglich.« Warum betont er so oft das Persönliche, dachte sich Pospischil, ließ den Freiherrn aber weiterreden.

»Wenige Tage nach der Rückreise erhielt ich eine Depesche des Barons, die mir eine honorierte Beratertätigkeit am künftigen Hofe in Aussicht stellte. Die Einladung nach Artstetten schien sich in der Tat gelohnt zu haben und ich erwartete, den Thronfolger bald persönlich kennenzulernen. Allerdings habe ich seither nichts mehr aus Artstetten gehört. Das ist zwei Jahre her.« Der Freiherr stellte sein leeres Likörglas auf das Tablett. »Andererseits, Seine Hoheit, der Thronfolger ist ja noch kein Kaiser, nicht wahr, wird schon werden. Wird schon werden.«

Der Freiherr seufzte und stieß dabei einen Schwall scharfen Liköratem ins Gesicht seines Gegenübers. »Für manche der Jagdgäste hatte der Nachmittag in Artstetten jedoch ein übles Nachspiel. Kurz nach meinem Besuch wurde mir von einem entfernten Bekannten eine unangenehme Sache zugetragen.«

Pospischil wurde hellhörig. »Aha! Ich bitt Sie, fahren Sie fort.«

Der Freiherr räusperte sich. »Ich fürcht, dieser Bekannte hat sich an einem der Fräulein im Garten des Schlosses ein wenig vergriffen, und diesen Zwischenfall hat der Baron, der Schlawiner, offenbar mit einer Kamera heimlich festgehalten und den Bekannten danach erpresst. Der mich dann in seiner Verzweiflung um Rat gefragt hat. Nun ja, was hätt ich ihm raten sollen? Hätt er die Finger von dem Fräulein gelassen. Nicht wahr? Anzeigen wollt er den Baron, weil er ihm eine Falle gestellt habe. Davon hab ich ihm dringend abgeraten. Den eben verliehenen Adelstitel hätte er gleich wieder eingebüßt. Später haben wir uns aus den Augen verloren. Ich kann also nicht sagen, wie die Sache ausgegangen ist. Bedaure, Herr Agent.«

»Können Sie mir den Namen des Geschädigten nennen, Freiherr von Hinkelstein?«

»Nein, das kann ich nicht und das will ich auch nicht.« Der Freiherr leerte das dritte Glas Likör, danach entfuhr ihm ein Rülpser. Pospischil wandte sich ab.

»Pardon.« Erst jetzt hielt er sich die Hand vor den Mund. »Mein Magen vertragt den Alkohol leider immer schlechter.«

Pospischil hüstelte. »Das kenne ich. Man sollte nicht alt werden.«

Der Freiherr lachte. »Den Likör hab ich damals im Nibelungengau eingekauft. Ob es den kleinen Klosterladen an der Donau unterhalb des Schlosses noch gibt? Wollen S' nicht doch kosten? Er schmeckt vorzüglich.«

»Danke. Ich bin im Dienst.«

Von Hinkelstein schnalzte mit der Zunge. »Nun. Offenbar war dieser Kammermeister von Artstetten tatsächlich darauf aus, einige Jagdgäste in eine Falle zu locken, um sie, wenn sie schwach geworden sind, zu erpressen. Da hab ich ja richtig Glück gehabt. Net wahr?« Er zwinkerte ihm zu.

»Dem Baron muss das Handwerk gelegt werden. Wir brauchen Beweise.«

»Ich hoffe, Sie gehen diskret vor, Herr Geheimagent. Ich will mir meine Karriere beim künftigen Kaiserhof nicht verbauen.« Er zog den Mund schief.

»Wie schon gesagt, ich versichere Ihnen äußerste Diskretion, aber ich muss Sie um Ihre Hilfe bitten.«

»Gut, ich notiere den Namen und die Adresse.« Der Freiherr ging zu einem Schreibtisch, kritzelte und kehrte mit einem gefalteten Blatt Papier zurück. »Von mir haben Sie das nicht.«

»Selbstverständlich.« Pospischil blickte auf das Papier. Ein weiterer Freiherr, Herr von Ackermann. Sapperlot, dachte er, wie viele Freiherren hat der Baron noch erpresst? Welcher Abgrund tat sich da auf!

Freiherr von Hinkelstein senkte das Kinn und blickte auf die Taschenuhr, die mit einem Kettchen befestigt von der Knopfleiste seiner Weste baumelte. »O, tut mir leid. Ich erwarte in wenigen Minuten Besuch.« Er griff zu einem Glöcklein, worauf der Diener erschien.

Pospischil stand auf und verbeugte sich. »Ich danke Ihnen sehr, Herr von Hinkelstein.«

»Es is so schön in Artstetten«, schwärmte er mit einer winkenden Handbewegung. »Ich würd so gerne wieder mal rauffahren. Man kann ja bald mit der Bahn die ganze Gegend bereisen. Ach, die sanften Hügel voller Weinstöcke, die mächtigen Burgen und Kirchen.« Er verdrehte schwärmerisch die Augen. »Na, vielleicht gibt es bald eine Gelegenheit. Der Ferdinand soll endlich Kaiser werden. Der Alte in Wien wehrt sich gegen jede Reform. Auf Wiedersehen, Herr Geheimagent.« Noch einmal winkte er.

Ein Gehabe, als wär er der Kaiser Höchstselbst, dachte Pospischil amüsiert.

Die notierte Adresse lag gleich hinter der Universität. Es dauerte nicht lange und der Freiherr von Ackermann gestand, unter der Zusicherung, nicht öffentlich genannt zu werden, auch ein Erpressungsopfer des Kammermeisters von Artstetten zu sein. Wie es schien, war der Baron von Wald mit seinen üblen Machenschaften weitaus umtriebiger gewesen, als Pospischil es vermutet hätte. Dieser Fall verlangte eine gründliche Recherche, wofür er aber keine Zeit mehr aufwenden wollte. Mit weiteren Ermittlungen in Wien sollte der Oberinspektor einen anderen Agenten beauftragen. Er hatte den Mord an einem Kind aufzuklären. Eine Droschke brachte ihn zum Westbahnhof. Dort kaufte er am Schalter eine Fahrkarte für den Vormittagszug des nächsten Tages nach Pöchlarn. Danach fuhr er zum Postamt in die Josefstadt, um ein Telegramm nach Artstetten zu senden, worin er den Zeitpunkt seiner Rückkunft bekannt gab.

Wenig später begrüßte ihn die Hündin Labrador schwanzwedelnd in seiner Wohnung in der Lange Gasse. Seine Schwester war nicht zu Hause. Auf dem Herd stand kein Reindl, kein Essensduft hing in der Luft. Voll Ungeduld hoffte er, dass Gerti nur kurz zum Einkaufen beim Greißler ums Eck war und bald zum Kochen heimkehrte. Er hängte den Gehrock an den Haken neben der Tür und holte eine Flasche Bier aus dem Keller. Durstig goss er das schäumende Gebräu in ein hohes Glas. Mit zu hastigen Bewegungen, denn der Schaum schoss über den Rand und tropfte auf den Boden. Schimpfend wischte er mit einem Lappen das Malheur fort, bevor Labrador den Alkohol auflecken konnte. Nachdem er seine klebrigen Hände gesäubert hatte, setzte er sich an den Tisch in der Wohnküche, öffnete die Schublade, nahm ein Blatt Papier und hob eine mit roter Seide verkleidete längliche Schachtel heraus. Mit Bedacht entnahm er den Federhalter, hielt die Stahlspitze gegen das Licht und erfreute sich an dem kostbaren Kleinod. Ein Erbstück der Eltern, in Handarbeit gefertigt von einem Glasmeister in Murano. Obwohl es mittlerweile günstigeres und handlicheres Werkzeug zu kaufen gab, liebte er das Schreiben mit dieser Feder. Einige Sekunden lang verlor er sich im Farbenspiel des sich in dem Glas brechenden Tageslichts. Eigentlich viel zu schade, um damit den Bericht für den Oberinspektor zu verfassen. Pospischil zuckte mit den Schultern, tauchte den Stahl in das Tintenfass, tupfte am Gefäßrand die überschüssige nachtblaue Flüssigkeit ab und setzte die Spitze auf das Papier. Kühl lag das Glas in seinen Fingern. Mit einem Seufzer führte er die Feder über das Papier und schrieb die Empfehlung, Baron von Wald umgehend einer strengen Befragung zu unterziehen sowie weitere Nachforschungen zu geschädigten Personen in Wien durchzuführen. Er empfahl, zeitnah die Militärkanzlei über die belastenden Indizien des Tatbestands der Verführung zum sexuellen Übergriff auf junge Frauenspersonen mit anschließender Erpressung zum Zwecke der eigenen Bereicherung zu informieren. Erschwerend komme die Verschleierung der Tat durch den Artstettner Kammermeister des Thronfolgers hinzu, denn weder der Name des Freiherrn von Freudenthal aus Schlesien noch die Namen der bei der heutigen Befragung ermittelten weiteren adeligen Opfer standen auf der Liste der Jagdgäste, die Baron von Wald der Polizei nach mehrmaliger Aufforderung ausgehändigt hatte. Keinesfalls dürfe der Schlawiner weiterhin seinen kriminellen Machenschaften in Artstetten nachgehen, von denen der Thronfolger mit Sicherheit keinerlei Kenntnis besaß. Doch das könnte in gewissen Kreisen anders interpretiert werden. Das Ansehen der Monarchie stand auf dem Spiel. Dass die Polizei ebenso wie die Militärkanzlei diskret und unter Ausschluss der Öffentlichkeit die unangenehme Affäre regeln würden, musste er nicht eigens festhalten. Die Feder löste sich vom Papier. Pospischil lehnte sich zurück und dachte nach. Womöglich standen die Verbrechen des Kammermeisters in Artstetten wirklich mit dem getöteten und vergrabenen Kind im Keller der Schlosskirche im Zusammenhang. Also erwähnte er diesen Verdacht im letzten Absatz des Berichts. Sämtliche Fotografien, die Baron von Wald heimlich von seinen speziellen Jagdgästen angefertigt hatte, mussten umgehend der Polizei ausgehändigt werden. Zu diesem Zweck empfahl er eine Durchsuchung seines Anwesens. So, der Bericht war fertig. Pospischil faltete mit einem Seufzer das Blatt und steckte es in ein Kuvert. Morgen Früh würde er das Dokument zum Institut in der Berggasse bringen. Und dann würde er zum Bahnhof fahren. Als er an die Frau Anni dachte, hoben sich seine Mundwinkel. Es war nicht zu glauben, aber er freute sich tatsächlich auf die Rückkehr nach Artstetten.

Hündin Labrador war die ganze Zeit über zu seinen Füßen gelegen. Jetzt hob sie den Kopf. Pospischil beugte sich vor und streichelte über das helle Fell. »Ich werd dich zum Polizeihund ausbilden lassen. Was sagst du dazu?«

Labrador antwortete mit einem herzhaften Gähnen.

»Na geh. Etwas mehr Begeisterung hätte ich schon erwartet.« Pospischil lachte. »Vielleicht nehmen sie dich eh nicht wegen deines hellen Fells. Du schaust viel zu freundlich aus.« Da hörte er das Knacken der Wohnungstür, kurz darauf näherten sich die festen Schritte seiner Schwester.

»Jö, du bist scho wieder da?« Sie trug ihren hellen Übergangsmantel und das rote Halstuch, das er ihr zum Geburtstag geschenkt hatte. Hübsch sah sie aus, besonders der Hut mit der Feder stand ihr ausgezeichnet. Den kannte er noch gar nicht. Was der wohl gekostet hatte? »Ja, liebe Schwester«, raunte er. »Aber ich kann nicht lang bleiben. Morgen Früh bin ich wieder weg. Die Pflicht, weißt eh.«

»Jessas. Du wirst vor lauter Arbeit und Hektik noch an Herzkasperl kriegen.«

»Wie immer übertreibst du. Ich reise ganz gemütlich mit der Kaiserin-Elisabeth-Bahn. Da kann ich mich ausruhen und an einer wunderschönen Landschaft ergötzen. Was gibt's denn heut Abend zum Essen?«

Gerti hievte einen Korb mit Lebensmitteln auf die Arbeitsplatte. Er hatte also richtig vermutet, sie war einkaufen gewesen. Mit strahlenden Augen musterte er den oben liegenden cremefarbigen Karfiol und das Glas mit den Semmelbröseln neben dem Korb. »Jö!«, rief er verzückt. »Machst leicht an abg'schmolzenen Karfiol?«

»Du hast es erraten, Hansi.« Gerti hob ächzend einen großen Emailtopf. »Holst ma bittschön Wasser aus der Bassena?«

»Aber gerne.« Pospischil stand auf und nahm seiner Schwester das Reindl aus der Hand. »So a abg'schmolzener Karfiol is eh glei fertig, oder? Ich bin am Verhungern.«

»In aner halben Stund gibt's Pappi.« Gerti lachte.

Flink war er bei der Tür hinaus. Tapsend lief er den Gang des Mietshauses entlang bis zur Bassena, wo er kaltes Wasser in den Topf fließen ließ, wobei Labrador ihm schwanzwedelnd und hechelnd Gesellschaft leistete.

»Du kriegst glei a Leckerli«, redete er mit der Hündin, »aber kan Karfiol, a fette Wurst.«

»Ah, der Herr Pospischil, Griaß Ihna.« Die Nachbarin, eine geschwätzige Näherin, spähte durch den Türspalt ihrer Wohnung.

»Grüß Sie, Frau Havradil. Wie geht's dem werten Gatten?«

»Ach, der Haderlump is scho wieder beim Wirten saufen. Aber macht nichts, gibt a mir wenigstens a Ruh.«

»Also, eh alles in bester Ordnung.« Pospischil grinste. »Frau Havradil, ich hab's leider eilig, die Gerti wartet drinnen mit dem Essen.« Er drehte den Wasserhahn zu und hievte den schweren Topf hinauf.

»Mahlzeit, Herr Pospischil.«

»Mahlzeit, Frau Havradil, und auf Wiederschau'n.«

KAPITEL 25

Donnerstag, 3. Juni, Artstetten

Doktor Leopold Frisch saß mit der trauernden Mutter beim Tee in der Küche und starrte auf die kleinen rosa Blümchen auf dem weißen Tischtuch. Das Gebräu aus Indien schmeckte kräftig, mit ein paar Spritzern Milch gar nicht bitter.

»Sie hat nicht gelitten«, sagte er leise, um das unangenehme Schweigen zu beenden. »Bestimmt war sie sofort bewusstlos«, versuchte er zu trösten.

»Woher wollen Sie das wissen?« Die Stimme der Mutter erstickte in Tränen.

»Betrachten Sie ihr Gesicht. Wie ruhig und friedlich es ist.«

Sie seufzte tief.

»Hoffentlich haben Sie recht. Die Franzi war ein Engel. Unser einziges Kind.«

»Darf ich Sie etwas fragen?«

Sie blickte auf.

»Für eine junge und schöne Frau trug sie ungewöhnlich schlichte Kleidung. Keine Rüschen, Raffungen, fröhliche Farben und anderes Verspieltes, wie ich es normalerweise an ihresgleichen sehe.«

»Seit dem Tod des Vaters hat sie sich verändert. Sie wollte nicht nur wegen ihres Äußeren gemocht werden. Meine Franzi war anders als die Mädchen aus den Dörfern.«

»Ihre Tochter war etwas Besonderes, Frau Buls.«

Ihre Hand legte sich auf die seine. Er sah in ihre dunklen, feucht schimmernden Augen und ahnte, wie schön sie einst gewesen sein musste. Die Ähnlichkeit zwischen Mutter und Tochter war frappant.

Nein, er war nicht imstande zu trösten und er war sich keineswegs sicher, dass Franziska Buls nicht gelitten hatte. Die Entspannung der Gesichtsmuskeln konnte auch nach ihrem Tod eingetreten sein. Frisch blickte mit verkniffenem Mund auf die leise tickende Uhr an der Wand. Wo blieb nur der Graf? Das stumme Leiden der Mutter war schwer zu ertragen. Er wollte zum Fundort in den Wald. Nur ein paar Minuten alleine an jener Stelle, das wünschte er sich, bevor die Gendarmen alles niedertrampelten. Verdammt. Für dieses Verbrechen war er nicht zuständig. Er senkte den Kopf. Da fiel ihm die Faltkamera ein. Sie musste im Zimmer des Chefs im Pfarrhof liegen. »Danke für den Tee«, sagte er und stand auf. »Ich muss etwas Dringendes erledigen. Danach komme ich wieder.« Er eilte aus dem Haus, rannte zur Kirche, stürzte über die Treppen des Pfarrhofs, wobei er beinahe über die Katze gestolpert wäre, und sprach laute Dankesworte an den Herrgott, als er in der Kammer seines Chefs sofort die lederne Umhängetasche fand. Zum Glück hatte der Chef die Kamera nicht nach Wien mitgenommen. Hurtig rannte er mit der Tasche zum Haus der Hebamme zurück. Dort stellte er sie hinter einen Busch neben dem Eingang. Die Mutter durfte sie nicht sehen. Wie sollte er der Trauernden erklären, dass er beabsichtige, im Wald Bilder vom Blut der Tochter aufzunehmen.

Wenig später trafen der Graf auf seinem schwarzen Hengst und ein Pferdewagen mit zwei Helfern des Bezirksgerichts Persenbeug, einem älteren Herrn sowie einem Gendarm ein. Der Mediziner war nicht mitgekommen. An der kurzen Leine des Uniformierten ein Hund, Frisch war kein Experte für Rassen, aber einen dunklen Schäfer wusste er zu benennen. Misstrauisch äugte er zu dem Tier, das mit hechelnder Zunge und spitzen Eckzähnen bedrohlich auf ihn wirkte.

»Bezirksstaatsanwalt Hofrat Doktor Werner Schneid«, verkündete der ältere Herr von stattlicher Statur im braunen Anzug. »Beim Verdacht eines Tötungsdelikts ist höchste Eile geboten.«

Frisch drückte die Hand des Älteren. »Doktor Leopold Frisch vom Agenteninstitut Wien, Guten Tag.«

»Grüß Sie Gott. Der Doktor Weinstein hat mich informiert. Sie sind der polizeiliche Wissenschaftler aus Wien. Was treibt Sie zu uns aufs Land, verehrter Herr Agent? Sie wollen doch nicht etwa die Unterschiede der Kriminalfälle zwischen Land und Stadt erforschen?« Er zwinkerte ihm zu. Eine Geste, die Frisch unter diesen Umständen für unangebracht hielt.

»Geheime Angelegenheiten im Umfeld des Thronfolgers«, antwortete Frisch kurz angebunden. »Wenn wir schon einmal da sind, helfen wir gerne bei der Aufklärung eines jeden Verbrechens.«

»Geheim?« Er runzelte die Stirn. »Hoffentlich ist unser verehrter Thronfolger nicht in Gefahr.« Als Frisch nichts erwiderte, wiederholte er: »Wenn es der Aufklärung eines Verbrechens dienlich ist, nehmen wir gerne jede Hilfe an.« Nach einem Räuspern trat er an die Tote heran und grüßte die Mutter mit einem Nicken. »Wir werden das Opfer in die Gerichtsmedizin bringen.«

»Was wollen Sie, gnädiger Herr?« Die Mutter riss die Augen auf. »Meine Tochter muss christlich beerdigt werden.«

»Das wird sie, keine Sorge. Aber zuvor muss festgestellt werden, ob sie tatsächlich unter Fremdeinwirkung gestorben ist.«

»Aber der Doktor Weinstein hat doch schon festgestellt …«

»Ich verstehe Ihre Trauer«, unterbrach der Staatsanwalt, »aber ein Allgemeinmediziner hat nicht die Berechtigung, diese Frage für das Kreisgericht zu beantworten.« Mit sanfter Stimme fügte er hinzu: »Sie wollen doch auch den Mörder Ihrer Tochter vor Gericht bringen, so es denn ein Gewaltverbrechen gewesen ist.«

Die Mutter senkte die Lider und trat zurück. Doch bevor der Leichnam von den beiden Helfern zum Wagen gebracht wurde, holte der Uniformierte den Schäferhund in die Stube. »Unser Hund ist ein ausgebildeter Fährtensucher. Wenn wir Glück haben, nimmt er an Ihrer Tochter einen Geruch wahr, den wir weiterverfolgen können.«

Frau Buls fuhr zurück und stieß einen spitzen Schrei aus. »Aber Franziska fürchtet sich vor Hunden.«

»Er wird Ihrer Tochter keinen Schaden zufügen, liebe Frau. Er schnüffelt nur.« Doktor Schneid packte die Leine und straffte sie. »Los, such!« Der Schäfer winselte und wanderte mit der Schnauze über den aufgebahrten Körper der Toten. Plötzlich, nach dem Schnüffeln an der rechten Hand, knurrte er Frisch kurz an, dann riss er an der Leine. Frisch schoss die Hitze in den Kopf. Der Hund roch offenbar, dass er kurz zuvor die Faust der Toten untersucht hatte.

»Wir haben Glück. Der Hund hat etwas wahrgenommen.« Doktor Schneid ließ die Leine locker, worauf der Schäfer jedoch nicht zu Frisch, sondern Richtung Tür zog. »Hinterher!«, rief der Anwalt. Der Uniformierte, der Graf und Frisch liefen dem Hund an der langen Leine des Staatsanwalts nach. Den beiden Helfern des Bezirksgerichts rief er zu: »Bringt bitte schleunigst die Tote in die Gerichtsmedizin. Die sollen heute noch eine Obduktion machen.«

Die Mutter blieb weinend zurück.

»Langsam! Langsam!«, keuchte Doktor Schneid, »nicht so schnell.«

»Soll ich die Leine nehmen?«, fragte Frisch.

»Wir machen das schon.« Der Gendarm im dunkelgrünen Rock nahm die Leine.

Der Schäfer hielt die Schnauze tief und querte eine Wiese

in südlicher Richtung. Flott ging es bergab Richtung Klein-Pöchlarn. Nach wenigen Minuten, der beleibte Staatsanwalt wirkte, als stünde er kurz vor einem Kollaps, steuerte der Schäfer knurrend auf ein kleines windschiefes Häuschen zu. Vor dem Gartentor wanderte die Schnauze hektisch über den Boden.

»Das ist die Pacht des Tagelöhners und Bauern Franz Mayer, Herr Staatsanwalt«, sagte der Gendarm.

»Wie viele Personen leben in dieser Hütte?«

»Der Bauer, seine Frau, seine Tochter und zwei Söhne.«

Neben dem Häuschen stand ein Schuppen aus Holz. Das Gegacker ließ auf die Haltung von Geflügel schließen.

Der Uniformierte griff an das Gartentor. »Es ist offen.« Der Hund sprang zur Eingangstür. Mit der Faust trommelte der Gendarm gegen das Holz. »Öffnen! Hier ist die Gendarmerie!«

Kurz darauf blickte ein Mann mit fleischigem Gesicht durch den Spalt. »Wir san beim Essen. Was is los?«

Der Schäfer hob die Schnauze und knurrte.

»Unser Spürhund hat eine Fährte bis hierher aufgenommen. Bitte, treten Sie zur Seite.«

Der Mann richtete sich auf und machte Anstalten, den Zutritt zu verwehren, doch der Schäfer schlüpfte zwischen seinen Beinen hindurch und zog den jungen Gendarmen mit, sodass der Bauer zurückgestoßen wurde.

»Hinterher!«, rief der Staatsanwalt, der sich aufgerichtet hatte. »Hinterher!«

Franz Mayer beschimpfte lauthals die Eindringlinge als Verbrecher. »Staatliche Willkür! Mit uns kleinen Leuten könnt ihr es ja machen, G'fraster!«

Frisch zog den Kopf ein und schlich den Männern des Kreisgerichts mit gesenktem Haupt hinterher. Der Mann hatte ja recht, aber wenn es der Wahrheitsfindung diente. Zu gespannt war er, bei welcher Person der Schäfer anschlagen würde. Doch die Hoffnung, das Verbrechen an der armen Franziska rasch aufzuklären, zerschlug sich. Der Hund konnte sich nicht zwischen den im Haus anwesenden Personen entscheiden. Einmal knurrte er den Vater an, dann die beiden Brüder, zum Schluss auch die verschreckten Frauen, Mutter und Tochter gleichermaßen.

»Wir haben kein eindeutiges Ergebnis«, stellte nun auch der Staatsanwalt resigniert fest. »Dennoch könnte eine Person in dieser Familie dem Fräulein Franziska Buls Gewalt angetan haben. Familie Mayer, verlassen Sie den Ort nicht, bis die Umstände des Todes geklärt sind.«

»Was, die Franzi ist tot?« Die Tochter riss die Augen auf.

»Wie furchtbar!« Die Mutter schlug die Hände zusammen.

»Herr Doktor Frisch«, sagte der Staatsanwalt, »Sie können sich nützlich machen, indem Sie uns helfen, die hier anwesenden Personen getrennt zu befragen und alles zu protokollieren. Die Aufenthalte zur vermuteten Tatzeit müssen ermittelt werden.«

»Das mache ich sehr gerne, Herr Doktor Schneid.«

»Und danach werden wir uns den Fundort der Toten im Wald ansehen.«

Frisch zuckte zusammen. In der Aufregung hatte er den Apparat hinter dem Gebüsch im Garten der Hebamme vergessen.

»Ich kann nicht … ich habe etwas Wichtiges vergessen«, stammelte er und fuhr herum.

»Da verspricht er zu helfen, der Herr Polizist aus Wien, und kaum gibt es echte Arbeit, schon sucht er das Weite«, hörte er die tiefe Stimme des Staatsanwalts im Rücken.

»Herr Graf, auf ein Wort bitte«, raunte Frisch dem Adeligen im Vorbeigehen zu. Der reagierte und eilte mit ihm auf die Straße hinaus. »Bitte, beschreiben Sie mir genau, wo Sie die junge Frau im Wald gefunden haben. Ich will mir unbedingt noch vor der Kommission die Stelle ansehen.«

»Lieber Freund. Ich tue alles für die Aufklärung dieser schrecklichen Tragödie.«

Frisch rannte zum Haus der Hebamme, schulterte die Kamera in der Umhängetasche und im Laufschritt ging es bergan bis zu jener Abzweigung in den Wald, die der Graf ihm beschrieben hatte. Über einen flachen Hügel, quer über die Wiese mit den gelben Blüten, dann den schmalen ausgetretenen Pfad zwischen den hohen Tannen, schon war er an jener Stelle, wo man Franziska in ihrem Blut gefunden hatte. Deutlich sah er die niedergedrückten Halme. Da eingetrocknetes Blut auf einem Blatt, dort auf einer Holunderblüte. Frisch bückte sich und suchte Zentimeter für Zentimeter das Gelände ab. Hinter einem Busch entdeckte er den schlichten Hut Franziskas und etwas weiter einen schwarzen Beutel mit ein paar Münzen und einem Taschentuch. Kurz darauf stieß er mit den Fußspitzen auf einen Stock mit Blutspuren. Vermutlich war sie damit erschlagen worden. Den Stock und die Habseligkeiten musste er liegen lassen für die Kommission. Er bückte sich noch ein Stück tiefer und dann fand er, wonach er gesucht hatte: Zwischen Grashalmen hingen Wollfasern. Beschmutzt mit Blut, aber eindeutig in dunkler Färbung, wie jene in der Faust der Toten. Ein Nachtblau vielleicht. Hastig entfaltete er den Apparat und schoss Bilder. Von dem Stock, dem Hut, dem Beutel, der niedergedrückten Flora, dem Blut und vor allem von der Wolle. Eine Faser nahm er vorsichtig auf und packte sie in sein Taschentuch zu der Faser, die er der kalten Hand der Toten entnommen hatte. Gerade als er das Tuch in seine Hose gesteckt hatte, die Kamera wieder zusammengefaltet in der Tasche verstaut war, hörte er Stimmen und machte, dass er weiterkam. Wenig Lust verspürte er, sich dem Staatsanwalt erklären zu müssen.

Mit verschwitztem Hemd erreichte Frisch etwa zwanzig Minuten später den Pfarrhof. Gerade als er die Treppen nehmen wollte, trat Frau Anni aus der Küche. Er musste sich ihr stellen.

»Herr Doktor!«, rief sie aufgeregt. »Stimmt es, dass der Mayer und seine beiden Söhne die Franzi umgebracht haben?«

»Frau Anni, das kann ich Ihnen nicht sagen. Die Ermittlungen laufen. Mich wundert, dass Sie bereits davon wissen.«

»So was Schreckliches verbreitet sich schnell.« Sie schlug mit der Hand ein Kreuz auf Stirn und Brust. »Der Herrgott steh uns bei.« Dann erzählte sie ihm, was sie über den Ablauf des Einsatzes noch erfahren hatte.

»Entschuldigen Sie. Ich muss einen Bericht schreiben«, sagte er und eilte nach oben.

Ich halte hier viele zu einem Mord fähig, überlegte er auf dem Weg in sein Zimmer. Allein das Motiv konnte er nicht erkennen. Ein sexueller Übergriff war an dem Leichnam nicht festzustellen, ein Raub ebenso wenig. Frisch kratzte sich am Kopf. Der Chef und er mussten nicht nur ein Motiv, vielmehr mussten sie Beweise finden. Dann erst würde eine strenge Befragung mit einem Geständnis enden und ein Geständnis führte in der Regel zu einer Verurteilung, reine Indizienprozesse hingegen brachten oft einen Freispruch. Was hatte das Fräulein Franziska der Familie Mayer angetan?

Als Frisch grübelnd die Kammer des Chefs betrat, lag sie im Dämmerlicht. Er knipste das Licht an und stellte die Tasche mit der Kamera auf den Tisch, öffnete und entnahm die Filmrolle. Dann räumte er den Apparat zurück in den Schrank, schaltete das Licht aus und ging durch die Verbindungstür in sein Zimmer. Gleich morgen Früh würde er die Filmrolle, die

Fasern und einen Bericht am Postamt in Pöchlarn aufgeben. Als das Licht anging, fiel ihm sofort eine Veränderung auf. Das Buch über die forensische Medizin lag nicht dort, wo er es heute Morgen hingelegt hatte. Er drehte sich um, prüfte den Inhalt seines Schranks. Zwar fehlt nichts, aber er hatte mit Sicherheit die Kleidungsstücke anders geordnet. Jemand war an seinen Sachen gewesen und hatte gewühlt. Diese Frau Anni schon wieder? Er hatte ihr doch gesagt, sie brauche bei ihm nichts aufzuräumen. Erschrocken riss er die Schublade des Nachtkästchens auf. Er hatte vergessen, sie abzuschließen. Wie leichtsinnig! Zum Glück lag die Dienstwaffe so, wie er sie hineingelegt hatte. Frisch drehte den Schlüssel im Schloss und steckte ihn in seine Hosentasche. Dann schrieb er rasch seinen Bericht, den er zur Waffe in das Nachtkästchen legte. Künftig würden sie die Waffen zu Befragungen mitnehmen. Wie es Vorschrift war. Danach schloss er hinter sich ab und ging die Treppen hinunter. Da hörte er laute Stimmen und bremste sich ein. Deutlich vernahm er ein Streitgespräch zwischen Hochwürden und der Pfarrerskköchin.

»Tratsch nicht so viel herum. Ausdrücklich hat man uns darum gebeten, Stillschweigen über den Vorfall beim Schloss zu bewahren. Die Sicherheit unseres Thronfolgers steht auf dem Spiel.«

»Aber ich tratsch nicht herum, Hochwürden. Die Leut wissen doch, warum die zwei Agenten in Artstetten sind. Überall spionieren sie herum und stellen Fragen wegen des toten Kindes.«

»Die zwei Agenten dürfen fragen. Nur wir sollen uns zurückhalten, Anni.«

»Was soll ich machen, wenn sie von mir wissen wollen, was das für Männer sind, die bei uns wohnen? Die tragen ka Uniform, sind als Polizisten auf den ersten Blick also net zu erkennen. Am End glaubt man noch, wir gewähren feindlichen Spionen Unterkunft. Das beunruhigt in diesen Zeiten.«

»Unsinn, Anni. In unserem Pfarrhaus nächtigen immer wieder Gäste von auswärts. Da ist nichts Anrüchiges dabei. Denk an den Gesandten aus Krems, der letzten Monat eine Woche bei uns verbracht hat. Unsere Gäste müssen sich auf unsere Diskretion verlassen können. Um wen es sich auch handelt.«

»Jetzt sind Sie schon a bisserl ungerecht zu mir.« Die Stimme von Frau Anni brach. »Ich will nur das Beste für die Pfarre.«

»Für die Pfarre wäre es das Beste, nicht so viel zu tratschen.«

»Ich bin kein Tratschweib«, entrüstete sie sich. »Dass die Franziska tot ist, zerbricht mir das Herz.«

Wohl durch das Gekeife der Pfarrersköchin aufgeschreckt, zischte die Katze durch den Türspalt, bremste vor Frisch ab und maunzte ihn an. Da blieb ihm keine andere Wahl, als seine Anwesenheit kundzutun. »Guten Abend. Gibt es vielleicht noch etwas zu essen?«

»Herr Doktor, wie geht's der Mutter von der Franziska? Das einzige Kind zu verlieren. Wie furchtbar!« Die Pfarrersköchin griff mit beiden Händen an ihre Brust. »Ich muss den Frauen im Ort sagen, dass sie sich z'aus einsperren, solang a Mörder herumrennt«, krächzte sie und lief hinaus.

»Aber … aber«, stammelte er, »gibt's nichts mehr zu essen?«

»Kommen S', Herr Doktor, setzen Sie sich zu mir. Ich mach uns a kalte Jause.«

»Danke Hochwürden, wirklich nett von Ihnen.«

»Ich muss mich nachher bei meiner Hauswirtschafterin entschuldigen«, zeigte sich Hochwürden zerknirscht. »Ich hab sie der Tratscherei beschuldigt. Das war nicht nett.« Er seufzte. »Sie redet halt gar so gern.« Aus der Speis holte er geräucherten Speck, Käse, Brot, ein Fässchen Butter und eine Flasche Rotwein. Frisch leckte sich über die Lippen. Dass er Frau Anni verdächtigt hatte, in seinen Sachen zu wühlen, wollte er jetzt nicht auch noch erwähnen. »Sie haben ja recht, Hochwürden. Je weniger über den grausigen Fund geredet wird, desto besser.«

»Glauben Sie, dass der Mord an der armen Hebammentochter etwas mit dem vergrabenen Kind zu tun hat, Herr Doktor?«

Der Pfarrer goss den Wein in zwei langstielige Gläser.

»Man weiß noch nicht, ob Franziska Buls ermordet worden ist. Das wird die Obduktion zeigen.«

Der Pfarrer hob das Glas. »Möge der Herrgott für Frieden in unserer schönen Gegend sorgen.«

»Darauf trinken wir, Hochwürden.« Die Gläser klirrten.

»Greifen S' zu.« Der Pfarrer griff zum Messer und schnitt den Speck in dünne Scheiben. »Ist alles aus der Region. Auch der Wein.«

Frisch bedankte sich. Er war in der Tat sehr hungrig und griff herzhaft zu.

»An wen würde sich in dieser Gegend eine verzweifelte Frau mit einer Frucht der Sünde im Bauch wohl als Erstes wenden, um Hilfe zu erbitten, Doktor Frisch?«

»Hebamme oder Geistlicher«, antwortete er, ohne nachzudenken.

Hochwürden blickte auf. »An einen Geistlichen? Sie glauben doch nicht, dass ich bei einer Abruptio graviditatis irgendwie behilflich sein würde?«

»Aber nein«, beschwichtigte Frisch mit erhobenen Händen. »Das meinte ich nicht.«

»Ein von Gott gewolltes Leben zu töten ist eine schwere Sünde, junger Mann.«

»Ich widerspreche Ihnen nicht, Hochwürden. Nicht in diesem Punkt.«

Die beiden Männer kauten schweigend. Nach einigen Minuten sagte Hochwürden leise: »Mein Vorgänger, der Pfarrer

Nemec, hat die Dinge ein wenig, wie soll ich sagen, milder gesehen.«

»Erzählen Sie mir von diesem Pfarrer Nemec, Hochwürden.«

»Ein sehr weiches Herz hat der gehabt, alle Sünden wollt er vergeben. Das Himmelreich hat er allen versprochen gegen ein klein bisserl Reue.«

»Wollen Sie andeuten, dass Pfarrer Nemec Geld für den Sündenerlass genommen hat oder andere Vergehen begangen hat?«

»Aber nein. Ich sage nur, er hatte ein weiches Herz. Er wollte es allen recht machen. Da kommt man leicht in die Zwickmühle. Ich sag das ganz im Allgemeinen.«

»Gerade Ihr Berufsstand hat sich bekanntlich penibel an Vorschriften zu halten.« Frisch drehte den Blick nach oben. »Der Herr sieht alles.«

»Machen Sie sich lustig über den katholischen Glauben?« Hochwürden schenkte Wein nach. »Das ist nicht nett, Herr Doktor.«

Frisch winkte ab. »Keineswegs, aber könnte Ihr Vorgänger, Gott hab ihn selig, der verzweifelten Mutter bei der Bestattung ihres Kindes im gesegneten Boden geholfen haben?«

Hochwürden nickte. »Ich würde es nicht ausschließen, aber keinesfalls hat er selbst Hand angelegt. Sie verstehen, was ich meine?«

»Selbstverständlich, Hochwürden.«

»Barmherzigkeit ist nicht strafbar, Herr Doktor.«

»Leider können wir ihn dazu nicht mehr befragen.« Frisch rieb sich den vollen Bauch. »Das hat jetzt geschmeckt. Allerherzlichsten Dank, ich war beinah am Verhungern. Setzen Sie das Essen bitte auf die Rechnung für das Polizeiinstitut.«

Jetzt war es Hochwürden, der abwinkte. »Sagen Sie, wann kommt denn Ihr Vorgesetzter zurück? Oder kommt er gar nicht mehr zu uns?«

»Keine Sorge, Hochwürden. Wir sind hier noch nicht fertig. Ganz im Gegenteil.«

»Ich meine nur, weil ich vom Verwalter gehört habe, der Thronfolger komme bald wieder nach Artstetten.«

In diesem Augenblick klingelte es an der Tür. Hochwürden stand ächzend auf. Da hörte man die laute Stimme von Frau Anni. »Sie können mir das Telegramm für den Doktor Frisch geben. Der sitzt bei uns in der Küche. Ich bring es ihm.«

Hatte sie etwa die ganze Zeit über an der Tür gelauscht? Frisch verzog den Mund. Die Frau war ihm nicht geheuer.

KAPITEL 26

Freitag, 4. Juni, Artstetten

Der Vormittag stöhnte unter der Kraft der Junisonne. Gegen zehn Uhr hatte es bereits an die dreißig Grad. Frisch dehnte seine Arme zur Seite und blickte aus dem offenen Fenster zum Donautal hinunter. Der Dunst, der noch am Morgen über dem Wasser geschwebt war, hatte sich aufgelöst, die Rapsfelder im Hintergrund glänzten in goldener Pracht. Die ersten Frühkartoffeln und die Erbsen würden bald zu ernten sein, auch die grünen Bohnen, erinnerte er sich an die Arbeit im Garten seiner Mutter am Semmering. Der Juni war ein wichtiger Monat für die Landwirtschaft. Frisch lauschte einen Moment dem Gesang der Vögel aus dem Garten, bevor er sich abwandte und zum Waschtisch ging, um den Rasierschaum mit dem Pinsel über das Kinn zu streichen. Die Klinge schabte angenehm kühl über die Haut. Auf seiner Zunge lag noch immer der fahle Geschmack vom gestrigen Rotwein, ebenso hartnäckig klebte die Schärfe des Specks an seinem Gaumen. Deswegen verzichtete er heute auf das Frühstück, nur Wasser hatte er getrunken, mindestens einen halben Liter. Frisch beugte sich vor, wusch den Schaum aus dem Gesicht und spuckte in die Schüssel. Tief durchatmend nahm er den Kopf zurück und blickte in den Spiegel, musterte kritisch die verschwollenen Augen unter den buschigen Brauen. Eine Blässe lag auf seiner sonst gebräunten Haut. Schweiß glänzte an den Schläfen. Er hatte sich schon einmal besser gefallen. Seufzend goss er Wasser aus dem Krug in ein Glas, putzte die Zähne und gurgelte mit zurückgeworfenem Kopf. In einer guten halben Stunde musste er in Pöchlarn den Chef abholen. Bei der Gelegenheit konnte er gleich die Beweismittel mit dem Bericht für Wien am Postamt aufgeben. Er tupfte mit dem Handtuch über seine Lippen und beeilte sich zur Fähre. Wenig später hatte er die Post in Pöchlarn erledigt und betrat den Bahnsteig. Kurz darauf näherte sich schnaubend die Eisenbahn. Ein bitteres Gemisch aus Wasserdampf und Kohle hing in der Luft. Es zischte und rauchte, als der Chef mit tief in die Stirn gezogenem Hut, die schwarze Tasche in der rechten Hand, aus dem Zug stieg. Sogar bei diesen hohen Temperaturen trägt er den Gehrock, dachte Frisch.

»Darf ich?« Frisch streckte den Arm nach der Tasche.

»Schön, Sie zu sehen, Kollege Frisch.«

Die Fähre stand noch bereit. Auf dem anderen Ufer angekommen, verstaute Frisch die Tasche auf dem Rücksitz des Opels und half dem Chef beim Einsteigen. »Leider gibt es keine guten Nachrichten aus Artstetten.« Frisch kurbelte, um den Motor wieder in Gang zu setzen.

»Auch ich habe wenig Erfreuliches aus Wien zu berichten.« Pospischil machte eine ernste Miene. »Baron von Wald hat von unserem Kaiser Frischgeadelte in den Schlosspark nicht nur zu einer«, er seufzte tief, »zu einer Art von Menschenjagd eingeladen, um sie in eine Falle zu locken. Sobald sich einer der Herren bei den leicht bekleideten Jungfern nicht beherrschen hat können, hat der Baron aus dem Gebüsch Fotografien von den Übergriffen angefertigt.«

»Verstehe.« Frisch setzte sich in den Wagen und fuhr los. »Und mit den Fotografien hat er die Neuadeligen, denen er eine Ehrung und hohe Honorierung als Berater des künftigen Kaisers versprochen hatte, erpresst.«

»So ist es, Kollege. Diese pikanten Bilder hätten den Jagdgästen nicht nur eine Anzeige wegen sexueller Gewalt gegen junge Frauenspersonen eingebracht und sie gesellschaftlich blamiert, auch den Adelstitel hätten sie gleich wieder hergeben können.«

»So ein ausgefuchster Lump, dieser Baron.«

»Herr von Wald wird wohl gut verdient haben an den jahrelangen Erpressungen.«

»Das ist ausgerechnet jetzt aufgeflogen, Chef?«

»Ein pensionierter Rechtsanwalt aus Wien hat ihn angezeigt und sich danach in seiner Wohnung erhängt.«

»Was für eine Tragödie, Chef. Verhaften wir den Baron jetzt?«

»Aber nein. Zu voreilig, lieber Frisch. Die Affäre wird diskret von höchster Stelle geklärt. Das geht uns nichts an. Das hat mit unserem toten Kind vermutlich nichts zu tun. Aber gänzlich ausschließen sollten wir eine Verbindung auch noch nicht.« Pospischil musste immer lauter schreien, um den Lärm des Motors zu übertönen. Plötzlich griff er seinem jungen Kollegen unvermittelt ins Lenkrad.

»Aber, Chef! Was machen Sie denn?«

»Fast hätt ich es vergessen. Wir fahren nicht gleich zum Pfarrhof in Artstetten. Während der langen Zugfahrt ist mir eingefallen, dass wir den Gemeindearzt, diesen Doktor Koch in Emmersdorf, noch nicht befragt haben.«

Frisch bremste. »Nach Emmersdorf wollen Sie? Das liegt in der anderen Richtung.«

»Ja, dann drehen Sie halt um.«

Die Wendung auf der schmalen Straße war nicht einfach.

»Und nun erzählen Sie mir, was sich in Artstetten ereignet hat während meiner Abwesenheit. Der Frau Anni geht es doch gut, hoffe ich.«

»Mit der Pfarrersköchin ist alles in Ordnung, aber die Tochter der Hebamme ist tot, Chef.«

»Was? Das schöne Dirndl mit den pechschwarzen Haaren? Was ist passiert?«

»Gestern ist sie im Wald gefunden worden. Das Mädchen wollte am Vorabend den Grafen Wolkenstein zu einem Stelldichein treffen«, erklärte Frisch. »Die beiden hatten ein Gspusi. Der Graf war wie vereinbart in den Wald gekommen, hat sie aber dort nicht angetroffen und ist heimgeritten. Am nächsten Morgen hat es ihm keine Ruhe gelassen und er ist noch einmal hin. Bei Tageslicht hat er sie dann gefunden. Vermutlich wurde sie erschlagen.«

»Sapperlot. Es wird doch nicht der Graf seine Affäre auf brutale Weise beendet haben? Sind denn hier alle Adeligen außer Rand und Band geraten?«

Frisch schüttelte den Kopf. »Das glaub ich nicht. Der Graf war glaubhaft am Boden zerstört. Der hat nicht geschauspielert. Da kenne ich mich aus. Der muss die junge Frau wirklich gern gehabt haben.«

»So. Meinen Sie?« Pospischil wendete den Kopf. »Wo ist die Leiche jetzt?«

»Das Persenbeuger Gericht hat sie abgeholt. Die Obduktion wird klären, ob es tatsächlich ein Gewaltverbrechen gewesen ist.«

»Haben Sie sie untersuchen können, bevor …?«

»Ja. Habe ich. Oberflächlich. Sie ist nicht geschändet worden.«

»Wenigstens das ist ihr erspart geblieben.« Pospischil hüstelte.

»Vorsorglich bin ich gleich zum Fundort, Chef. Dort habe ich einen Stock mit Blut gefunden und Wollfäden, wie in der Faust der Leiche. Schnell habe ich mit der Kamera Bilder gemacht. Grad eben war ich bei der Post, die Filmrolle und zwei der Fäden habe ich nach Wien geschickt.«

»Sehr gut, Kollege. Sehr gut.«

»Danke, Chef. Allerdings ohne Genehmigung der hiesigen Behörden.«

»Schon in Ordnung. Gut gemacht.« Pospischil beugte sich vor. »Denken Sie, die Fasern, die Sie sichergestellt haben, könnten einen möglichen Gewalttäter irgendwie überführen? Oder glauben Sie an einen Zufall?«

»Ich weiß es nicht, aber mir kam da so ein Gedanke.« Frisch kratzte sich am Kopf. »Erinnern Sie sich an das Tongefäß in der gesprengten Höhle, in dem wir das Kind gefunden haben, Chef?«

»Natürlich erinnere ich mich.«

»Der Knabe war in ein wollenes Tuch gewickelt.«

»Richtig.« Pospischil grunzte. »Sagen Sie, haben wir die Tonscherben und das Tuch aus der Höhle nach Wien in unser Institut geschickt?«

»Gewiss haben wir das. Sind aber bislang keine Erkenntnisse eingetroffen. Ich habe die Kollegen brieflich gebeten, die Fasern zu vergleichen. Wer weiß.«

»Sehr gut, Kollege. Man weiß ja nie. Man weiß ja nie.«

»Noch etwas, Chef. Die Persenbeuger haben einen Polizeihund an der Toten schnüffeln lassen. Wissen Sie, wohin er sofort gelaufen ist?«

»Soll ich raten, Frisch?«

»Ins Haus des Tagelöhners Franz Mayer. Aber dort konnte er keine bestimmte Person zuordnen. Entweder waren es alle zusammen, Vater, Mutter, Tochter und die beiden Söhne, oder die schuldige Person wird von allen anderen beschützt. Alle miteinander wollen zu Hause gewesen sein, erzählt man sich im Dorf. Das bei der Tat getragene Kleidungsstück könnte weggeworfen oder vernichtet worden sein. Der Hund rannte zwischen Vater, Mutter, Söhnen und Tochter hin und her. Ich fürchte,

Chef, ohne eindeutigen Beweis werden wir kein Geständnis bekommen.«

»Das Haus des Tagelöhners. Interessant.«

»Wenn die alle zusammenhalten, wird es schwer werden. Welches Motiv sollten sie gehabt haben?«

»Hm. Hm.«

Frisch drehte den Kopf zu seinem Chef, der mit geschlossenen Augen vor sich hin brummte.

»Meine Tante Mizzi«, sagte er plötzlich, »war eine Handarbeitskünstlerin. Früher, als ihre Finger noch nicht so gezittert haben, also damals hat sie leidenschaftlich gerne gestrickt und gehäkelt. Schals, Mützen, Westen, Socken, alles Mögliche. Als Kind hatte ich immer warme Kleidung, dank ihrer Handarbeiten.«

»Chef? Ihre Tante Mizzi aus dem Marchfeld, wo Sie als Kind Ihre Sommer verbrachten und die kürzlich verstorben ist?«

»Ich hab sie recht gern gehabt. Sie ist sehr alt geworden. Es muss an der gesunden Landluft gelegen sein. Ich würd gerne in der Pension dorthin …«

»Da vorne, Chef. Bei der Kirche. Das Haus mit dem roten Dach. Ist es das?«

»So hat man es uns beschrieben. Das muss es sein. Schauen wir, was uns der Doktor zu erzählen hat. Ich hab da so eine Vermutung.«

Frisch runzelte die Stirn. Was die verstorbene Tante des Chefs mit dem Tod der Hebammentochter oder dem vergrabenen Kind unter der Schlosskirche zu tun haben sollte, erschloss sich ihm nicht. Der Chef schien in Erinnerungen abgeschweift zu sein. Aber so genau wusste man das bei ihm nie. Er hatte wohl eine Eingebung.

Pospischil ließ sich von seinem jungen Kollegen aus dem Wagen helfen. Als er seine Füße in den Staub der Straße gestellt hatte, öffnete er die Knöpfe seines Gehrocks, weil ihm heiß geworden war, und schnaufte. »Da, schauen Sie, wir sind richtig. Sein Blick deutete auf ein kleines Schild aus Messing auf dem Stützbalken rechts neben dem Gartentor. *Dr. Emanuel Koch. Allgemeinmediziner.* »Hoffentlich ist er zu Hause.« Pospischil torkelte auf das Grundstück zu und drückte auf den Knauf am Gartentor. »Es ist offen. Wir haben Glück, Kollege.«

Zweimal musste Frisch an der Eingangstür klopfen, bis ein Mann mit weißem dichtem Haar öffnete.

»Doktor Emanuel Koch?«

»Der bin ich. Heute habe ich aber keine Ordination.«

Mit umständlichen Bewegungen tastete der Chef nach seiner Kokarde. Der Arzt hatte inzwischen die Tür bis auf einen winzigen Spalt zugezogen.

»Halt! Geheimpolizei aus Wien! Johann Pospischil und Leopold Frisch! Auf ein Wort, Herr Doktor!«

»Geheimpolizei aus Wien?« Die Neugierde schrieb sich dem Arzt ins Gesicht. Der Türspalt weitete sich. »Treten Sie ein. Wie kann ich helfen? Möchten Sie ein Glas Wein oder Bier?«

»Danke nein, wir sind im Dienst.«

»Wasser?«

»Sehr gerne. Ist eine arge Hitze heut.« Pospischil nahm den Hut ab und wischte mit einem Stofftaschentuch über die feucht glänzende Stirn.

Doktor Koch führte die Herren in eine mit weißen Möbeln ausstaffierte Küche. »Ich gebe kurz meiner Frau Bescheid, bin gleich wieder da.« Nach wenigen Augenblicken kehrte er zurück. »Meine Gattin und ich spielen gerade Karten, Poker, wissen Sie. Unsere einzige Leidenschaft. Leider bleibt uns viel zu wenig Zeit für die Freuden des Lebens.« Sein Blick senkte sich, dann seufzte er. »Es gibt zu wenig Landärzte, ich weiß nicht, wie es weitergeht, wenn ich in Pension gehe. Wir haben leider keine Kinder. Es gäbe so viel zu tun bei uns auf dem Land.«

»O ja, das kennen wir. Personalprobleme gibt es auch in Wien.« Pospischil schnaufte.

»Bittschön, ein Glas kühles Wasser wird Ihnen guttun.« Der Doktor stellte einen gefüllten Krug und zwei Gläser auf den kleinen runden Tisch. »Setzen Sie sich doch, meine Herren.«

Frisch drehte sich suchend um. Es gab nur zwei Sessel.

»Setzten Sie sich ruhig. Ich stehe gerne.« Milde lächelnd lehnte er sich gegen den Küchenschrank und schob die Hände in die Hosentaschen. »Jetzt berichten Sie mir endlich, wie ich einfacher Landarzt der Wiener Geheimpolizei behilflich sein kann.«

Die beiden Beamten machten es sich bequem. Frisch griff nach dem Krug. Das klare Wasser füllte gluckernd die Gläser. »Wir sind auf der Suche nach einer jungen Frau aus der Gegend, die wegen einer Schwangerschaft Hilfe gesucht haben könnte«, sagte Pospischil.

»Hm.« Das Kinn des Doktors zog nach unten und drückte gegen eine beachtliche Falte an der Gurgel. »In so einem Fall gehen die jungen Frauen lieber zu den Hebammen.«

»Bitte kommen sie mir nicht auf die Idee, sich jetzt auf Ihren Eid auszureden, der das Schweigen über die Identitäten und Diagnosen Ihrer Patienten umfasst«, sagte Frisch vorauseilend.

»Nicht nur das habe ich geschworen.« Das Kinn des Mediziners reckte sich. »Gottgewollte Schwangerschaften nicht zu unterbrechen gehört ebenso dazu. Deswegen sind Sie doch hier. Wegen des Fötus unter der Schlosskirche.«

»Sie sind also bereits informiert.« Pospischil räusperte sich. »Nun, so etwas würden wir Ihnen niemals unterstellen, Herr Doktor. Wir suchen nach einer Frau, die im Winter oder Frühjahr, jedenfalls nach dem September letzten Jahres, tatsächlich entbunden hat.«

»Es war keine Totgeburt?«

»Da hat man Sie falsch unterrichtet, Herr Doktor. Wir haben ein Kind gefunden, das bei der Geburt noch gelebt hat. Allerdings vermuten wir, dass diese Frau zuvor versucht haben könnte, das Kind nicht zu bekommen. Sie verstehen? Vielleicht erinnern Sie sich an eine Patientin, die alles andere als glücklich über ihre Schwangerschaft gewesen ist, Herr Doktor.«

Koch stieß einen spitzen Lacher aus. »Ich bitte Sie, die wenigsten Frauen sind glücklich über eine Schwangerschaft. In meine Praxis kommen Arbeiterinnen, Bäuerinnen, Mägde und Dienerinnen oder noch schlimmer, Unverheiratete. Solche Frauen schlittern mit einer Schwangerschaft in bittere Armut. Weder können sie weiterarbeiten, noch finden sie einen Ehemann für die Versorgung. Nur die feinen Damen der Adeligen freuen sich über Nachwuchs. Aber die kommen nie in meine Praxis.«

Frisch stellte mit einem Knall sein Wasserglas auf die Tischplatte. Im selben Moment ertönte das Glockengeläut der nahen Dorfkirche. Es hatte zwölf Uhr geschlagen. Der Doktor zuckte unter dem Gebimmel zusammen. Dann wurde es wieder still in der Küche, bis sich Pospischil räusperte.

»Sie führen doch sicher eine Kartei. Könnten Sie vielleicht nachsehen, ob im letzten Spätherbst, Winter oder zeitigem Frühjahr eine Frau in anderen Umständen zu Ihnen gekommen ist?« Flehend hob er den Blick. Die Wahrheit lag so nah und war greifbar.

»Meine Aufzeichnungen sind ordentlich geführt, meine Buchhaltung ebenso. Sie haben ja selbst meine Verschwiegenheitspflicht angesprochen. Vertrauen ist mein Geschäft.«

»Es geht um Mord, Herr Doktor.«

»Das sagten Sie bereits.«

»Möglicherweise haben wir es sogar mit zwei Morden zu tun, um genau zu sein. Ich denke, Hippokrates hätte Verständnis.«

Ein Funkeln in den dunklen Augen des Arztes. »Wenn Sie

sich einen Moment gedulden, meine Herren, ich werde drüben nachsehen, ob ich etwas für Sie Passendes in meiner Kartei finden kann. Ich glaube, mich an einen bestimmten Fall zu erinnern. Darf ich Ihnen wirklich nichts weiter anbieten? Einen Schnaps vielleicht?«

Pospischil winkte ab. »Danke. Wir erfrischen uns derweil an Ihrem ausgezeichneten Wasser.«

Von der nahen Kirche erklang der nächste Glockenschlag. »Zwölfe is es scho«, murmelte Pospischil. »Wir kommen der Sache näher, Kollege.«

»Sie ahnen bereits, wer das Kind getötet hat, nicht wahr?«

Pospischil wollte seinem Kollegen antworten, da kehrte der Arzt aus der Praxis zurück. In seiner Hand eine Karte aus liniertem Karton, bekritzelt mit einer stark nach rechts geneigten Handschrift in schwarzer Tinte.

Triumphierend schwenkte er die Karte hin und her. »Mein anfänglicher Verdacht könnte die für Sie passende Person sein. Am zwölften Oktober, ich erinnere mich gut, es waren die Letzten in meiner Sprechstunde, saß ein junges Fräulein mit ihrem Vater vor mir. Sie sprach nichts, nur er. Ein übler Bursche. Primitiv und leicht reizbar. Er wurde handgreiflich, als ich mich weigerte, einen Abbruch durchzuführen. Da wollte er mir an den Kragen. Ich habe ihn rausgeworfen. Da drohte er mir, er würde mich mit bloßen Händen erwürgen. Geschrien hat er, ganz furchtbar. Meine Frau wollte schon Hilfe holen, da ist er endlich gegangen. Mit seiner schwangeren Tochter.«

»Er wollte, dass Sie das Kind wegmachen?«

»Was denn sonst? Sie sei zu jung für ein Kind und die Zeugung ein einmaliges Malheur gewesen, von der Tochter nicht gewollt. Meine Herren, ich kenne diese Geschichten, es ist immer die gleiche Ausrede. Ich hab ihm geraten, doch bei der Gendarmerie eine Anzeige gegen den Mann wegen sexueller

Gewalt gegen eine Frauensperson zu erstatten und das Kind später in kirchliche Obhut zu geben. Auf jeden Fall müsse die Geburt gemeldet werden. Ich habe den entsprechenden Paragraphen zitiert, den ich schon auswendig kann, weil so viele mit den immer gleichen Geschichten zu mir kommen.«

»Ihre Ratschläge haben dem Vater nicht gefallen?«

»Nein. Die Madeln von heute entdecken früh ihre sexuelle Begierde fern der christlichen Moral, ohne die Konsequenzen akzeptieren zu wollen.«

»Sie nehmen also die involvierten Männer aus der Verantwortung?«, schnitt Frisch mit spitzer Zunge dazwischen. »Haben Sie überhaupt nach dem Namen des Kindsvaters gefragt?«

»Bin ich die Sittenpolizei?« Die Stimme des Arztes erhob sich.

»Die Natur eines Mannes ist nicht mit der eines Weibes zu vergleichen. Oder haben Sie schon mal von Hurenhäusern für Frauen gehört, junger Mann?« Wieder ein spitzer Lacher, worauf die Gesichtsfarbe von Frisch in ein dunkles Rot wechselte.

»Meine Herren!« Pospischil deutete seinem Kollegen, sich zurückzuhalten. Der Arzt hatte wertvolle Informationen, die sie ihm entlocken mussten. »So fahren Sie bitte fort, verehrter Doktor Koch. Nennen Sie uns den Namen von Vater und Tochter. Ich bitte Sie.«

Koch ließ die Schultern sinken, hob die Karteikarte vor seine zu schmalen Schlitzen verengten Augen und murmelte. »Warten Sie, ich hab's gleich.« Während er sie Zeile suchte, sprach er weiter. »Jedenfalls habe ich die beiden darüber aufgeklärt, dass eine Verheimlichung der Geburt eines Kindes mit bis zu sechs Monaten Arrest bestraft wird.« Seine Brauen hoben sich. »Da steht er ja, der Name des Vaters: Franz Mayer, die Tochter heißt Hermine.« Die Karteikarte sank nieder, der Blick hob sich. »Eigentlich, wenn ich nicht so ein ordentlicher Mensch wäre, hätte ich diesen Eintrag längst vernichtet. Die Familie Mayer kommt sonst nie zu mir in die Praxis.«

»Die Tochter des Tagelöhners hat also dieses arme Kind zur Welt gebracht«, sagte Pospischil. »Aber wie konnte sie die Schwangerschaft bis zum Schluss vor der Öffentlichkeit verheimlichen?«

»Erinnern Sie sich an unsere anfängliche Vermutung, eine unerwünschte Schwangerschaft könnte unter weiten Kleidern im Winter verborgen geblieben sein, Chef?«

Pospischil nickte.

»Das Fräulein Mayer hat eine sehr füllige Figur.«

»Und die ganze Familie hat mitgeholfen, die Geburt des Kindes zu verheimlichen«, setzte Pospischil den Gedanken fort, »besonders vor den Behörden.«

»Sagten Sie nicht, Sie seien möglicherweise wegen zweifachen Mordes hier?« Der Arzt zog die Stirn in Falten.

Pospischil erhob sich vom Sessel, fasste nach der freien Hand des Mediziners und schüttelte diese heftig. »Richtig, Herr Doktor. Möglicherweise haben Sie uns in Ihrer Liebenswürdigkeit geholfen, gleich zwei Morde aufzuklären. Vielen herzlichen Dank und auf Wiederschauen. Gehen Sie zu Ihrer Frau und spielen Sie weiter Poker.«

Im Blick des Arztes verfestigte sich der Ausdruck von Verwirrtheit. »Aber … aber … wer ist denn noch gestorben?«

»Auch wir von der geheimen Polizei sind zur Verschwiegenheit verpflichtet«, antwortete Pospischil süffisant und, zu Frisch gewandt, »Kommen S', Kollege, wir müssen an die Arbeit.«

»Zur Stelle, Chef.«

KAPITEL 27

Freitag, 4. Juni 1909, Artstetten

»Nun wissen wir zwar, wer die Mutter des toten Knaben unter der Schlosskirche ist, zumindest mit sehr hoher Wahrscheinlichkeit wissen wir das. Aber hat die Hermine Mayer den Buben nach seiner Geburt tatsächlich selbst getötet?« Frisch warf mit der Kurbel den Motor an. »Ich kann es mir nicht vorstellen.«

»Wir müssen uns die Familie Mayer vornehmen«, sagte Pospischil. »Dort liegt die Wurzel allen Übels, davon bin ich überzeugt. Fahren Sie uns dorthin, bitteschön, und dieses Mal werden wir unsere Pistolen dabeihaben.«

»Wir haben aber nichts gegen sie in der Hand, Chef.« Frisch legte seinen Waffengurt an, dann half er seinem Vorgesetzten.

»Wir werden sie einvernehmen. Jede Person einzeln. Immer wieder. Bis zu einem Geständnis. Glauben Sie mir, Frisch, wer so böse Dinge tut, der will reden. Und jetzt fahren Sie endlich los.«

»Müssten wir nicht die Kollegen vom k. k. Gendarmeriekommando Persenbeug als zuständige Behörde für den Fall Franziska Buls informieren?« Frisch beschleunigte den Wagen.

»Nein. Wir ermitteln im Todesfall des Säuglings. Wenn sich im Zuge dessen neue Erkenntnisse auch im Fall Franziska Buls ergeben sollten, bitteschön, dann werden wir es umgehend der hiesigen Behörde melden.« Er drehte sich zu seinem Kollegen. »Keine Sorge. Ich halte mich dieses Mal korrekt an die Vorschriften.«

Frisch nickte und warf seinem Chef einen bedeutungsschweren Blick zu. »Ich habe dem Staatsanwalt meine Beihilfe zugesagt, Chef.«

»Wissen Sie, wenn Sie so lange bei der Polizei sind wie ich, mittlerweile sind es vierzig Jahre, dann merken Sie, wenn Sie sich einer Grenze nähern, die Sie nicht überschreiten sollten. Jedenfalls nicht, ohne ernsthafte disziplinäre Konsequenzen zu befürchten. Nur die Erfahrung hält Sie vor gröberen Dummheiten zurück. Glauben Sie mir.«

»Chef. Ich bin wirklich stolz, dass ich an Ihrer Seite arbeiten und lernen darf.« Die beiden Männer schrien sich an, um den Motorlärm zu übertönen.

»Gehen S', hören S' auf. Sie machen mich sentimental.« Pospischil schnäuzte sich in sein Taschentuch.

»Da sind wir.« Frisch brachte den Wagen vor dem Gehöft der Familie Mayer zum Stehen und neigte die Stirn seinem Beifahrer zu. »Wie gehen wir taktisch vor? Böser Polizist, guter Polizist?«

»Genauso machen wir es. Ich bin der Gute. Und Sie helfen mir bitte aus dem Wagen.« Pospischil stöhnte. »Mein Kreuz macht schon wieder Faxen.« Er stöhnte. »Wenn ich mir das verreiß, kann ich mich tagelang nicht richtig bewegen. Das wär jetzt fatal.«

»Warten Sie, Chef.« Frisch sprang aus dem Wagen. »Ich helfe Ihnen.«

Zehn Minuten später saßen die beiden Beamten vor Hermine Mayer in der Bauernstube des Hofes. Die Jungfer war bleich wie die kahle Wand hinter ihr und knetete mit sichtlicher Nervosität die Finger. Neben ihr die Mutter. Da das Fräulein noch nicht großjährig war, musste ein Vormund bei der Befragung anwesend sein. Und da die Brüder und der Vater draußen auf den Feldern arbeiteten, worüber die beiden Polizisten in diesem Moment erleichtert waren, sorgte das Beisein der Mutter für die Wahrung der Rechte. Pospischil prüfte mit einem Handgriff den Sitz seiner Dienstpistole unter dem Gehrock. Die Frauen sollten die Waffe nicht sehen.

»Erzählen Sie uns bitte von Ihrem Kind, das Sie im Frühjahr zur Welt gebracht haben«, kam er gleich zur Sache.

»Von welchem Kind reden Sie?«, polterte die Mutter. »Meine Tochter ist unberührt.«

»Sagen Sie uns die Wahrheit oder wir nehmen Sie in Gewahrsam«, fuhr Frisch sie an.

»Bitte, ein Kind zur Welt zu bringen ist ja noch kein Verbrechen«, zeigte Pospischil Milde. »Erzählen Sie einfach. Ist es gleich gestorben, hat es geatmet?«

»Nein«, schluchzte Hermine, »es hat nicht geatmet, es war sofort tot.«

»Wie furchtbar. Und was haben sie dann mit dem Kind gemacht?«

»Zum Pfarrer hab ich es bracht. Ich wollt, dass seine Seele zu Gott geht und nicht ewig herumirrt, so ganz allein. Verstehen Sie?« Sie schluchzte auf.

»Zum Pfarrer Dorn haben Sie Ihren Sohn gebracht?«, fragte Pospischil verwundert.

Hermine schüttelte heftig den Kopf. »Nein, zum Pfarrer Nemec.«

»Der vor Kurzem gestorben ist?«

»Ja, er hat versprochen, mein Kind zu Gott zu führen. Ich war so froh.«

»Dann war es Pfarrer Nemec, der den Säugling unter der Schlosskapelle begraben hat?« Pospischil blickte zu seinem Kollegen, der ihm zunickte.

»Ich durfte es niemandem sagen. Weil es vor dem Sakrament der Taufe verstorben war. Aber Hochwürden hatte ein gutes Herz. Und jetzt ist er bei Gott und bei meinem Sohn.« Die verheulten Augen blickten flehend zu Pospischil. »Mein Söhnchen ist nicht mehr allein. Vater unser im Himmel …«, fing sie zu beten an.

»Was wollen Sie noch, meine Herren«, fuhr die Mutter energisch in das Gemurmel ihrer Tochter, »es hat sich alles zum Guten gewendet. Lassen Sie die Hermine in Ruh. Sehen Sie nicht, wie Sie mein Kind quälen? Sie hat genug durchgemacht.«

»Ohne Zweifel, gute Frau. Aber wir sind noch nicht fertig«, erwiderte Frisch schroff. »Das Kind ist lebend zur Welt gekommen. Es wurde kurz nach seiner Geburt getötet.«

»Ich war es nicht. Der Vater war es!«, presste Hermine hervor.

Mit einem klatschenden Geräusch landete die flache Hand der Mutter auf der Wange der Tochter. »Halt die Gosch'n, depperts Mensch. Du stürzt uns alle ins Unglück.«

Die Tochter zuckte zurück und war auf der Stelle still.

»Hören Sie nicht auf Ihre Mutter«, sprach Pospischil sanft. Am liebsten hätte er die Mutter hinausgeworfen, aber das wäre nicht rechtens gewesen. »Sie retten sich, wenn Sie uns die Wahrheit sagen.«

»Kaum war's abg'nabelt, hat er ihm den Kopf um'dreht, so, wie er es mit den Henderln macht«, sprach sie leise. Er musste mit dem Ohr an ihren Mund rücken, um sie zu verstehen. In letzter Sekunde bemerkte er den zum Schlag ausholenden Arm der Mutter und konnte gerade noch seine Hand dagegen stemmen. »Reden S' weiter, Fräulein.«

»Im Stall drüben is es g'schehn, Herr Geheimagent.« Hermine duckte sich.

»Halt dein Schandmaul, Tochter! So stolz waren wir, als du in den Schlossgarten des durchlauchtigsten Thronfolgers eing'laden warst, und jetzt machst alles kaputt!«

»Hören Sie nicht auf Ihre Mutter. Reden Sie!«

»Dann wollt er es vergraben«, fuhr Hermine weinend fort, »aber da hab i mi g'wehrt und hab es ihm aus die Händ g'rissen, i wollt es bei mir haben, nur für a Weil an meinen Busen halten. Da hat er g'schimpft und is wegg'rennt. I bin dag'legen in meinem Blut. Neben die gackernden Hendeln.« Hermine schluchzte.

»Da haben Sie Ihr totes Kind genommen und zum Pfarrer gebracht. Das war sehr anständig und auch sehr mutig von Ihnen.« Er legte seine Hände auf ihre Schultern. »Sehr mutig von Ihnen.«

»Depperts Mensch«, keifte die Mutter, aber ihre Stimme hatte an Kraft verloren. Der verbitterte Mund zuckte, ihre Hände im Schoß zitterten. »Hätt ich doch lauter Buben geboren. De Madeln bringen nur Unglück und Verruf.«

»Wer ist der Vater des Kindes, liebes Fräulein? Wer hat Ihnen das angetan?«, drängte Pospischil.

Hermine sackte zusammen. Die kräftigen Schultern, der starke Hals, der füllige Busen, plötzlich wie eine schlaffe Masse.

»Sag's net«, zischte die Mutter. »Wenigstens des sag net, wenn du der Höll entkommen willst.«

»Was sollen Sie nicht sagen, liebes Fräulein?« Pospischil, in seinen langen Jahren als ziviler Polizist an einiges gewohnt, ahnte das Unfassbare, das sich in wenigen Augenblicken offenbaren würde. Das wollene Tuch rutschte über die Arme der Tochter. Eine Häkelarbeit aus blauem Garn. Wo hatte er ein solches Muster, wie kleine Muscheln an einem Strand, schon einmal gesehen? Da fiel es ihm ein. Im Haus der Tante Mizzi aus dem Marchfeld. Eine Decke, die ihn warmgehalten hatte in den frischen ländlichen Sommernächten. Da hob das Fräulein seine schweren Lider. Dasselbe Muschelmuster wie auf der Decke, in die der mit Wachs überzogene Leichnam des Kindes im Keller unter der Schlosskirche gewickelt gewesen war.

»I waß net, welcher Samen in mir zur Frucht worden ist. Einer von meine Brüder is der Vater g'wesen.« Sie sprach leise, ihre Stimme endete in einem Hauch.

Pospischil warf der Mutter einen strafenden Blick zu. »Sie haben es gewusst und nicht verhindert?«

»Depperte Trutschn«, murmelte die Mutter mit steinerner Miene.

»Wenn Sie es gewusst und nicht verhindert haben, sind Sie keine richtige Mutter.« Frisch schrie sie an.

»Depperte Urschl. Du machst alles hin.« Sie beugte sich vor. »Über so was redt ma net.«

Pospischil richtete sich zu seiner vollen Größe von einem Meter siebzig auf. »Sie können Ihre Tochter noch so sehr beschimpfen, der wahre Trampel sind Sie, weil sie das Verbrechen der Blutschande nicht verhindert haben.«

Ihre geweiteten Augen starrten ihn an. »Sie kennen meinen Franzl nicht. Ich bin zu schwach gegen ihn.« Sie spuckte auf den Boden. »Alles wär in unserer Familie geblieben, wenn die Hermine net so hysterisch worden wär. Sie hat uns die Schand ins Haus bracht.«

Pospischil schnappte nach Luft, wollte dem Ungeheuren etwas erwidern, da polterte der Vater mit seinen beiden Söhnen zur Küche herein. Pospischil taumelte zurück, spürte die Wand im Rücken und starrte entgeistert auf die Werkzeuge in den Händen der Männer. Eine Axt, ein Hammer, ein Messer.

»Frisch! Schnell! Die Pistole!« Seine Hand tastete nach dem Holster am Körper. Doch die Nerven versagten. Ein heftiges Zittern erfasste ihn, und als er sich abrupt zu seinem Kollegen drehte, schoss ein heißer Strahl an seinem Gesäß durch die Oberschenkel bis in die Kniekehle hinab. »Verdammter Ischias«, röchelte er. Aus den Augenwinkeln sah er Frisch niedersinken. Er musste an seine Waffe, doch im Schmerz fanden die Finger das kühle Metall nicht. Jemand griff an seinen Hals. Ein Gesicht wie eine Fratze, gebleckte Zähne. Geballte Wut. Sie nahm ihm den Atem. Ein Schwindel erfasste ihn. Jetzt ist alles aus, dachte er. Da knallte es und der Griff um seine Gurgel löste sich.

»Im Namen des Gesetzes! Ich verhafte Sie wegen des dringenden Verdachts des Mordes an Frau Franziska Buls.«

»Herr Bezirksstaatsanwalt! Gott sei Dank«, hörte er Frisch rufen. Pospischil wendete im Taumeln den Kopf und seufzte vor Erleichterung, als er den Kollegen unverletzt wieder auf beiden Beinen stehen sah, neben ihm die stattliche Gestalt des Staatsanwalts. Zwei Uniformierte fixierten die beiden Söhne und hielten die Tobenden in Schach. Der Vater lag blutend und reglos auf dem Küchenboden. Eine Kugel hatte seine Schulter durchbohrt. Jetzt war es die Gattin, die einen spitzen Schrei ausstieß.

»Sie kommen gerade recht.« Pospischil stöhnte. »Das wär beinah bös ausgegangen für uns.«

»Nun, die Obduktion ist unerwartet schnell vonstattengegangen«, berichtete der Staatsanwalt mit sichtlichem Stolz. »Dem armen Fräulein wurde der Schädel mit Wucht eingeschlagen. Die Verletzungen sind so schwer, dass sie nicht die Folge eines simplen Sturzes gewesen sein konnten. Ein schweres Verbrechen liegt vor. Und da der Hund sofort die Fährte in dieses Haus aufgenommen hat, ist der Täter wohl hier zu finden. Der brutale Angriff auf die werten Kollegen von der Wiener Geheimpolizei scheint den dringenden Verdacht nur zu bestätigen.« Er klatschte in die Hände. »Abführen. Alle drei.«

»Der eine rührt sich nicht«, bemerkte einer der Uniformierten mit beiläufigem Blick auf den zu Boden gegangenen Mann.

»Dann tragt ihn eben zum Wagen. Im Strafgefangenenhaus haben wir einen Arzt, der wird sich die Wunde anschauen.

Gemma. Gemma. Mir reicht's für heut. Aber vergesst nicht, ihm Hände und Füße zu binden. Nicht, dass uns der Lump aufwacht und vom Wagen springt.« Der Bezirksstaatsanwalt drehte sich zu den beiden Geheimpolizisten um. »Das Motiv für die Tat werden meine Beamten sicher bald herausfinden.«

»Die beiden Brüder haben sich der Blutschande an ihrer Schwester schuldig gemacht«, erklärte Pospischil. »Die Eltern haben es nicht nur gewusst, sondern gebilligt. Die Tochter behauptet, der Vater habe das Kind aus dieser Verbindung nach der Geburt getötet. Sie sei es gewesen, die dem armen Geschöpf wenigstens ein Grab unter dem geweihten Altar der Schlosskirche von Artstetten schenken wollte. Die junge Hebamme ist ihnen vermutlich auf die Schliche gekommen.«

»Verstehe, Sie sprechen von dem Verbrechen im Umfeld des Thronfolgers. Schreckliche Tat. Gut, dass wir so schnell die Täter fassen konnten.« Der Staatsanwalt nickte und hob die Hand zum Gruß. »Sie haben uns sehr geholfen, meine Herren.«

»Danke gleichfalls, auch Sie haben uns sehr geholfen.« Pospischil lüftete den Hut.

»Des waren wir net«, schrie einer der Brüder beim Abführen, »Wir haben die Franziska net erschlagen.«

»Des waren wir net. Bei Gott! Des waren wir net!«, wimmerte auch der andere.«

»Maul halten! Abführen!« Der Staatsanwalt machte mit der Hand eine zackige Bewegung. »Gemma! Gemma!«

Das Geschrei der Mutter wollte kein Ende nehmen. Erst als die Männer abgeführt waren und die Tür ins Schloss fiel, verstummte sie, torkelte zu einem Schrank, nahm einen Krug und setzte ihn an die Lippen. Noch während sie gierig trank, sank sie auf einen Sessel nieder und blickte mit glasigen Augen ins Leere.

»Möchten Sie hierbleiben?«, fragte er die Tochter leise, damit es die Mutter nicht hören konnte. »Es gibt Stellen, die Ihnen helfen können.«

Hermine reagierte nicht. Ihre Augen waren leer, wie die der Mutter. Seufzend wandte sich Pospischil ab und ging.

Als er mit Frisch draußen auf der Straße stand, schüttelte er heftig den Kopf.

»Chef, was ist los? Der Fall ist gelöst.«

»Ich hab auf einmal so ein komisches Gefühl, dass wir etwas übersehen haben.«

Frisch hob die Augenbrauen. »Meinen Sie, die Mutter hätte auch eine Strafe verdient?«

»Natürlich, aber das meine ich nicht, Frisch. Das Fräulein hat uns nicht alles gesagt. Wie sie da gesessen ist, nachdem ihre Brüder und der Vater abgeführt worden waren. Da ist noch etwas drinnen in ihr. Eine Schuld. Eine schwere Schuld.«

»Schuld?« Frisch zog die dunklen Brauen hoch. »Was für eine Schuld? Sie hätte es nicht verhindern können.«

»Nein. Die Fäden, Frisch«, raunte er, »die Fäden in der Hand der toten Franziska Buls. Haben Sie das Schultertuch der jungen Frau nicht gesehen?«

»Natürlich.« Frisch schien endlich zu begreifen. »Sie meinen, das Mädchen ist dort im Wald gewesen.«

»Kommen S'«. Die beiden Agenten kehrten um. Im Haus kauerte die Mutter noch immer mit dem Krug in der schlaffen Hand. Ein scharfer Geruch nach Alkohol hing in der Luft. Die Tochter saß wie erstarrt daneben. Ein wollenes Muschelmuster umspielte ihre Schultern. Nicht aus dunklem Garn, jenes Stück hatte sie gewiss längst entsorgt, sonst hätte der Polizeihund die Fährte bis zu ihr verfolgt, dieses war aus hellblauer Wolle gefertigt. Eine schöne Handarbeit.

»Lassen Sie mich das machen«, raunte Pospischil ihm zu.

»Eine Frage habe ich noch, liebes Fräulein«, sprach er laut.

Schwerfällig hoben sich ihre Lider. »Ja?«

»Zuerst wollten Sie Ihr Kind schützen, dann sich selbst, nicht wahr?« Mit zwei Schritten bewegte er sich langsam auf die junge Frau zu.

Große Augen, Sommersprossen, eine kecke Stupsnase. Unter anderen Umständen hätte er sie reizvoll gefunden. Pospischil bohrte weiter. »Ihre Freundin Franziska hat Sie in Ihrer Verzweiflung alleingelassen. Das hat Sie zutiefst gekränkt.«

Ihr Mund wurde schmal. »Die verwöhnte Gans hat nicht glauben wollen, dass mein Vater und meine Mutter zug'schaut haben, wie mich meine Brüder besteigen seit der Herrgott mir Brüste wachsen hat lassen. G'lacht hat sie und g'sagt, ich hätte schon immer eine rege Fantasie g'habt. Schon in der Schul. Ich sei eine Lügnerin.«

»Franziska hat auf unserer Fotografie das Wolltuch, in das Sie ihr totes Kind gewickelt hatten, erkannt, richtig?«

»Die Schwangerschaft hat keiner g'merkt. Bei meiner Figur war das Kaschieren net schwierig.« Sie schüttelte den Kopf. »Die Geburt hab ich ertragen, mein Vater hat mir dabei g'holfen. Das mit der Nabelschnur hätt ich net selber konnt. Es war so blutig, da hab ich es abg'waschen.« Sie drehte ihr Gesicht zur Seite. »Als das Kind begraben war unter der Kirche, da hab ich dacht, alles ist wieder gut. Sogar Paradiesvogel im Schloss des Thronfolgers hab ich sein dürfen.«

Er sah den Schmerz einer verwundeten Seele, aber auch das Flackern eines heftigen Zorns.

»Alles hätt sich zum Guten gewendet.« Sie hob ihre Fäuste, rieb über ihre glühenden Wangen. »Und dann kommt die Franziska und sagt, ich hätte was Unrechtes getan und sie müsst es der Gendarmerie melden.« Hermine bleckte die Zähne. »Die falsche Schlange hat mich um Verzeihung gebeten für das, was sie tun müsst, weil sie net anders könnt«, kam es zischend aus ihrem Mund.

»Und da haben Sie das Stelldichein im Wald mit ihrem heimlichen Geliebten, dem Grafen, ausgenutzt.«

»Mein Vater ist es g'wesen! Er hat die Franzi erschlagen, damit des mit dem Kind net rauskommt!«

»Fräulein Hermine. Ihr Vater hat zugelassen, dass Ihre Brüder Sie missbrauchen, und er hat Ihr Kind getötet. Das ist schrecklich für Sie, aber es wurden Fäden eines Ihrer gehäkelten Tücher in der Hand der Toten und an jener Stelle im Wald gefunden, wo Franziska Buls niedergeschlagen worden war. Ihr Vater hat wohl kaum ein wollenes Schultertuch getragen.«

Eine tiefe Erschöpfung spiegelte sich in ihrer Miene.

»Befreien Sie Ihre Seele von der Schuld. Es ist vorbei.«

»Den Diener des Grafen hab ich bei ihrem Haus g'sehn an dem Nachmittag.« Ihre Stimme bebte. »Alle haben von dem Gspusi g'wusst und a von dem Boten, der die Treffen im Wald ausg'macht hat.« Ihr Mienenspiel wurde zu einer Fratze. »Ich hab mi nur auf die Lauer legen brauchen und warten. In dem Wald hinter dem Schloss treffen si vü hamlich, wann's dunkel wird.«

»Sie sind ihr in den Wald nachgeschlichen? Was wollten Sie dort? Sie bitten, die Sache mit der Anzeige noch einmal zu überdenken?«

»Ja, das wollt ich. Angebettelt hab ich sie. Die Franzi hat immer alles kriegt, a romantische Liab, vom Vater das Geld, a gute Mutter, sogar an eigenen Beruf. Was hätt es ihr g'schadt, mi net an die Gendarmerie zu verraten? Wenigstens für meinen toten Sohn hätt sie schweigen können.« Tränen benetzten ihre Wangen.

»Aber sie hat Sie verhöhnt, wollte mit Ihnen nichts mehr zu tun haben. Richtig?«

Hermine presste die Lippen aufeinander, bevor sich ihr Mund zitternd wieder öffnete. »Plötzlich hat sie mich so von oben herab ang'schaut, so kalt, als wär ich eine Verbrecherin und sie meine Richterin, und dann hat sie g'sagt, sie würd bald im Haus des Grafen leben und da müsst sie beweisen, wie wichtig ihr ritterliche Ehre, Haltung und Wahrheit san, weil die Adeligen würden sie auf Herz und Nieren prüfen.« Hermine stieß einen Schwall Luft aus. »Nie hätt sie zu denen g'hört. Nie.«

Pospischil trat einen Schritt zurück. »Da haben Sie nicht anders können, als sie zum Schweigen zu bringen.«

Hermine seufzte. »Der Graf wird sie nie heiraten, hab ich g'sagt. Da hat sie zum Schreien ang'fangen und is auf mich los. Ich wollt' nur, dass sie still is, bevor der Graf mich noch bemerkt. Gerangelt haben wir. Mein Kleid hat sie mir zerrissen und gekratzt hat sie mich auch. Auf amoi ist da so a Stecken in meiner Hand g'wesen.« Sie führte mit den Armen eine zuschlagende Bewegung aus. »I wollt sie nur beruhigen. Besänftigen wollt ich sie.«

»Mit einem Stück Holz?«

»Sie hat net aufhören wollen.«

Pospischil nickte. »Gut, dass Sie reinen Tisch gemacht haben. Sie sind noch nicht großjährig und das, was Ihnen Ihre Familie angetan hat, wird Ihnen vor Gericht gewiss als mildernde Umstände angerechnet werden.«

Pospischil und Frisch standen auf. »Bitte kommen Sie mit uns. Der Kollege wird Sie in das Bezirksgericht von Persenbeug bringen.«

»Alles ist besser, als in diesem Haus zu verrecken.« Hermine stand auf und warf der Mutter einen hasserfüllten Blick zu. »Jetzt bist mich los. Hast mich eh nie wollen.«

Die Mutter schleuderte den Krug in Richtung Tochter, der sie nur um Haaresbreite verfehlte. Mit einem Knall zerbarst er an der Wand und zerfiel in viele Stücke. Ein heiseres Gebrüll kam aus dem Mund der alten Frau. Pospischil jagte es einen Schauer des Grauens über den Rücken.

Nachdem die Tochter des Tagelöhners und Bauern dem Gericht übergeben worden war, zogen sich Pospischil und sein Assistent in die Zimmer im Obergeschoß des Pfarrhofs zurück. »Ich bin so müd.« Pospischil gähnte. »Morgen mach ich gar nichts, außer lesen, schreiben und schlafen.«

»Fahren wir nicht sofort zurück nach Wien?« Frisch schaute verdattert. »Wir sind doch hier fertig.«

»Wir reisen erst am Sonntag ab, lieber Kollege. Ich möchte zumindest einmal den Herrn Pfarrer Dorn bei einer heiligen Messe erleben. Ich finde, das sind wir ihm schuldig. Schließlich hat er uns Quartier und Kost geboten.«

»Natürlich, Chef. Verzeihen Sie, das ist natürlich das Mindeste, was wir tun können, um unsere Dankbarkeit zu zeigen. Obwohl er eine Gebühr für unsere Beherbergung vom Institut erhalten wird.« Er hob die Schultern. »Bleiben wir also bis Sonntag hier.«

»Sapperlot, Frisch, eine Gebühr. In erster Linie sind wir Menschen, in zweiter sind wir Polizisten. Vergessen Sie nie die Höflichkeit und die Dankbarkeit, lieber Kollege. Vergessen Sie das nie. Da können Sie noch so viel studieren und forschen. Wenn Sie vor lauter Theoretisieren das Menschsein vergessen, werden Sie nie ein guter Agent sein.«

Frisch nickte betreten. Pospischil verstand, dass es ihn zu seiner jungen Frau nach Wien drängte, aber er hatte noch etwas Wichtiges zu erledigen in Artstetten.

KAPITEL 28

Sonntag, 6. Juni, Artstetten

In der kleinen Steinkirche auf der Anhöhe von Pöbring hatten sich an diesem warmen Sonntag nur wenige Gläubige eingefunden. Die vordersten drei Reihen waren besetzt. Pospischil und Frisch saßen in der letzten Reihe. Mit etwas Abstand zu den anderen. So wie sein akademischer Kollege war auch er nicht sonderlich gläubig. Doch so kurz vor der Abreise von diesem reizvollen Ort am Ufer der Donau fühlte er ein seltsames Bedürfnis nach den christlichen Ritualen, die er als Kind mit großem Staunen erlebt, später jedoch zunehmend gemieden hatte. In seinen Erinnerungen stieg ein intensiver Weihrauchgeruch auf, das helle Bimmeln von zarten Glöcklein und das Knien auf hartem Holz. Schon kratzte es in seinem Hals und er musste hüsteln. An die positive Wirkung eines Zwiegesprächs mit einer göttlichen Kraft mochte er manchmal glauben, insbesondere nach der beinah schon vergessenen und hier in Artstetten wieder aufflammenden Leidenschaft zu einer Frau. Die herzerwärmende Begegnung mit der Pfarrersköchin sah er als ein Geschenk der späten Jahre, ebenso die Gastfreundschaft des Pfarrers. Das Gute war nicht besiegt, auch wenn das Böse seine immerwährende Existenz zu verteidigen suchte.

Pospischil senkte das Kinn. Den gestrigen Samstag hatte er nicht nur zum Schlafen, Schreiben und Lesen genutzt, so wie er es seinem Kollegen erzählt hatte. Mit Frau Anni hatte er einen ausgedehnten Spaziergang durch die liebliche Landschaft des Nibelungengaus mit Blick hinunter auf den Strom unternommen und dabei viel geplaudert. Laut hatten die Grillen aus den trockenen Wiesen gezirpt. Wie erhofft waren sie sich nähergekommen, gleichzeitig hatten sie sich im Angesicht des nahenden Abschieds auch voneinander entfernt. Der Duft des Weihrauchs reizte ihn erneut zum Hüsteln. Er kämpfte dagegen an, bis die Tränen aus den Augenwinkeln drückten. Das Glöcklein erklang. Leise ächzend sank er auf die Knie nieder. Das mit der Demut hatte er nie verstanden. Wieder ein zarter Glockenklang. Er faltete die Hände vor dem Gesicht, räusperte sich und vernahm die Stimme des Priesters, ohne wirklich hinzuhören.

»Herr, ich bin nicht würdig …« Die Einladung zur Kommunion. Auch das noch. Pospischil und Frisch stellten sich wieder auf die Füße. Pfarrer Dorn hob den Kelch, in dessen Gold sich die Sonne zu einem Feuer bündelte. Es funkelte über das Holz der verwaisten Holzbänke. Vor dem Altar leuchtete das weiße Leinen des Ornats. Mit gesenkten Lidern nahm Pospischil die Hostie entgegen. »Dies ist der Leib Christi.« Pospischil begann im Nacken zu schwitzen. »Amen.« Kleine Kreuze auf Stirn und Brust. »Amen.« Ein Blinzeln in das lächelnde Gesicht des Pfarrers, dann kehrte er zu dem schattigen Platz in der hintersten Reihe zurück. Tief durchatmend richtete er seine verrutschte Brille. Langsam schmolz die Oblate auf der Zunge. War er jetzt mit Jesus Christus verbunden? Das Mysterium so simpel? Achselzuckend sah er sich um. In der zweiten Reihe erkannte er einige Frauen aus der Umgebung, die er und Frisch auf der Suche nach der ungewollten Schwangerschaft befragt hatten. Die Mütter der jungfräulichen Paradiesvögel, die sich durch den unrühmlichen Verkauf ihrer Töchter für die frivolen Gartenjagden des Baron von Wald zweifelsohne eine Besserstellung ihrer Verhältnisse erhofft hatten. Nun, diese Möglichkeiten hatten er und Frisch ihnen wohl für alle Zeiten verdorben. Wenig verwunderlich, dass sie im schönen Nibelungengau nur spärlich mit Sympathien überschüttet wurden. Pospischil ließ den Blick weiter kreisen. Er dachte an den Baron von Wald, der sich den Beamten in Wien stellen musste. Vor dem Beginn der Messe hatten er und Frisch das Getuschel einer Gruppe von Gläubigen am Tor vor der Kirche so unauffällig wie möglich mitverfolgt. Der Herr Baron sei für längere Zeit verreist, hatten sie vernommen, die betagte Freifrau habe man in eine kirchliche Institution zur Pflege gebracht. Der Gutsverwalter Hahn würde die Aufgaben beim erlauchten Thronfolger übernehmen, der ja ohnehin nur mehr in Begleitung des Haushofmeisters Janaczek seine Schlösser bereiste. Wozu brauchte eine einzige Familie überhaupt eine derart zahlreiche Dienerschaft? Das fragten sich die Leute vom Land tatsächlich, die keine Ahnung vom Aufwand eines k. u. k. Hofstaats hatten. Pospischil suchte in den Reihen nach der mittlerweile so vertrauten Gestalt von Frau Anni, die er dank ihrer leuchtend roten Frisur rasch in der ersten Reihe entdeckte. Sofort wurde ihm warm in der Brust. Im feschen dunkelblauen Sonntagsdirndl war sie zur Andacht auf ihre zarten Knie gesunken. Er seufzte. In zwei Wochen würde er sie nur mehr in seinen Erinnerungen sehen. Es gab keine Zukunft für ihn und die Frau Anni, die dem Pfarrhof ihr Leben widmete. Er konnte noch immer nicht verstehen, dass Frisch diese herzensgute Frau anfangs für eine Lügnerin gehalten hatte. Da fuhr ein brennender Gedanke in seinen Abschiedsschmerz. Hatte sie ihm nicht erzählt, die Jungfern der Gegend würden jeden Sonntag die heilige Messe besuchen? Er konnte keine einzige von ihnen ausmachen. Pospischil atmete tief durch. Frau Anni war wohl nicht ganz ehrlich zu ihm gewesen. Unverwandt musste er schmunzeln. Warum wollten Männer ihre Angebeteten immer als Heilige sehen? Hat sie eben ein wenig geflunkert, hat sie sich halt ihre Welt ein bisserl schöner geredet, als sie tatsächlich war. Vermutlich wollte sie die jungen Frauen einfach nur beschützen, wie eine liebende Mutter. Er zuckte mit den Schultern. Vielleicht sollte er sie noch einmal fragen und bitten, ihre Entscheidung zu überdenken. Der verstorbene Priester hatte ihr Leben gerettet. Ihm war sie verpflichtet gewesen. Der neue Priester aber würde schon eine neue Köchin finden. Das Glaubensbekenntnis folgte. Man erhob sich zum Gebet. Ja, er würde sie noch einmal bitten. Um seine Erregung über den spontanen Entschluss vor Frisch zu verbergen, senkte er den Kopf und murmelte: »Vater unser im Himmel …« Das vergrabene Kind unter der Schlosskirche war kein hinterlistiger Anschlag gegen die Monarchie gewesen, dachte er, so wie es der Oberinspektor anfangs befürchtet hatte. Eine junge, unbescholtene Frau war in der eigenen Familie missbraucht und verletzt worden, mehr noch an der Seele als am Leib, sodass sie zur Mörderin an der eigenen Freundin geworden war. Die aberwitzige Vergrabung ihres Kindes mit Beihilfe eines barmherzigen Priesters auf dem Anwesen des Hauses Habsburg war ein verzweifelter Versuch gewesen, dem nach wenigen Atemzügen umgebrachten Gottesgeschöpf eine Bedeutung zu geben. Pospischil drückte die Augen zu, um die aufsteigenden Tränen zu unterbinden. »Und führe uns nicht in Versuchung.« Wie viel Leid konnte ein Mensch ertragen, bis er sich aufbäumte? Ein Moment des Fröstelns ließ ihn erschauern. Pospischil schüttelte sich ab. Die Fürstin Sophie möge den Schmerz um die Totgeburt im letzten Jahr überwinden und bald wieder ein gesundes Kind zur Welt bringen. Dieser Wunsch, flüsternd vorgebracht, war seine Fürbitte zum Abschluss der Messe. Womöglich war seine Sorge um das Wohl der Fürstin unbegründet und es gelang dem Verwalter und allen anderen tatsächlich, den grausigen Fund unter der Schlosskirche vor den kaiserlichen Herrschaften zu verheimlichen. Was redete das Volk schon mit den Hochwohlgeborenen?

Es nahm Befehle entgegen. Der Graf Wolkenstein käme vielleicht in Verlegenheit, doch der war ein Mensch mit Empathie, das hatte der tüchtige Doktor Frisch in der kurzen Zeit herausgefunden, und außerdem würde er nach seiner Vermählung mit der wohlhabenden Cousine in ein schlossähnliches Anwesen in der Steiermark übersiedeln. Eine ordentliche Mitgift machte vieles möglich. Auch darüber hatten die Leute vor der Kirche getuschelt. Pospischil hob das Kinn. Ob sich wirklich noch ein letzter Walzer mit Frau Anni ausging? Einmal noch den Arm um ihre Hüfte legen. Schon wieder drängten Tränen der Rührung in seine Augen. In diesem Moment wandte Frisch sich flüsternd an ihn. »Alles in Ordnung?«

Pospischil nahm die Brille ab und tupfte mit einem Taschentuch über seine Augen. »Brennt Ihnen der Weihrauch auch so in den Augen, Kollege?«

»Nein, gar nicht. Der Pfarrer Dorn macht das Katholische recht ordentlich. Nicht wahr, Chef?«

»O ja. Er ist ein guter Mann.«

»Die Messe ist zu Ende. Gehen wir?«

Pospischil blickte erschrocken auf. »Wohin?«

Frisch schaute verdutzt. »Zur Gruft. Für den abschließenden Bericht an das Institut. Das sagten Sie doch heute Früh beim Frühstück. Oder nicht?« Seine Stirn zog Falten.

»Natürlich. Verzeihen Sie. Dieser Weihrauch bringt mich ganz durcheinander.« Verlegen steckte er das Taschentuch weg, drehte im Gehen den Kopf und warf einen flüchtigen Blick zurück in das Kirchenschiff. Sie war noch da, offensichtlich gerade in das Gespräch mit einer Gruppe von älteren Frauen vertieft. Er würde sie später im Pfarrhaus aufsuchen und zum Tanz auffordern. Zum allerletzten. Zumindest vor der Abreise nach Wien. Pospischil atmete tief durch »Gehen wir.«

An der gesprengten Öffnung der Steinmauer stand der k. u. k. Hofsteinmetz Eduard Hauser neben dem Baumeister Friedrich Eichberger. Beide im schwarzen Gewand, wie der Verwalter, den die beiden Geheimagenten bislang nur in Tracht gesehen hatten. In den Mienen der Männer lag eine entspannte Zufriedenheit. Offenbar war das Plansoll erfüllt. Die Gruft war bereit für die prüfende Besichtigung durch den Thronfolger. Der Baumeister berichtete mit stolzer Miene von den abgeschlossenen Bauarbeiten.

»Gratuliere«, sprach Pospischil und spähte in das Innere der Höhle. Es roch nach feuchten Ziegeln und Erde. »Von dem grausigen Fund ist tatsächlich nichts mehr zu bemerken.«

»Absolut nichts«, bestätigte Eichberger. »Meine Männer haben alle Spuren beseitigt. Als wäre das Kind nie da gewesen.«

Ein Zucken fuhr Pospischil durch den Leib, ein Schmerz, den er im ersten Moment seinem Ischiasleiden zuschrieb, doch als er den Blick von Frisch einfing, wusste er, dass auch er gerade an das kurze und traurige Leben des unschuldigen Säuglings gedacht hatte.

»Hier wird sich vieles ändern«, hörte er die Stimme des Verwalters. »Der Thronfolger wird künftig häufiger auf Artstetten verweilen. Der Garten, das Dach, auch das Schloss werden umgestaltet, ein Telefonanschluss wird eingeleitet, eine zentrale Raumheizung wird installiert. Gestern habe ich ein Schreiben mit den Plänen aus der Militärkanzlei am Rennweg erhalten. Meine Herren, sollten Sie eines Tages wiederkommen, werden Sie Artstetten nicht mehr wiedererkennen. Dieses Anwesen wird zu einem Gesamtkunstwerk, wie es die Welt noch nicht gesehen hat.«

»Na ja. Das find ich irgendwie schad«, bemerkte Pospischil. »Ist es nicht schön hier, so, wie es ist? Besonders der herrlich wilde Garten mit all den alten Bäumen, Sträuchern, Rosen und Hecken.« Er hob das Kinn. »Sicher, Veränderungen sind das

Salz der Zukunft. Der Thronfolger wird vieles anders machen als der Kaiser. So ist der Lauf der Geschichte.«

»Das herrlich Wilde, wie Sie es nennen, wird ausgeholzt«, entgegnete der Verwalter trocken. »Die Verstecke im Dickicht, die Herr von Wald so geliebt hat für seine«, er räusperte sich, »für seine speziellen Lustbarkeiten, die werden gelichtet.«

»Dann ist ja alles in bester Ordnung, meine Herren.« Pospischil hob die Hand an den Hut und nickte den Männern zu. »Ich grüße Sie. Mein Kollege und ich werden uns einen letzten Rundgang durch den Park gönnen, wenn es erlaubt ist. Damit wir ein Bild in Erinnerung behalten, von etwas, das es bald nicht mehr geben wird.«

Schweigend durchstreiften sie das Gelände. Vorbei an einem Meer süß duftender Pfingstrosen in leuchtendem Rosa, vorbei an dem in der Junisonne austrocknenden Gras, vorbei an den wie zufällig gewachsenen Büschen, Bäumen und Sträuchern, vorbei an dem glitzernden Wasser des Schwimmbeckens, über dem im Strahl der aufsteigenden Sonne Insekten tanzten. Pospischil kam etwas ins Keuchen, als er den Hügel hinaufspazierte. Dafür entschädigte ihn oben der herrliche Blick hinab ins weite und friedliche Land der Äcker und Wälder. »Es ist in der Tat schade um das Wilde der Natur«, sagte er. »Hoffentlich wird hier nicht alles in Form gestutzt wie die Pflanzen in den Wiener Parks.«

»Ich fürchte, Artstetten wird das gleiche Schicksal erleiden«, erwiderte Frisch. »Die Mächtigen demonstrieren ihre Stärke im Beschneiden und Eingrenzen. Das unkontrolliert Ausufernde der Natur ist den Herrschaften ein Gräuel.«

Pospischil seufzte. »Gemma z'ruck, Kollege.«

Frau Anni saß in der Pfarrküche und streichelte mit der Hand über das rötliche Fell der Katze auf ihrem Schoß.

»Ist der Herr Pfarrer nicht da?«, fragte Pospischil, als er leise eintrat, wobei er insgeheim sehr froh war, sie ohne den Priester anzutreffen. Und auch Frisch störte nicht, hatte er sich doch in die Kammer zurückgezogen, um seine Sachen zu packen.

»Der Herr Pfarrer hat noch einiges zu tun nach jeder Messe.« Sie blickte auf. »Ich habe mich nicht gut gefühlt. Ein kurzer Schwindel wegen der ungewohnten Hitze, da hat er mich heimgeschickt und meine Proteste ignoriert. Dabei hätt ich ihm beim Auskleiden zu helfen.« Sie zuckte mit den Schultern. »Das macht heut der Ministrant, hat er g'sagt, als ob der Bub wissen würd, wo wir die kostbaren Gewänder aufbewahren. Zusammenlegen kann der den schweren Stoff auch net richtig. Später kann ich wieder die vielen Falten aus dem Leinen bügeln.« Sie schüttelte den Kopf.

»Sie fühlen sich unwohl, Gnädigste?« Er beugte den Rücken, streckte den Arm nach ihr, streichelte über ihre Wange. »Dann lassen wir das mit dem Walzer lieber sein.«

»Aber nein!« Sie fuhr in die Höhe. Die Katze mauzte und sprang von ihrem Schoß. »Darauf freu ich mich doch schon den ganzen Tag.« Es berührte ihn, als er die Tränen in ihren Augen schimmern sah.

»Ach, Frau Anni, ich hab mir während der Messe überlegt, dass ich Sie gerne mit nach Wien nehmen würd. Als meine Ehefrau.« So, jetzt war es heraußen. Bestimmt bemerkte sie die Hitze der Erregung in seinen Wangen. Es war ihm egal. Und mit Gerti würde er schon einen Weg finden, wie sie zu dritt …

»Aber, lieber Herr Pospischil!« Ihre Hände schlugen vor der Brust klatschend zusammen. »Was Sie da sagen, ehrt und freut mich wahnsinnig. Es überrumpelt mich aber auch ein bisserl, nach allem, was wir zwei gestern besprochen haben.« Sie lächelte.

»Frau Anni, gehen Sie in sich. Sie träumen doch auch von der Liebe.«

»Bitte lassen Sie mir Zeit, um darüber nachzudenken.«

»Ja, aber wie lange brauchen Sie denn, um darüber nachzudenken?«

»Ein paar Tage, vielleicht auch länger.« Sie zog die Stirn kraus. »Ich werde Ihnen schreiben. Versprochen. Lassen S' mir einen Zettel mit Ihrer Wiener Adresse da.« Sie stand auf. »Kommen S', gehen wir rüber. Ich leg unsere Platte auf.«

»Den Donauwalzer?«

»Genau den. Der dauert so herrlich lang.«

Sie reichte ihm lächelnd ihre Hand.

»Frau Anni …« Seine Stimme brach, seine Lippen zitterten. Sie nickte und legte ihre Wange an seine Schulter. »Ich spür eh, dass Sie mehr für mich empfinden, als es sein sollt.«

»Als es sein sollt?« Seine Fingerkuppen wanderten über ihr Gesicht, ihr Haar, ihren Rücken, ohne sie zu berühren. Den herrlichen Duft ihrer roten Haare würde er nie aus der Nase verlieren. »Es ist doch keine Sünd. Schon gar net in unserem Alter.«

Sie lachte auf. »Gerade in uns'rem Alter, würd ich meinen. Ach, lieber Freund, ich fürcht, es ist zu spät. Ich bin eine welkende Frau.« Sie hob die Hand. »Bitte widersprechen S' mir nicht. Ja, jetzt geht's no, aber in ein paar Jahren werd i richtig schiach sein. Meine Blüte ist vorüber. Das wollt ich Ihnen gestern schon sagen. Ich bin am Verwelken.«

Ihre Worte sollten wohl scherzhaft klingen, doch sie ärgerten ihn. »Nichts ist vorbei. Sapperlot. Wir sind doch nicht nur auf der Welt, um unsere Art zu erhalten oder als Dekoration zu dienen. Wir sind Menschen mit Verstand und Vernunft für das Maß, ja, aber auch mit Herz und Seele. Frau Anni, ich schreib Ihnen meine Wiener Privatadresse auf. Sie werden mir schreiben, nicht wahr? Ich komm Sie bald wieder besuchen.« Er seufzte. »Und dann werden Sie mir eine Antwort geben müssen.«

Fest drückte sie seine Hand und sah ihn mit feuchten Augen an. Es ließ ihn hoffen.

»Kommen S', der Tanz gehört uns. Ja, ich werd gründlich über alles, was Sie zu mir g'sagt ham, nachdenken. Eines kann i Ihnen fix versprechen.« Sie lächelte. »Zum Abschied kriegen S' von mir a richtig dickes Busserl.«

Geheimagent Pospischil und Doktor Frisch kehrten an diesem heißen Junisonntag spätnachts nach Wien zurück. Als sie die Stadt im Schein der Straßenlaternen erreichten, setzte ein Sommerregen ein und trieb die schwüle Hitze aus den engen Gassen. Den abschließenden Bericht warfen sie in den Postkasten an der Elisabethpromenade, bevor Frisch seinen Chef in der Josefstädter Lange Gasse absetzte. Die zuletzt in Wien entwickelten Fotografien von jener Stelle im Wald, an der die Hebammentochter Franziska erschlagen aufgefunden worden war, sowie die Ergebnisse zum Vergleich der sichergestellten Wollfäden würden sie am frühen Montagmorgen vom Postamt abfangen. Sollten sie wider Erwarten bereits mit der Eisenbahn unterwegs nach Artstetten sein, würde Frau Anni sie postalisch zurücksenden. Wie immer würden alle Unterlagen und Beweisstücke zum Fall mitsamt dem Abschlussbericht nach dem Ende des Gerichtsverfahrens im Polizeiarchiv abgelegt werden. So, wie es Vorschrift war. Jede Amtshandlung musste seine Ordnung haben in der österreich-ungarischen Doppelmonarchie.

KAPITEL 29

Samstag, 12. Juni 1909, Marchfeld bei Engelhartstetten

In den Kaffeehäusern und Gaststuben der Reichshauptstadt echauffierten sich die Gäste über die grausigen Schlagzeilen der Gazetten.

Ein vor wenigen Tagen aus dem Dienst entlassener Stallgehilfe hatte seinen ehemaligen Herrn, einen reichen Fuhrwerksbesitzer, und dessen Wirtschafterin in den frühen Morgenstunden im Liebesschlaf überrascht und beide durch Messerstiche lebensbedrohlich verletzt. Der Täter war kurz nach der Tat gefasst worden und gab an, aus Rache wegen der Entlassung gehandelt zu haben.

Johann Pospischil, seine Schwester Gerti, Doktor Leopold Frisch und Gemahlin Rosi hatten an diesem Morgen keine Zeitung gelesen. Bereits um acht Uhr saßen die vier im Opel und fuhren Richtung östliche Stadtgrenze. Im friedlich ruhenden Marchfeld unweit des Dorfes Engelhartstetten wartete ein Heißluftballon auf das Vierergespann. Frisch hatte in der k. k. Polizeibeamten-Lotterie den Haupttreffer von dreißigtausend Kronen gewonnen. Pospischil war gerührt, weil sein junger Kollege und seine Gemahlin einen Teil des unverhofften vielen Geldes als Erstes bei einer Ballonfahrt mit dem Chef und dessen Schwester ausgeben wollten. Für dieses besondere Ereignis hatte das Institut den beiden Agenten einen freien Tag genehmigt.

»Mit dem restlichen Geld werden wir uns eine größere Wohnung in Wien suchen«, verkündete Frisch während der Autofahrt. »Vielleicht bekommen wir ja bald Nachwuchs.« Strahlend blickte er über die Schulter zurück zur Rosi.

»O ja«, rief sie in den Wind, »aber nur, wenn er mich net zwingt, den ganzen Tag bei den Kindern zu Hause zu bleiben.«

»Wisst ihr das Neueste? Die Rosi will sich bei der Polizei bewerben«, erzählte Frisch, als wäre es nichts Ungewöhnliches.

»Was? Das geht nicht«, protestierte Pospischil, »Eheleute dürfen nicht gemeinsam in der gleichen Dienststelle arbeiten.«

»Natürlich nicht in unserer Abteilung«, winkte Frisch ab.

»Ich finde es sehr mutig von Frau Rosi und es wird sicher weitere Frauen dazu animieren, arbeiten zu gehen und eigenes Geld zu verdienen«, musste die Gerti ihren Senf dazu geben.

»Das ist viel zu gefährlich. Denkt an eure Kinder!« Pospischil schüttelte den Kopf.

»Beruhigen Sie sich, Chef. Rosi wird im Innendienst arbeiten.«

»Ihr Männer wollt uns ständig beschützen und traut uns überhaupt nichts zu.« Rosi zog die Schultern hinauf und fasste an ihre Hutkrempe. »Wir sind nicht so schwach, wie ihr denkt.«

»Jetzt lasst sie doch. Wie ich die Frau Rosi kenn, wird sie uns alle noch überraschen. Stimmt's?« Gerti zwinkerte der Jüngeren aufmunternd zu.

»Ich könnt ja ganz spezielle und geheime Ermittlungen durchführen.« Sie hob ihr Kinn. »In eurer ach so geheimen Abteilung würde eine Frau viel weniger verdächtig wirken als ein Mann.«

»Jetzt machst aber einen Punkt, Rosi.« Frisch seufzte. »So etwas Gefährliches würde ich nie zulassen.«

»Des geht wirklich net. Erst recht nicht, wenn Sie Mutter werden wollen«, schlug sich nun auch Gerti auf die Seite der Männer.

Rosi zuckte mit den Schultern. »Mit dem Lotteriegewinn könnten wir uns eine Kinderfrau leisten. So, wie es bei reichen Leuten üblich ist.«

»Trotzdem.« Gerti tätschelte über die Hand der neben ihr Sitzenden. »Lassen Sie es gut sein.«

»Dass ich mich zu dieser wahnwitzigen Ballonfahrt hab überreden lassen.« Pospischil spähte über die Schulter zu seiner Schwester auf dem Rücksitz. »Ich glaub es nicht.«

»Die Luftfahrt ist die Zukunft des Transportwesens«, rief Frisch. »Sommergäste, Touristen, der aufstrebende Fremdenverkehr, alle werden profitieren und die Forschung ebenso. Denken Sie an die Möglichkeiten für die Meteorologie, die Topografie, Kartografie. Um nur einige Bereiche zu nennen.«

»Ja. Ja. Sie und der Fortschritt. Ein eigenes Kapitel«, winkte Pospischil ab. »Ihnen kann es nie schnell und hoch genug gehen. Ich sage, die Vögel sind für die Luft bestimmt, wir für den Boden.«

Gerti lachte. »Da schauts, dort drüben wartet er schon auf uns, der große gelbe Ballon.«

»Wie eine riesige Dotterblume.« Rosi lachte.

»Sapperlot. Hoffentlich erleb ich noch meine Pension!«

»Sei net so fad, Hansi. Bestimmt werden wir von da oben dein Haus in Engelhartstetten sehen.« Gerti lachte.

»Unser Haus, liebe Gerti. Unser Haus.«

»Na, des war deine Tante Mizzi. Net meine. Mich hat sie nur selten eingeladen. Ich glaub, sie hat mich nicht leiden können, und ich sie auch net. Weißt du, dass sie ständig über Mama hergezogen ist?«

»Das stimmt nicht, Gerti. Du wolltest immer schon lieber in Wien bleiben, auch im Sommer, und bist an der Mama geklebt. Das machen Mäderln so.«

»Unsinn. Du warst immer Tante Mizzis Liebling.«

Pospischil wollte nicht weiter streiten und schwieg.

»Alles aussteigen! Wir sind da!« Frisch stoppte den Opel.

Pospischil ließ sich von Gerti aus dem Wagen helfen. Sein Rücken war von der Fahrt über die holprigen Landstraßen wieder einmal recht steif geworden. »Danke, Schwesterlein.« Er schüttelte die Beine aus. »Herrlich, festen Boden unter den Füßen zu spüren.«

»Nimmer lang«, lachte Frisch. »Der Ballonführer wartet schon.«

Pospischil spähte zu dem großen Korb, über den sich ein gewaltiger Ballon im Wind blähte. Daneben stand ein Mann in blauer Uniform mit dunkler Brille und Kappe. Er winkte die Gruppe zu sich.

»Guten Morgen«, sagte er in strammer Haltung, »mein Name ist Hauptmann Herbert Köcher. Wir können gleich starten. Meine Helfer haben den Ballon bereits mit kalter Luft gefüllt.« Er hob den Arm und deutete nach links, wo sich neben einem Baum die Umrisse zweier in Zivil gekleideter Männer aus dem Morgendunst schälten. Dahinter stand ein schwarzes Automobil. »Die Thermik ist perfekt heute.« Der Hauptmann trat zur Seite und lehnte ein Treppchen an den Korb. »Bitteschön einzutreten und keine Angst, die Fahrt ist absolut ungefährlich. Der Propangasbrenner ist nagelneu und von mir geprüft. Ich habe vor wenigen Minuten gestartet. Wir sollten rasch einsteigen, denn wenn ein bestimmter Punkt überschritten ist, lässt sich der Korb nur schwer auf dem Boden halten und drängt in die Höhe. Sie werden es gleich spüren.«

»Müssen wir unsere Hüte festhalten?«, fragte Rosi.

»Keine Sorge, junge Dame. Den Wind werden Sie oben kaum wahrnehmen.«

»Na, i waß net«, murmelte Pospischil zweifelnd und ließ den anderen den Vortritt. Staunend betrachtete er die Frauen, wie sie ihre langen Röcke rafften und scheinbar ohne Mühe in den Korb stiegen. Selbst Gerti zeigte sich flink und beweglich wie schon lange nicht mehr. Er hatte es bestimmt nicht eilig, in den wackeligen Korb zu steigen, und musste sich dann auch noch als Einziger beim Raufkraxeln und Absteigen vom Hauptmann über den Rand helfen lassen. »Hätt ich mich doch bloß nie überreden lassen«, jammerte er erneut in Gertis Richtung, die so tat, als hörte sie ihn nicht. Kaum verkrallten sich seine Finger in das Geflecht des Korbes, begann der Ballon lautlos zu steigen.

Je weiter sie sich vom Boden entfernten, desto stiller wurde es. »Braucht es nicht einen kräftigen Wind, um von der Stelle zu kommen?«, fragte er.

»Wir erreichen gleich zweihundert Meter«, antwortete der Hauptmann. »Höhen bis zu zwei Kilometer wären theoretisch möglich. Dazu müsste ich allerdings schnellere Luftschichten finden. Das ist nicht einfach.«

»Bemühen Sie sich nicht«, presste Pospischil hervor. »Zweihundert Meter sind mehr als genug.« Er drückte den Rücken gegen den Korb und schloss die Augen. Keine gute Idee. Sofort packte ihn ein Schwindel. Er riss die Augen auf und ärgerte sich, weil die anderen im Gegensatz zu ihm absolut keine Furcht zeigten. Im Gegenteil. Ihre Gesichter strahlten im warmen Orange der aufgehenden Sonne, als wär es das Schönste, sein Leben auf diese Weise zu riskieren.

Plötzlich gab der Brenner einen seltsamen Ton von sich. Pospischil zuckte zusammen.

»Keine Sorge. Das passiert alle paar Minuten«, reagierte der Hauptmann milde lächelnd. »Genießen Sie das Schweben.«

Tatsächlich fühlte sich Pospischil langsam besser. Das flaue Gefühl im Magen ließ nach, der rasende Herzschlag beruhigte sich. Zaghaft hob er den Blick in die Ferne über das flache Marchfeld, über dessen Horizontstreifen das Sonnenlicht golden leuchtete. Raps- und Kornfelder wechselten mit grünen Gemüseäckern, begrenzt von schmalen Föhrenwäldchen. Mutig senkte er das Kinn und blickte nach unten über die Kirchtürme, roten Dächer, weißen Mauern, Holzumzäunungen, schmalen Flüsschen und Brückchen. Von hier oben wirkte alles klein wie Kinderspielzeug. Sein Blick schweifte zu einem weitläufigen Park mit Brunnen und Teichen. Daneben ragte ein prachtvolles Gebäude in den Himmel. »Schaut, da hinten! Ist das nicht Schloss Hof?«, rief er freudig.

»Richtig, der frühere Landsitz unseres Kaisers«, bestätigte der Hauptmann mit der Hand an der Stirn, wohl um die Sonne abzuschirmen. »Unsere Soldaten lernen dort jetzt das Reiten und das Autofahren.«

»San ma scho über Engelhartstetten?«, fragte Gerti.

»Blicken Sie nach links, Gnädigste. Sehen Sie die kleine Kirche dort neben dem Friedhof? Das ist Engelhartstetten.«

»Schau, Hansi, die Tante Mizzi würd uns jetzt zuwinken, wenn sie in den Himmel schau'n könnt.«

»Aus dem Grab heraus?«, krächzte Pospischil.

»Ich hab g'sagt, sie könnt, wenn sie no leben tät.« Gerti schüttelte den Kopf.

Rosi und Leopold Frisch küssten sich lächelnd.

»Wie aufregend«, bestätigte Pospischil. Seine Nervosität war verschwunden. »Schauts, i bin auf amoi leicht wie a Vogerl.« Er hob beide Arme. Alle lachten.

»Ich danke euch beiden.« Gerti umarmte Rosi und dann Frisch. »Dass ich so etwas Schönes erleben darf. Es ist wie ein Traum.«

»Da unten ist der schwarze Wagen.« Frisch hatte sich über den Rand gebeugt.

»Der fährt uns hinterher«, erklärte der Hauptmann. »Wir können den Ballon natürlich nicht zurücklenken, die Landung ist in einer Stunde in Richtung Osten geplant.«

»Was? Schon in einer Stunde?« Gerti und Rosi seufzten. Selbst Pospischil genoss jetzt das lautlose Schweben. Als die Stunde verstrichen war und der Ballon langsam auf einem Feld unweit von Schloss Hof niedersank, bedauerte er, dass es vorbei war. Überaus sanft war die Landung. Der Hauptmann verstand sein Metier.

Wenig später fuhren sie im Opel zurück nach Wien. »Vielleicht ziehen wir nach meiner Pensionierung doch raus ins Marchfeld«, sagte Pospischil. »Da oben hab ich die grenzenlose Freiheit gespürt. So eine Grenzenlosigkeit spür ich auch in der Ebene des Marchfelds. An klaren Tagen ist die Sicht unendlich. Vielleicht überlegst du es dir noch einmal, Gerti.«

»Na, ich geh net weg aus Wien«, erwiderte seine Schwester.

Er zuckte mit den Achseln und schwieg. Im letzten Morgenrot tauchten schemenhaft die Umrisse der Reichshauptstadt auf. Sofort fühlte er sich von einer heimeligen Wärme umhüllt. Vielleicht lag es auch an dem Bild einer Rothaarigen, das sich vor sein inneres Auge drängte. Mit Frau Anni könnte er den Rest seines Lebens in vollen Zügen genießen. Er stellte sich vor, mit ihr Hand in Hand vor der zauberhaften Kulisse des Schlosses Artstetten im abendlichen Sonnenlicht zu stehen, beschattet von den hohen Bäumen eines weitläufigen Parks, in dem der Duft von Tausenden Rosen niemals verblasste, selbst im Winter nicht, und er stellte sich vor, von der Anhöhe hinabzublicken über den blauen Donaustrom, dessen Wasser friedlich murmelnd bis in alle Ewigkeiten Richtung Schwarzes Meer floss. Ein Geräusch riss ihn aus den glückseligen Träumereien. Der Opel bremste vor seiner Wohnadresse in der Lange Gasse.

»Auf Wiedersehen, Chef. Wir sehen uns am Montag im Institut.«

»Pfiat euch, bleibt's g'sund und danke für den herrlichen Ausflug.« Er lüftete zum Abschied den Hut. Der Wagen fuhr an. Vom Rücksitz winkte Rosi. »Auf Wiedersehen und gute Nacht.«

Da drückte ihm Gerti Busserln auf beide Wangen. »Ich bin so glücklich, Hansi.«

Dafür verdiente sie einen galanten Handkuss mit leicht gebeugten Rücken.

»Und morgen gehen wir zur Wiener Kunstschau, Klimt und Schiele schauen, gell Hansi?«

»Ja, Gerti, morgen. Falls ich nach der Aufregung heute nicht zu müde dafür bin.«

Sie schubste ihn zärtlich in die Seite und ging voraus.

Als er im Inneren des Zinshauses den Postkasten öffnete, flog ihm eine Ansichtskarte entgegen. Vor einem hellen Himmel thronte auf einer Anhöhe Schloss Artstetten mit fünf Zwiebeltürmen. Sein Herz klopfte bis in den Hals. Frau Anni hatte ihm ihre Entscheidung geschrieben. Endlich. Heimlich, sodass es Gerti nicht bemerkte, steckte er die Karte in seine Rockinnentasche. Er würde sie später lesen. Sobald er ungestört war.

Kurz vor Mitternacht, schon im Bett liegend, las er die Nachricht der Pfarrersköchin. Sie habe beinahe schon die Fahrkarte gekauft für die Fahrt zu ihm nach Wien, da sei Hochwürden ernsthaft krank geworden. Aufgeschoben ist nicht aufgehoben, las er als Letztes, bevor er mit einem tiefen Seufzer die Ansichtskarte in die offene Schublade des Nachtkästchens fallen ließ, das Licht ausknipste und die Lider schloss.

Danksagung

Bedanken möchte ich mich beim Wiener Picus Verlag für die Veröffentlichung dieses Romans, insbesondere beim Lektorat, bei meiner Großcousine Michaela Ulrich für ihre wertvolle Unterstützung als Testleserin, weiters bei den »Österreichischen KrimiautorInnen (A.I.E.P.)« und bei den »Mörderischen Schwestern.«

Ohne euch wäre vieles nicht entstanden.

Schloss Artstetten und Erzherzog-Franz-Ferdinand-Museum:
https://www.schloss-artstetten.at
https://www.schloss-artstetten.at/schloss-artstetten/museum

Ein weiterer Fall für die Polizeiagenten Pospischil und Frisch:
Der Kuss des Kaisers

Foto © Paul Feuersänger

Christine Neumeyer, 1965 in Wien geboren, ist Schriftstellerin und Organisationsassistentin der Universität Wien. Als Obfrau der Region Österreich im Netzwerk der Mörderischen Schwestern verwirklicht sie seit 2017 gemeinsam mit österreichischen Autorinnen Projekte zur Förderung der von Frauen geschriebenen Kriminalliteratur. Sie schreibt und veröffentlicht seit vielen Jahren historische Romane und Kriminalromane sowie Kurzgeschichten. Zuletzt erschien im Picus Verlag »Der Kuss des Kaisers« (2023).